SU AMIGA CURVILÍNEA

UNA NOVELA ROMÁNTICA DE UNA CHICA
CURVILÍNEA EN UN PUEBLO PEQUEÑO

EN BUSCA DEL GALÁN DE PAPEL
LIBRO UNO

MARY E THOMPSON

EN BUSCA DEL GALÁN DE PAPEL

Bienvenidos a MacKellar Cove, un pueblo tranquilo enclavado en una apacible bahía junto al río San Lorenzo. Tómate una copa en el bar donde se reúnen todos los lugareños. Únete a las mujeres para hablar de la vida y el amor en la librería local. Pero ten cuidado, porque sigue siendo un pueblo pequeño donde todos saben todo sobre los demás. Por eso la aplicación de citas más popular no incluye fotografías.

Toma una bebida, y un trozo de pastel, y conoce a tu galán literario favorito. ¡Los queremos a todos!

LIBRO 1

Su Amiga Curvilínea

Ian

¿Sabes lo peor de enamorarse? Quedar en la zona de amigos.

Fui paciente. Esperé cinco años a que ella terminara su última relación. A que se diera cuenta de que él no era lo suficientemente bueno para ella. A que estuviera lista para seguir adelante.

Ya me cansé de esperar. Tengo que decirle la verdad. Que no soy el mismo tipo que solía ser, llevándome a casa a cada mujer de nuestro pequeño pueblo. Que soy el chico con quien comparte secretos en la aplicación de citas en línea. Que estoy soltero y listo para que ella sea mía.

Tengo que decirle que la amo.

Pero ¿y si ella no siente lo mismo?

Blake

—*Él se alejará si te beso.*

Habla de hacer explotar mi mundo. Mi ex me dejó porque pensaba que estaba enamorada del hermano de mi mejor amiga. Ahora, Ian quiere besarme. Frente a mi ex.

Estoy muy tentada. Cada mujer desea a Ian. No soy diferente.

Pero besarlo cruzaría una línea. Una línea de la que no estaba segura de poder regresar. ¿Podría detenerme con un solo beso?

No es probable.

Pero tampoco podía mantenerlo a distancia como hacía con todos los demás. Él descubriría todo.

Y no solo lo mucho que deseaba que fuera mío, sino también por qué nunca podría serlo.

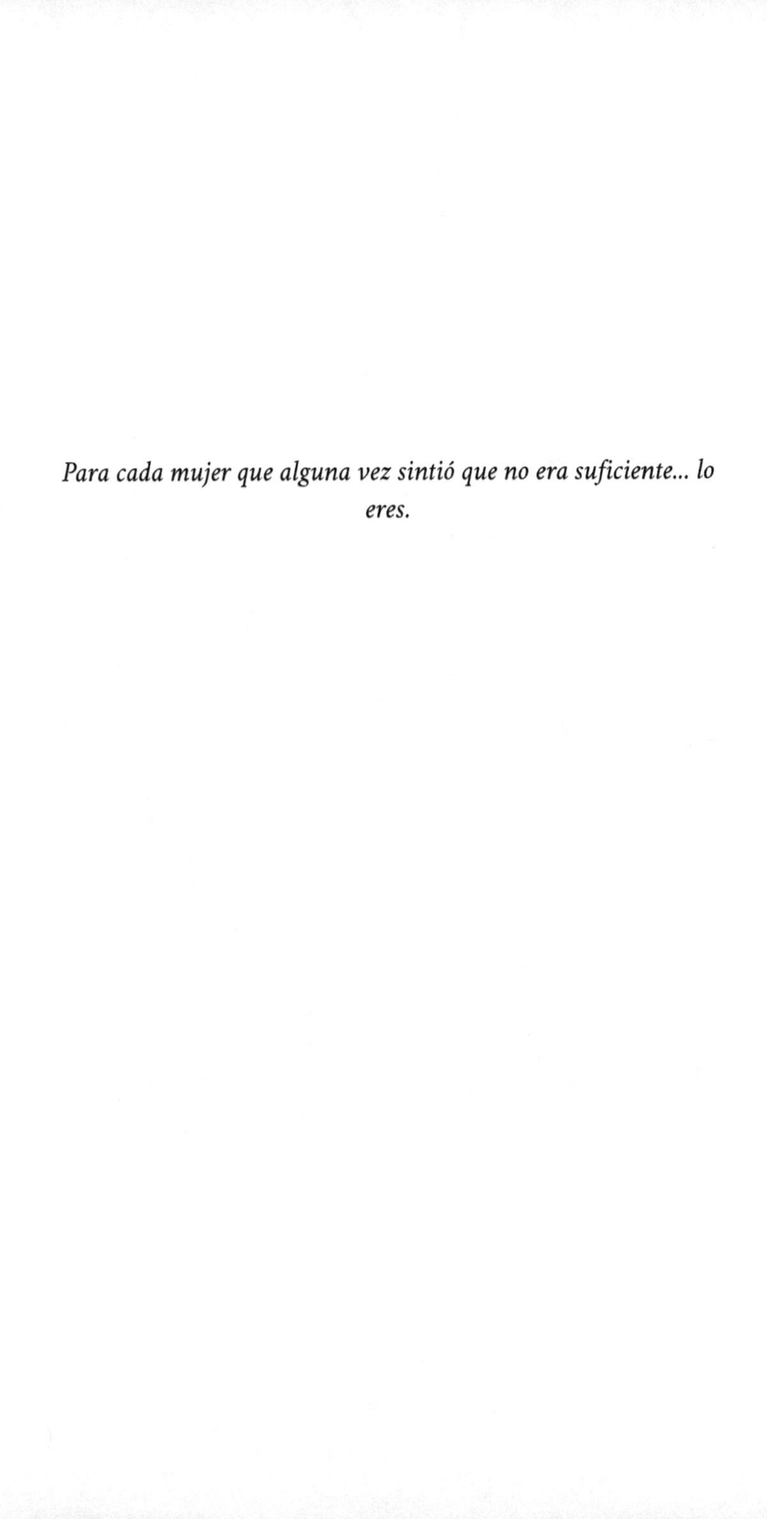

Para cada mujer que alguna vez sintió que no era suficiente... lo eres.

BLAKE

Ya estaba mirando al techo cuando sonó la alarma. El sol aún no había despertado, pero yo sí. Llevaba despierta más de una hora y temiendo este día durante meses. Lo superaría, pero no iba a ser un buen día.

De un manotazo apagué la estridente alarma y me levanté de la cama. Me di una ducha rápida para ayudarme a despertar y luego me vestí con mi uniforme habitual de jeans y una camiseta negra con *Cracked* grabado sobre mi generoso pecho izquierdo y una versión más grande del logo en la espalda.

Me recogí el pelo en una coleta y me puse un toque de rímel y un poco de brillo labial. No es que estuviera tratando de impresionar a nadie, pero me ayudaba a sentirme un poco más preparada para enfrentar el día. Cuando me admití a mí misma que no podía retrasarlo más, respiré hondo y salí de mi casa.

El camino hasta Cracked solo tomaba unos minutos. Incluso una chica curvilínea como yo hacía el trayecto rápidamente, pero cuando el calor del verano finalmente llegara, me tomaría un poco más de tiempo si quería evitar estar empapada de sudor todo el día.

Megan, una de mis compañeras de trabajo, venía desde la otra dirección cuando bajé por la calle Caroline. Nos encontramos frente a Cracked y nos abrazamos. Iba a ser un día difícil para todos nosotros.

Las luces estaban encendidas en el interior, y la cocina ya estaba en plena actividad. Teníamos una hora antes de abrir, pero los bizcochos estaban entrando al horno, la masa se estaba mezclando y el café se estaba preparando.

—Hola —dijo Jean, otra compañera de trabajo, dándonos un abrazo a Megan y a mí—. Este día apesta.

Asentimos de acuerdo. De todas las cosas que Georgia nos pidió que hiciéramos antes de morir, ninguna de nosotras pensó que celebrar su sesenta cumpleaños con una celebración de su vida sería difícil, pero ahora que el día había llegado, era casi imposible.

Earl, el dueño de Cracked y nuestro jefe, nos llamó desde la cocina y saludó con su espátula. Le devolvimos el saludo y nos pusimos a ayudar a Jean mientras Earl preparaba el desayuno. Todos habíamos acordado desayunar juntos esta mañana. Era una oportunidad para compartir el comienzo del día con las personas que veían a Georgia a diario.

Earl salió de la cocina con un plato de panqueques, los favoritos de Georgia, y abundante tocino y salchichas. Agarramos una de las cafeteras llenas y nos sentamos.

Nos tomamos de las manos y todos dijimos una oración privada o bendición o lo que fuera. Le pedí a Georgia que me diera fuerzas para estar ahí para Karissa, su hija y mi amiga, y para mantener la esperanza en encontrar el tipo de amor que ella tenía con Eddie.

Nos apretamos las manos y atacamos la comida. Los clientes estarían golpeando la puerta justo a las seis si no abríamos a tiempo, así que comimos rápidamente, compartiendo historias sobre Georgia.

—¿Alguna vez escucharon sobre su primer día aquí? —preguntó Earl.

Me volví para mirarlo y negué con la cabeza. —¿Tú estabas aquí?

Él asintió. —He estado aquí desde siempre, niña. Todavía no había comprado el lugar, pero estaba en la cocina. La señora Georgia era una madre primeriza el día que entró aquí. Tenía a esa dulce niña suya atada a su pecho y entró marchando por esa puerta y exigió hablar con el gerente.

—No —suspiré. Georgia siempre fue segura de sí misma, pero incluso me costaba imaginarla con ese tipo de agallas.

Earl se rio, sus dientes brillantes contra su piel marrón oscura. Su cabeza y cara afeitadas lo hacían parecer más joven de lo que era. Calculé que estaba cerca de los setenta, pero realmente no tenía idea.

—Oh, sí lo hizo. Dijo que se estaba volviendo loca en casa con un bebé nuevo y que necesitaba trabajar. Kathy era nuestra gerente entonces y le preguntó a Georgia si tenía experiencia. Dijo que no, pero que aprendería rápidamente siempre y cuando le dieran una oportunidad y muchos descansos para poder amamantar a su nueva bebé —dijo Earl con una risa.

—¿Exigió descansos y traer a Rissa con ella? —pregunté.

Earl asintió. —Siempre fue una fiera. Nunca pensé que se iría de aquí antes que yo.

La abrumadora tristeza me abofeteó la cara. Me robó el aliento e hizo que cerrara los ojos.

—Ninguno de nosotros pensó que estaríamos aquí sin Georgia —dijo Jean—. No es lo mismo sin ella.

Forcé una sonrisa e intenté fingir que la sentía. —¿Todos vendrán a la fiesta el sábado por la noche, verdad?

Todos asintieron. —No nos lo perderíamos —respondió Jean por todos.

—Gracias. Saben que significará mucho para Rissa tener a tantas personas allí como sea posible.

—¿Cómo está ella? —preguntó Megan. Megan era unos años mayor que yo, pero nos habíamos hecho amigas durante el último año. Comenzó a trabajar en Cracked cuando Georgia enfermó y tuvo que reducir sus horas. Cuando Georgia supo que no volvería, Megan accedió a tomar el trabajo a tiempo completo y llegó a conocer a la mujer a la que estaba reemplazando. No era fácil que alguien más ocupara el lugar de Georgia, pero Megan la honraba con todo lo que hacía.

Me encogí de hombros. —No he hablado con ella en un par de días. Ha estado trabajando en una nueva aplicación y está muy ocupada. No sé si está tratando de no pensar en el día de hoy o si simplemente tiene una fecha límite.

Karissa era una brillante programadora y tenía un don para desarrollar aplicaciones que rápidamente se volvían virales. Había sido reservada sobre su último proyecto, pero estaba cerca de terminarlo según lo último que escuché.

—Si hoy es tan difícil para nosotros, no puedo imaginar cómo se siente ella —dijo Jean.

Asentí en acuerdo.

Terminamos nuestro desayuno y limpiamos nuestros asientos. Earl regresó a la cocina mientras Jean, Megan y yo preparamos el comedor y rellenamos nuestras propias tazas de café.

Megan abrió la puerta justo antes de las seis para dejar entrar a los clientes que esperaban el desayuno. Todos los habituales sabían que era el cumpleaños de Georgia y entraron con rostros solemnes y sin alboroto.

Tomé pedidos y compartí historias de Georgia. Durante la primera hora, fue difícil mantener la compostura ya que todos querían hablar de ella. Algunos de los chicos que habían sido sus clientes habituales durante años se emocionaron.

Para cuando el grupo de la mañana temprana se marchaba, estaba lista para que mi turno de cinco horas terminara para poder esconderme bajo mis sábanas y llorar en lugar de tener que sonreír. Limpié las mesas y repuse crema, azúcar y mermelada. Cuando la puerta se abrió de nuevo, me giré para decirle al nuevo cliente que se sentara donde quisiera y vi a Ian Jameson.

La hermana de Ian había sido mi mejor amiga desde siempre, e Ian era... era Ian. También éramos amigos, pero se había vuelto algo más en los meses desde que perdimos a Georgia. Lo conocía desde siempre, y también era como un hermano para mí.

Excepto por el hecho de que últimamente protagonizaba algunas de mis fantasías. Bueno, todas mis fantasías.

—¿Qué haces aquí tan temprano? —le pregunté con una sonrisa burlona.

Ian no se levantaba antes de las diez la mayoría de los días. Cuando lo hacía, era algo importante. Que entrara caminando a Cracked justo después de las siete de la mañana era un shock.

—Quería ver cómo estabas —dijo suavemente una vez que llegó a mi lado. Me besó la mejilla y se demoró, atrayéndome a un abrazo.

Envolví mis brazos alrededor de su cuello, disfrutando del abrazo casi tanto como disfrutaba de la fuerza que recibía de él. —Estoy bien —dije.

Se apartó y me estudió cuidadosamente. Traté de no pensar en lo que veía. Mi coleta probablemente ya estaba desordenada, tal vez incluso con algo en ella. Mi camisa había estado limpia hace dos horas, pero tenía una mancha de mantequilla en mi cintura donde mi vientre rozó un plato sin darme cuenta y algo pegajoso en mi pecho derecho que probablemente era jarabe. Y estaba sudorosa, porque las chicas rellenitas eran chicas sudorosas.

—¿Estás segura?

Asentí. —Sí. No es fácil, pero estoy bien. ¿Por qué estás realmente aquí?

Se encogió de hombros. —Escuché que el desayuno es la comida más importante del día.

Me reí y puse los ojos en blanco. —¿Te quedas o vas a algún lado?

—Me quedo. Si está bien.

—Por supuesto. Puedes sentarte donde quieras.

—¿Dónde está tu sección? —preguntó.

Señalé. —Cualquiera de esas mesas y la barra es mía.

Me apretó la mano y me guiñó un ojo. —Tomaré asiento en la barra.

Asentí y terminé lo que estaba haciendo, luego regresé a donde él estaba sentado. No quería parecer demasiado emocionada de verlo, pero no todos los días Ian se detenía cuando yo estaba trabajando. Aun así, conocía su pedido sin necesidad de preguntar.

—¿Lo de siempre? —le pregunté cuando me acerqué. Ya tenía una taza de café con una crema y su menú estaba cerrado a su lado.

Él asintió. —Siempre. Gracias, nena.

Sonreí, puse su pedido con Earl, tomé platos de la ventana para otra mesa y verifiqué con los clientes que habían terminado de comer. Cuando regresé a Ian, él me estaba observando.

—¿Qué?

Negó con la cabeza. —Solo estoy impresionado con cómo haces esto.

—¿Qué?

—Hablar con gente todo el día. Yo no podría hacerlo.

—Tú hablas con gente —argumenté.

Negó con la cabeza. —Hablo con un cliente a la vez, luego se van y trabajo en su barco durante unas semanas. Tú estás lidiando con varios grupos a la vez y siempre tienes una sonrisa para todos.

Me encogí de hombros. —Estoy acostumbrada, supongo. Realmente no pienso en ello.

La puerta se abrió y miré hacia arriba con una sonrisa automática. Me congelé, mis ojos yendo hacia Ian antes de volver al hombre en la puerta mientras se acercaba.

Salí con William Hogan durante casi cinco años. Habían pasado casi nueve meses desde que me dejó, todo porque pensó que me acosté con el hombre que estaba a punto de sentarse a su lado.

—Hola, Blake. ¿Puedo tomar un café? —preguntó William, deslizándose en el taburete a uno de distancia de Ian.

Asentí, apartándome de Ian para agarrar el café.

—Willie —dijo Ian, usando el apodo que le había dado a William, aunque sabía que William lo odiaba.

—Ian. Supongo que debí haber esperado que estuvieras aquí —dijo William.

Serví su café y jugué al gallina, llevando la cafetera por el resto del restaurante llenando tazas para todos los que vi con menos de una taza llena.

Para cuando regresé a la barra, William estaba frunciendo el ceño e Ian parecía enfadado.

—Me gustaría ordenar —dijo William.

Asentí y saqué mi bloc de notas del bolsillo de mi delantal.

—Dos huevos escalfados. Pan de centeno seco con mantequilla, no margarina, a un lado y mermelada de uva. Cuatro rebanadas de tocino.

Anoté todo y levanté la vista. —¿Eso es todo?

—Sí —dijo William.

Asentí y puse su orden. El pedido de Ian estaba listo, así que tomé su plato y lo coloqué frente a él.

—Se ve genial, nena. Gracias —dijo Ian.

No le di importancia a que me llamara "nena", pero aparentemente William sí. Gruñó y soltó una risa seca. Una parte de mí quería explicarle que Ian me llamaba así desde hace años, pero no le debía nada a William. Él terminó conmigo.

Me mantuve ocupada con otros clientes hasta que la comida de William estuvo lista. Coloqué el plato frente a él y le pregunté si necesitaba algo más. Miró alrededor y dijo que no, luego se dedicó a su desayuno.

El plato de Ian estaba vacío, así que lo tomé y lo puse en el recipiente para platos sucios y le pregunté si quería algo más.

—Otra taza de café sería genial —dijo con una sonrisa.

Asentí y le serví otra taza, deslizando una crema frente a él para que la añadiera. Volví a poner la cafetera en su lugar y me apoyé contra la barra, observando el restaurante casi vacío.

Los momentos bajos eran siempre los momentos en que hablaba con Georgia. Ella constantemente compartía sabiduría y consejos. Tenía una palabra de aliento para todos y una sonrisa y una broma cuando la necesitabas.

La emoción me dominó por un segundo, y necesitaba alejarme. Arranqué las cuentas para ambos hombres y las coloqué sobre la barra, luego dejé el piso. No había dónde esconderse, pero el baño tenía una sola cabina y, gracias a Dios, estaba vacío.

Me metí el dorso de la mano en la boca para ahogar el sollozo que se envolvía alrededor de mi garganta e intentaba abrirse paso. Inhalé por la nariz y exhalé de nuevo, una y otra vez, hasta que la necesidad de llorar pasó.

Me lavé las manos y respiré hondo, luego desbloqueé la puerta y comencé a salir.

Solo para ser empujada de nuevo al baño, con la puerta cerrada y bloqueada detrás de nosotros.

—Ian, ¿qué estás haciendo? —exigí.

—No estás bien, nena. Ven aquí. —Envolvió sus brazos alrededor de mí y metió mi cabeza debajo de su barbilla.

Quería resistirme, pero él estaba allí y se preocupaba. Deslicé mis brazos alrededor de su cintura y me aferré con fuerza. Cinco minutos. Podía tomarme cinco minutos.

Dejé que las emociones fluyeran, llorando con fuerza. Mi nariz goteaba y mis ojos se inundaban. Los sollozos que había ahogado un minuto atrás volvieron a la superficie y estallaron desde mi interior.

Ian solo me sostuvo, sus cálidas manos deslizándose por mi espalda en movimientos suaves y uniformes. Odiaba que sintiera las ondulaciones de mi espalda rellenita bajo sus palmas perfectas. No podía esconder mis curvas, pero hacía todo lo posible por disimularlas.

Alejé todos los pensamientos sobre mi exceso de curvas e intenté frenar mis lágrimas. Después de unos minutos, finalmente me calmé lo suficiente para separarme de Ian.

Limpió las lágrimas de mis pestañas y acunó mi mandíbula, inclinando mi cabeza para mirarme. —¿Te sientes mejor?

Sonreí y asentí.

—Bien —dijo, atrayéndome de nuevo y besando mi frente —. Desearía poder quitarte este dolor.

—Yo también.

Él se rio. —Willie se fue.

Me reí suavemente. —¿Lo ahuyentaste?

Negó con la cabeza. —No hice nada.

Asentí. No importaba de todos modos. William era un

cliente, nada más. No quería que fuera más. Habíamos terminado, y estaba bien con eso.

Ian finalmente nos dejó salir del baño, y casi chocamos con Jean. Sus oscuras cejas se elevaron, pero no hizo ningún comentario. Aunque definitivamente escucharía sobre esto más tarde.

Ian pagó su desayuno y me besó la mejilla antes de irse, dejando una enorme propina con su cuenta. Comencé a perseguirlo, pero podía devolverle la mitad en otro momento. Él sabía que odiaba cuando me daba una propina enorme.

El resto de la mañana pasó rápidamente hasta que una mujer de piel oscura con ojos anchos y emocionados entró justo después de las nueve. El bolso caro en su hombro y la sudadera de MacKellar Cove decían que no era local, pero definitivamente parecía saber dónde estaba.

—¿Estás aquí para desayunar? —le pregunté, sosteniendo un menú.

Ella asintió y me dio una sonrisa amable. —Lo estoy. Gracias.

—Puedes sentarte donde quieras —dije con una sonrisa de vuelta.

Se fijó en los taburetes de la barra y se sentó en uno de ellos. Coloqué su menú frente a ella y le ofrecí café.

—Oh, sí, por favor. Salí muy temprano esta mañana para llegar aquí. ¿Puedo hacerte una pregunta?

Asentí. —Por supuesto.

Ella respiró hondo y sonrió. —Estuve aquí hace un año, y había una mujer trabajando aquí. Hablamos un rato sobre, bueno, muchas cosas. Su nombre es Georgia. ¿Está aquí por casualidad?

Inhalé profundamente y sonreí. No era la primera vez que un cliente preguntaba si Georgia estaba por aquí. Todos la conocían. Con los visitantes, rara vez les contaba toda la historia. Solo les decía que no estaba.

—Lo siento, pero no está aquí.

—Oh —dijo la mujer, con el rostro decayendo—. Me prometió que estaría aquí hoy.

—¿Lo hizo? —pregunté. Eso no sonaba como Georgia. Amaba a sus clientes, pero no solía programar tiempo para verlos de nuevo. Incluso los habituales sabían que Georgia se tomaba un día libre de vez en cuando y no trabajaba los siete días de la semana.

La mujer asintió, sus rizos apretados rebotando con el movimiento. —Tal vez sea una tontería, pero hoy es mi cumpleaños. Ella me dijo que también era el suyo. Cuando estuve aquí hace un año, le dije que me encantaría vivir aquí. Me convenció de que debería hacerlo, y finalmente lo logré. Tengo todo lo que poseo en mi auto afuera, y me mudo a mi nuevo condominio hoy. Tenía muchas ganas de decirle que lo hice. Y tener una cara familiar en la ciudad ya que no conozco a nadie.

Bueno, mierda. Tenía que decirle toda la verdad después de esa confesión... e iba a doler.

Respiré hondo y sonreí. —Soy Blake —comencé.

—Hola, Blake. Trinity.

—Encantada de conocerte, Trinity. Soy amiga de la hija de Georgia. Su nombre es Karissa.

—Oh, ¿ella sabría dónde está su mamá? Le traje algo. ¿Tal vez se lo puedas dar a Karissa para que se lo dé a su mamá? —Hurgó en su bolso—. Es un collar. Hago joyas y ella comentó sobre la pieza que yo llevaba el año pasado. Quería agradecerle por convencerme de seguir mi corazón y vivir mis sueños.

Mi respiración se entrecortó mientras inhalaba. —Trinity, lo siento, pero la señora Georgia murió hace unos meses.

—¿Qué? —preguntó, desmoronándose su sonrisa—. No.

Asentí. —Tenía cáncer de mama. No supo lo grave que era hasta que fue demasiado tarde.

—No —dijo de nuevo.

Asentí, conteniendo mis propias lágrimas mientras las de Trinity corrían por sus mejillas.

Di un paso alrededor del mostrador y abracé a la otra mujer. Trinity giró hacia mi abrazo y se aferró a mí. La abracé, sabiendo que no podía proporcionar el mismo consuelo que Georgia, pero haciendo mi mejor esfuerzo para consolar a la mujer sollozante en mis brazos.

—¿Está bien? —preguntó Jean suavemente, deteniéndose detrás de mí.

—Georgia —respondí, sabiendo que no había necesidad de decir nada más.

Jean me dio una palmadita en el hombro y siguió su camino.

Trinity hipó y respiró hondo. —Lo siento mucho.

Negué con la cabeza mientras retrocedía. —Créeme, he tenido más que mi parte de momentos haciendo lo mismo. Georgia nunca quiso que lloráramos por ella, pero era una mujer increíble. Es imposible no extrañarla.

Trinity sonrió. —Solo la conocí durante unas horas, pero fue tan amable conmigo. Realmente me hizo querer vivir una vida mejor. Ser más feliz.

—Georgia tenía una manera de inspirar a la gente a hacer cosas que ni siquiera sabían que querían hacer.

Trinity se rio. —Eso es exactamente lo que hizo conmigo. Ahora me siento como una tonta por mudarme aquí debido a una mujer que conocí durante unas horas que ya no está. Odiaba la ciudad porque no conocía a nadie, y estoy en un nuevo pueblo y todavía no conozco a nadie.

—Bueno, me conoces a mí. Y a unas cuadras hay un bar llamado O'Kelley's. ¿Lo has visto?

Ella asintió. —Está cerca de mi nuevo condominio, creo.

—Oh, ¿te mudas a Waterfront Villas? Qué bien. Karissa y nuestra otra amiga Finley viven en uno de esos. De todos modos, el sábado por la noche, vamos a tener una fiesta para la señora Georgia en O'Kelley's. Comienza a las siete, pero probablemente estaremos allí hasta que cierren. Deberías venir.

Trinity negó con la cabeza. —No, no podría imponerme.

Sonreí y puse una mano en su brazo. —Te prometo que nos encantaría que te unieras a nosotros. Por favor, ven.

Finalmente, Trinity asintió. —De acuerdo, iré. Gracias, Blake.

Sonreí. —Siempre es bueno tener amigos.

2

Cuando terminó mi turno, ya me sentía mejor. Había hecho una nueva amiga, la ayudé a sentirse bienvenida en MacKellar Cove y había visto a Ian.

Si fuera sincera, ver a Ian siempre era lo mejor de mi día, pero no podía contarle esa parte a nadie.

Fui a la parte trasera para agarrar mi bolso antes de salir, pero Earl me detuvo.

—Oye, déjame hablar contigo un minuto. Ven aquí y voltea panqueques conmigo —dijo con su tono áspero pero afectuoso. Earl era el tipo de hombre que odiaba ponerse emocional pero siempre lo estaba. Nos quería a todos como si fuéramos sus propios hijos a pesar de que nunca los había tenido. Nunca se había casado ni había salido con nadie que yo supiera.

Tomé la espátula de sus manos y volteé la fila de panqueques frente a mí mientras él añadía más a la plancha.

—Tengo una propuesta para ti. He estado pensando que ya es hora de actualizar esa gran pared que da a la plaza. Y quiero que tú lo hagas —dijo, sin mirarme.

Yo tampoco pude mirarlo. Cracked era el primer edificio

al oeste de la plaza del pueblo, que en realidad era un enorme parque que ocupaba tres manzanas completas en el centro de MacKellar Cove. La plaza era donde ocurría todo en el pueblo. Era un ícono para los visitantes, pero también un punto de encuentro para los locales. Sillas Adirondack se ubicaban en una pequeña colina con vista al agua con senderos que conducían hacia el pueblo. Una amplia acera desde la plaza recorría el paseo marítimo detrás de los negocios que bordeaban la pequeña cala aislada del río San Lorenzo. La plaza era la pieza central de MacKellar Cove, y tener vista a la plaza era enorme para el negocio de Cracked.

Y Earl confiaba en mí para crear algo que ayudaría a atraer ese negocio. Wow.

—¿Hablas en serio? —solté, incapaz de contener las palabras.

Se rio entre dientes. —Por supuesto. ¿A quién más conseguiría? ¿Al otro muralista del pueblo?

Mi corazón se agrietó ligeramente al pensar que me contrataba porque era la única disponible.

Entonces dijo: —Eres mi única opción, Blake. Porque eres la mejor y amas este lugar tanto como yo. No puedo imaginar confiar este trabajo a nadie más. Y será un trabajo. Pagaré por las pinturas, los suministros y tu tiempo. Comenzando hoy. Elabora algunas ideas y podemos hablar cuando las tengas listas para mí.

Wow. Realmente no podía creerlo. Había pintado algunos murales pequeños por el pueblo, pero nada del tamaño de Cracked. Sería algo enorme para mí, para mi carrera. Y era el tipo de desafío que había estado buscando. Algo más que esas escenas acuáticas poco distintivas que pintaba regularmente para vender en las tiendas de regalos locales. Pagaban las cuentas, pero no siempre me inspiraban.

—Sería un honor —finalmente le dije a Earl—. Yo... gracias.

—Hay una cosa más —dijo Earl. Movió los pies inquieto y volteó panqueques, evitando mi mirada nuevamente.

—Suéltalo ya, Earl —dije con diversión.

Sonrió y dijo: —Quiero que la Sra. Georgia esté en la pintura.

—¿Qué? —exhalé.

Se encogió de hombros y me miró con sus ojos cálidos y tristes. —Ella fue el corazón y alma de este lugar por más de treinta años. Quiero que la gente sepa de ella por otros treinta o más. Eddie estuvo de acuerdo. Dijo que Georgia habría estado honrada.

—¿Qué dijo Rissa? —pregunté casi sin aliento.

Earl evitó mi mirada otra vez.

—¿No se lo preguntaste? —casi grité.

Se encogió de hombros. —Pensé que tú podrías hacerlo.

—Oh, cielos, Earl. Sabes que deberías haberle hablado a ella.

—Lo sé, pero pensé que podría ser más fácil viniendo de ti. ¿Hablarás con ella?

Asentí. Todos nos reuniríamos esa noche para tener nuestra propia celebración tranquila para Georgia. Le dije que encontraría la manera de mencionárselo a Rissa y luego salí.

En lugar de ir directamente a casa como debería haber hecho, caminé hasta la plaza para poder ver la pared. Me senté en medio de la primera manzana, detrás de las sillas Adirondack en el área de césped que era un refugio para los padres jóvenes, y miré fijamente la pared.

Las ideas llenaron mi cabeza de inmediato, una tras otra. Me picaban los dedos por empezar a dibujar, pero no tenía un cuaderno conmigo. Ni siquiera tenía un recibo del desayuno. Solo tenía mi mente, y dejé que divagara.

No pasó mucho tiempo antes de que divagara hacia Ian. Cada vez más mis pensamientos estaban consumidos por él.

Desde nuestro viaje a Hawái donde Georgia y Eddie se casaron, no podía dejar de pensar en Ian. La forma en que me sostuvo cerca cuando bailamos. La forma en que sus dedos provocaban mi piel desnuda cuando me tocaba. La forma en que sus ojos ardían con algo peligrosamente cercano a la necesidad cuando lo sorprendí en el baño.

Todavía podía ver la mirada en sus ojos de aquella noche. No me di cuenta de que estaba en el baño cuando regresé a la habitación que compartíamos. Había estado en el bar del hotel con el resto de las chicas, y pensé que Ian se había ido a buscar a alguien con quien pasar la noche. La habitación estaba en silencio cuando entré, y asumí que la camarera había dejado la puerta del baño cerrada por alguna razón. Nunca imaginé que me encontraría con Ian, con el agua de su ducha aún corriendo en riachuelos por su pecho. Mi mirada siguió esas gotas hasta que desaparecieron en el espeso parche de vello que rodeaba su miembro semi erecto. Agarró su toalla alrededor de su cintura, rompiendo el hechizo bajo el que estaba.

Entonces mis ojos se encontraron con los suyos y cada célula de mi cuerpo se tensó con un anhelo innegable. Sus ojos color avellana estaban tempestuosos. Llenos de lujuria. Empapados con tanto deseo como mis bragas.

Retrocedí y cerré la puerta, pensando que había alguien más allí con él. ¿Por qué otra razón tendría esa mirada en sus ojos?

Pero estaba solo. Nadie más salió minutos después cuando lo hizo él, envuelto en esa toalla, para buscar ropa limpia. Yo ya estaba en la cama, con las sábanas hasta el cuello, deseando estar sola para poder deslizar mi mano dentro de mis bragas y aliviar el palpitante dolor.

Ese fue el momento en que supe que necesitaba romper con William. Él nunca me había mirado así. Y sabía que mis amigas tenían razón al decir que no valía la pena estar con alguien que no encendiera ese anhelo instantáneo en mí.

El hecho de que William se me adelantara en la ruptura solo significaba que no tenía que ser la perra que lo dejaba después de cinco años de relación y una propuesta fallida.

Repetidamente traté de pensar en un momento en que William me hubiera excitado la mitad de lo que Ian lo hizo con esa sola mirada y no pude recordar ninguno. Realmente no era justo que el único hombre que encendía mis deseos de esa manera fuera un hombre que no podía tener. Incluso si no fuera el hermano de mi mejor amiga, Ian no era un tipo de compromiso.

Suspiré y me dije a mí misma que necesitaba olvidarme de Ian Jameson. Era un amigo, pero no quería ser nada más, así que necesitaba dejar de pensar en él como algo más. No me haría ningún bien, y tampoco fantasear con él en público.

El sol calentaba mi espalda mientras caminaba a casa, haciéndome saber que el verano estaba llegando rápidamente. Para cuando llegué a mi puerta, mi camiseta se pegaba a mi espalda y mis muslos estaban irritados y doloridos. Me quité todo en mi habitación y lo arrojé todo en el cesto de la ropa sucia en la esquina. Necesitaba una ducha fría y algo de ropa para pintar para poder hacer algo de trabajo.

Unas horas más tarde, volví a meterme en la ducha para quitarme la pintura y luego me vestí con una blusa rosa suelta y shorts de mezclilla. Teníamos una noche de chicas a mitad de semana en Novios Literarios Ilimitados, la librería de Finley. Estaba a unas pocas cuadras de Cracked en Riverview Road. Tenía un lugar privilegiado, justo en el agua donde los navegantes podían acercarse al muelle cercano o cualquiera que caminara por el agua podía entrar. Finley era una fanática empedernida de las novelas románticas y solo vendía novelas románticas, lo que nos venía bien a todas, ya que era el único romance que teníamos en nuestras vidas.

Finley ya tenía volteado el letrero de cerrado cuando llegué a la tienda. También cerró la puerta con llave, ya que en circunstancias normales, estaría abierta al público. Llamé y esperé a que me dejara entrar.

—Hola, cariño —dijo, envolviéndome en un abrazo. Finley era como la hermana que nunca tuve. Éramos opuestas en muchas formas, pero siempre nos entendíamos. Y sin importar lo que estuviera pasando en nuestras vidas, siempre estábamos ahí la una para la otra.

—¿Cómo estás? —le pregunté. La Sra. Georgia era como una madre para todas nosotras, y no era la única que tenía dificultades con el día.

Se encogió de hombros. —Ha sido difícil. Tenía un recordatorio en mi teléfono que había olvidado eliminar. Y preparé la exhibición para mostrar sus favoritos, pero fue difícil pasar junto a ella todo el día.

Miré la mesa en el centro. A Finley le gustaba preguntar a los locales cuáles eran sus libros favoritos y mantenía una exhibición durante la temporada alta con esas selecciones. Le daba a todos la oportunidad de probar nuevos autores. La Sra. Georgia siempre participaba. Ella fue quien nos introdujo a la mayoría de nosotras en la lectura de novelas románticas. Sabiamente nos dijo que los hombres de los libros no eran reales, pero que debíamos esperar a hombres como ellos en nuestras vidas. Hombres que dijeran cosas dulces e hicieran lo que fuera necesario para hacernos felices.

Por fin estaba lista para escucharla.

—¿Cómo fue tu día? —preguntó Finley después de un minuto.

Me encogí de hombros. —Bastante bueno. Earl quiere que pinte un mural en el lateral de Cracked.

—¿Qué? —gritó Finley—. Blake, eso es increíble. Eso no es solo "bastante bueno".

Sonreí y añadí: —Quiere que la Sra. Georgia esté en el mural.

Los ojos de Finley se estrecharon. —Karissa no ha mencionado esto.

—Eso es porque aún no lo sabe. Earl le preguntó a Eddie, pero quiere que yo hable con Rissa.

Finley soltó una risa. —Eso fue muy amable de su parte —añadió con un toque de sarcasmo.

Sonreí. —Sí, ya me dirás.

Otro golpe en la puerta interrumpió nuestra conversación. Laura saludó desde el otro lado del cristal. Sostenía un plato que hizo rugir mi estómago aunque no sabía qué era.

—Hola —dijo Laura una vez que Finley la dejó entrar—. Es tarta de queso con Oreo. La favorita de la Sra. Georgia.

Finley y yo abrazamos a Laura y las tres nos dirigimos hacia la parte trasera donde Finley organizaba clubes de lectura y nuestro grupo de amigas cada semana.

Laura destapó su tarta justo cuando hubo otro golpe en la puerta principal. Finley fue a ver quién era mientras Laura y yo hablábamos.

—¿Cómo van las cosas en la clínica? —pregunté.

Laura me dio una sonrisa triste. —Hoy fue duro. Todos esperábamos que la Sra. Georgia tocara la campana.

Asentí. —Nosotros también. ¿Cómo estaba el Dr. Allison?

Laura tenía algo con su jefe, que era el oncólogo de la Sra. Georgia. El Dr. Allison era brillante y amable, pero era rígido y frío. Nunca bromeaba ni reía con sus pacientes. Era todo negocios, lo cual estaba bien, excepto que la gente necesitaba sentir que seguían siendo humanos y no solo un diagnóstico.

—Estaba como siempre —dijo Laura suavemente. Ella lo

defendía constantemente, pero había solo tanto que podía decir sobre él cuando actuaba como si nada le molestara.

—Supongo que tienes que estar desapegado en su mundo. De lo contrario, no podría hacer su trabajo —dije, tratando de ser amable con el hombre. Él intentó salvar a la Sra. Georgia, y era bien considerado localmente y dentro de la comunidad oncológica.

Laura asintió y miró hacia arriba cuando Finley regresó con Elise y Karissa. Karissa levantó dos botellas de vino. —Necesito celebrar esta noche.

—¿Qué estamos celebrando? —preguntó Laura.

La sonrisa de Karissa era amplia y brillante, mostrando sus dientes blancos y el que tenía un ligero giro. —Terminé mi aplicación hoy. Creo que mi madre me inspiró. Había una cosa en la que estaba trabajando, y ella me ayudó a aclararla hoy. Estará activa en unos días, y estoy muy emocionada por ello.

Los dedos de Karissa volaron sobre su teléfono antes de girarlo para que todas pudiéramos ver lo que parecía el frente de una librería.

—Se Buscan Novios Literarios —dijo Elise.

Karissa asintió. —Sí. Siempre estamos hablando de lo genial que sería si pudiéramos agitar una varita mágica y convertir a los novios de libros que amamos en hombres reales. Bueno, esto lo hará.

—¿Tu aplicación es una varita mágica? —preguntó Finley. Una ceja se levantó con su tono escéptico.

Karissa negó con la cabeza. —No, pero es lo más parecido. Es una aplicación de citas, excepto que todos serán conocidos por sus personajes favoritos. El cuestionario que desarrollé tiene muchas preguntas sobre quién eres, pero agregué un montón que les dice a los demás quién eres en una relación y a quién estás buscando. Si quieres un chico como el Sr. Darcy, te emparejarán con él. Si prefieres ir por un Sr. Grey, lo conseguirás. Toma todo lo que amamos de las novelas románticas y lo pone en el mundo real para que podamos encontrar hombres reales que actúen como novios de libros.

—Santo cielo —dijo Elise—. Esto es perfecto.

El resto de nosotras murmuró nuestro acuerdo.

—Excelente —dijo Karissa felizmente. Abrió su vino y agarró una de las tazas en la mesa—. Porque todas se van a registrar y me ayudarán a probarlo.

Nos miramos y asentimos. —De acuerdo —Finley habló por nosotras.

—¿En serio? —preguntó Karissa—. Realmente pensé que tomaría mucho más convencerlas para que le dieran una oportunidad.

—¿Una oportunidad de conocer a un hombre que me va a amar como este tipo? —preguntó Elise, sosteniendo el libro que hemos estado leyendo. Era una nueva historia de amigos a amantes con un héroe alfa que hablaba sucio. Entendía totalmente su deseo de encontrar un chico así.

Karissa asintió.

—¿Puedo registrarme ahora? —preguntó Elise.

Karissa se rio. —¡En cuanto esté activa! Os avisaré. Y gracias.

Atacamos la tarta de queso de Laura y compartimos historias y consejos que habíamos recibido de la Sra. Georgia a lo largo de los años. Bebimos el vino de Karissa y celebramos su aplicación y a la Sra. Georgia.

Fue una noche perfecta.

—Conocí a alguien hoy —les dije después de que terminamos el vino y comimos toda la tarta de queso.

—¿Es guapo? —dijo Elise.

Negué con la cabeza. —No es un chico. Una mujer. Conocía a Georgia. La conoció el año pasado. Tienen el mismo cumpleaños, y Trinity se mudó aquí hoy. Vino a

Cracked y quería decirle a Georgia que finalmente siguió sus sueños y se mudó aquí. —Señalé a Finley y Karissa—. Se mudó a vuestro edificio hoy.

—Recuerdo que mamá la mencionó. Fue la primera vez que conoció a alguien con su mismo cumpleaños. No podía creer que le tomara cincuenta y nueve años —dijo Karissa con una sonrisa.

—No creo que conozca a nadie con mi cumpleaños —dijo Elise—. Eso sería genial.

—Sí —murmuramos todas.

—Invité a Trinity a la fiesta del sábado. Espero que esté bien —dije.

—Por supuesto —dijo Karissa—. Mamá habría querido que estuviera allí. ¿Se lo dijiste?

—¿Que falleció?

Karissa asintió.

—Sí, lo hice. Se asustó un poco al saber que se mudó a un pueblo extraño y la única persona que conocía no estaba allí. Le dije que seríamos sus amigas y la invité. Me da pena por ella.

Finley y Karissa intercambiaron una mirada. —La buscaremos en el edificio —dijo Finley—. No estuve en casa todo el día, así que no sé dónde se mudó. Todavía hay algunas unidades vacantes.

—Estaba enterrada en mi aplicación y no salí hasta que vine aquí. Tampoco lo sé —dijo Karissa—. Pero la conoceremos el sábado si no lo averiguamos antes.

Todas estábamos un poco calladas después de eso, pensando en el sábado y la fiesta que estábamos organizando. Íbamos a ir a O'Kelley's, pero sabíamos que la mayoría del pueblo aparecería. Todos amaban a Georgia, y todos querían celebrar su cumpleaños.

Hablamos unos minutos más, luego todas limpiamos y nos fuimos. Bostecé y me estiré, sabiendo que estaría exhausta al día siguiente. Ya estaba funcionando con las reservas y estaría aún peor por la mañana. Pero fue bueno ver a mis amigas.

Todas salimos juntas después de que Finley se asegurara de que la tienda estaba cerrada. Nos abrazamos en la entrada y nos despedimos, luego todas caminamos en dirección a nuestras casas.

Pensé en lo feliz que estaba Karissa con su aplicación y me preguntó si debería haberle dicho algo sobre el mural. Fui una cobarde por mantener la boca cerrada, pero tal vez una vez que tuviera algunos conceptos, ella podría ayudarme a elegir algo.

Al menos eso me dije a mí misma. Esperaba que fuera cierto.

3

—

IAN

El zumbido constante de la lijadora en mi mano me tranquilizaba. La vibración hormigueaba por mi brazo, pero los tapones para los oídos que llevaba y el sonido de la lijadora bloqueaban todo lo que estaba fuera de mi cabeza. Lástima que no pudieran bloquear también todo lo que había dentro de mi cabeza.

Blake. Siempre era Blake.

No quería bloquearla de mi mente, pero necesitaba hasta la última gota de energía para concentrarme en el trabajo en lugar de pensar en ella como solía hacer. Especialmente desde que la vi la mañana anterior. Con Willie.

Ella no parecía sorprendida de verlo allí, pero tampoco parecía particularmente feliz de verlo. Cuando salió corriendo, esperé unos segundos para ver si él la seguía, pero claramente no estaba interesado. Me destrozó abrazarla mientras lloraba, pero ella me dejó consolarla, así que valió la pena. No había tenido mis brazos alrededor de ella desde que bailamos juntos en Hawái. Demasiado tiempo.

Un golpe en el costado del barco me hizo querer arrancarle la cabeza a alguien. Odiaba cuando la gente hacía eso. No era como si no supieran que estaba debajo, trabajando.

Detuve la lijadora y la coloqué en el concreto a mi lado, luego salí rodando de debajo del barco nuevo de veinte pies para mirar con mala cara a quien estuviera allí.

Afortunadamente, no me había quitado la máscara, así que el dueño del barco en el que estaba trabajando, Robert Mallory, no podía ver la expresión en mi cara.

Me quité la máscara y la mala cara y le di al tipo una sonrisa. El cliente siempre tenía razón, así que no podía decirle que arriesgaba que yo hiciera un agujero en el costado de su precioso barco si seguía haciendo esa mierda, pero realmente quería hacerlo.

—Buenos días —dije alegremente. O tan alegremente como podía manejar cuando mi día apenas había comenzado y ya estaba siendo interrumpido.

—Se ve increíble —dijo Robert con una amplia sonrisa. Deslizó su mano por el costado del barco donde ya había pasado días lijando la madera para que fuera tan suave como la piel de Blake.

—Gracias. Va a verse hermoso en el agua.

Robert asintió. —No puedo esperar para sacarlo. Estará listo para el Cuatro de Julio, ¿verdad?

—Absolutamente. Debería estar listo para mediados de junio —dije. En mi cabeza, añadí: "si puedo hacer algún trabajo", pero no lo presioné. No con un tipo como Robert. Algunos de mis otros clientes lo entenderían, pero Robert era el tipo de persona que le gustaba ser la más inteligente en la habitación. Como me estaba pagando una buena cantidad de dinero para construirle un gran barco de madera personalizado, iba a dejarle creer lo que quisiera.

—Suena genial. No puedo esperar para llevarlo a dar una vuelta. Mi nueva novia está emocionada por verlo.

Asentí, sabiendo que no eran necesarias las palabras.

Robert realmente no me estaba prestando atención, solo quería que supiera que tenía una novia joven y atractiva. Estaba cerca de los sesenta años, y con una novia demasiado joven para mí, pensaba que era la gran cosa. A los treinta y seis años, ya no me interesaba salir con veinteañeras, pero eso era principalmente porque Blake tenía treinta y uno.

—¿Ya has pensado en algún nombre? —preguntó Robert.

Odiaba cuando los dueños me pedían que nombrara su barco. El nombre era la parte más personal de un barco. Las personas que venían a mí sin una idea clara de cómo querían llamarlo siempre eran clientes frustrantes. Eran indecisos con todo el asunto, y de vez en cuando, se echaban atrás en el trato cuando el barco estaba terminado y llegaba la factura final.

Robert tenía más que suficiente dinero para pagar su precioso barco, pero si no tenía conexión con él, no lo mantendría por mucho tiempo.

—Podrías nombrarlo por tu nueva novia —sugerí.

Robert negó con la cabeza. —No. Entonces ella empezará a pensar que tiene un lugar.

Me mordí la lengua para mantener dentro las palabras que quería decir. Odiaba tratar con tipos como él. Tipos que pensaban que las mujeres eran desechables y podían ser recicladas. Malditos imbéciles.

—¿Qué tal nombrarlo por tu mamá o tu pez favorito? —ofrecí.

Él frunció el ceño. —Me alegro de que seas mejor construyendo barcos que nombrándolos. Sigue pensando. Avísame cuando se te ocurra una buena idea. Volveré la próxima semana para verificar cómo van las cosas.

Asentí y saludé mientras Robert giraba y salía de mi taller. Tener el lugar abierto era la única forma en que podía trabajar, ya que enfriarlo costaría una pequeña fortuna, pero significaba lidiar con clientes e imbéciles como Robert cada vez que sentían ganas de pasarse.

No tenía muchas ganas de inventar un nombre para su barco. Si fuera mi barco, lo nombraría por Blake. Casi nombré mi barco por ella, pero ella estaba saliendo con Willie en ese momento y yo no tenía el derecho. Todavía no lo tenía, pero iba a ganarme ese derecho.

Volví al trabajo, dejando que la lijadora sacara de mi cuerpo la tensión que Robert había creado. Acostarme de espaldas y lijar el fondo del barco sobre mí era tedioso, y después de un rato, mis brazos palpitaban y necesitaban un descanso.

Tan pronto como apagué la lijadora, dos pies aparecieron a mi lado. Reconocí los zapatos inmediatamente y sonreí.

—¿Qué demonios estás haciendo aquí? —pregunté.

—Tenía que ver al maestro trabajando —dijo Ramsey Holland. Ramsey y yo crecimos juntos. Éramos rivales en la escuela secundaria sin otra razón que estar en el mismo grado y competir por las mismas chicas. Una vez que fuimos a la universidad y Ramsey se casó, encontramos una manera de ser amigos y reírnos de las estupideces que hicimos cuando éramos más jóvenes.

—¿Por qué estás realmente aquí? —le pregunté.

Él sonrió. —¿Es este el barco de Robert?

Asentí, tomando nota del hecho de que estaba evitando mi pregunta. —Sí. Acaba de irse. Tuvo que venir a controlarme. Asegurarse de que estaba cuidando todo. Y ver si ya tenía un nombre para su barco.

—Qué imbécil. ¿Por qué querría un barco si no va a nombrarlo?

Puse los ojos en blanco. —Para impresionar a la nueva veinteañera con la que se está acostando.

—Debería nombrarlo por ella.

Negué con la cabeza. —Dijo que entonces ella pensaría que tiene derecho a algo.

Ramsey se burló. —Es un verdadero pedazo de mierda.

—No hay discusión ahí. Entonces, ¿qué está pasando? —pregunté de nuevo, esperando que no esquivara la pregunta por tercera vez.

Ramsey negó con la cabeza. —Solo quería ir a un lugar donde fuera bienvenido.

Asentí hacia la oficina para que Ramsey me siguiera. Me senté en mi escritorio y estiré la espalda antes de sacar de la nevera dos botellas de agua. —No es cerveza, pero es mejor que nada.

—Va a ser un verano infernal —dijo Ramsey, desenroscando la tapa de su agua y bebiendo la mitad.

Ni siquiera era el Día de los Caídos todavía, y ya estábamos sudando como locos. Tenía razón sobre el verano, pero esa no era la razón por la que vino a verme.

—Tengo aire acondicionado en la parte de atrás. Y un sofá de sobra —le dije.

Él exhaló y asintió. —Espero no necesitarlos. Melody no ha mencionado echarme últimamente.

—¿Qué está pasando con ustedes? —pregunté. Nunca había reunido el valor para preguntar directamente, pero realmente quería saberlo. Si no por otra razón que porque él era mi mejor amigo, y él y Melody eran perfectos el uno para el otro. Ella había estado un año detrás de nosotros en la escuela, y demasiado buena para ambos, pero tenía un flechazo por Ramsey. Un flechazo que él correspondía. Habían estado casados casi diez años, pero últimamente, las cosas no iban bien.

—Ella quiere otro hijo —admitió Ramsey con una mano en la nuca—. Hablamos mucho tiempo que habíamos terminado de intentarlo después de perder el último. No necesitamos más de un hijo, pero ahora ella quiere intentarlo de nuevo.

—Mierda —respiré. Melody perdió a su segundo hijo cuando tenía casi veinte semanas de embarazo. Fue lo más difícil que había pasado, y ni siquiera era mi hijo. Sentarme afuera y no poder hacer nada para ayudar a dos personas que me importaban me destrozó por dentro. Tenían una niña de cinco años que comenzaría el jardín de infantes en otoño, pero ella era su única hija.

Ramsey asintió. —Sí, así es como me siento. Amber es perfecta, pero Melody dijo que está lista para otro bebé.

—¿Y tú no? —pregunté.

Él negó con la cabeza. —No puedo pasar por eso de nuevo. Perder a otro. Casi perdí a Mel cuando perdimos a Steven. Apenas me habló durante seis meses. Estaba tan deprimida, y se negó a hablar con alguien. No puedo hacerlo de nuevo.

Tomé aire. Melody no era el tipo de mujer que aceptaría un no como respuesta. Era una mujer que sabía lo que quería y no tenía miedo de conseguirlo, sin importar quién se interpusiera en su camino. Ya sea que lo intentaran de nuevo o no, Ramsey corría el riesgo de perderla.

—Lo siento, amigo. Supongo que soy tan bueno ayudándote como nombrando barcos ajenos.

Ramsey se rió de eso. —No tendrías ningún problema si estuvieras nombrando tu propio barco. *El Sueño de Blake*. O tal vez *Amo a Blake*. ¿Qué tal *La Fantasía de Blake*? ¿Gran, larga y mojada madera? Definitivamente sería una fantasía ya que nunca conseguirá algo tan grande de ti.

—Que te jodan —dije con una risa. Ramsey era el único que sabía cómo me sentía por Blake, y estaba feliz de hacer tantas bromas a mi costa como fuera posible. También me animaba a decirle que la amaba, pero yo era un cobarde.

—No, eso es lo que tú quieres hacer con Blake. Deberías

hacerlo. Tal vez en la fiesta de este fin de semana puedas acorralarla en el baño y decirle cómo te sientes.

Puse los ojos en blanco. —Sí, esa es una gran idea. Oye, Blake. Déjame tratarte como a todas las otras mujeres con las que he follado y presionarte contra esta pared justo aquí.

—No has estado con tantas en O'Kelley's, ¿verdad?

Me burlé. —No, pero ese no es el punto. Blake es especial. Es diferente. Ella es...

—Todo —dijo Ramsey.

Nuestras miradas se encontraron y ambos asentimos. El amor definitivamente apestaba. Especialmente cuando no estabas en la misma página. Ramsey y Melody llegarían allí, pero no estaba seguro si Blake y yo alguna vez lo haríamos.

—Tengo que volver al trabajo. Solo quería pasar por aquí. Trabaja en esos nombres. Tal vez *Veinteañera*? Entonces puede simplemente decir que es para cualquier mujer con la que se esté acostando en ese momento —sugirió Ramsey.

Resoplé. —Me suena perfecto, pero no estoy seguro de que él lo acepte.

Ramsey sonrió. —Deberías mencionárselo. Ver si muerde el anzuelo.

—Sí, me aseguraré de hacerlo —dije sarcásticamente.

—Es una muy buena idea —dijo Ramsey, caminando hacia el sol y saludando.

Me reí y sacudí la cabeza. Era una buena idea, pero algo me decía que el cliente no le encontraría la gracia. Lo que significaba que estaba de vuelta al trabajo, y de vuelta a pensar en nombres que no fueran Blake.

O'KELLEY'S YA ESTABA REPLETO cuando entré el sábado por la noche. Todos en MacKellar Cove amaban a la Sra. Georgia, y la mitad de los pueblos circundantes sentían lo mismo. Su funeral fue una locura, pero su cumpleaños era una celebración. Corrimos la voz tanto como pudimos, y claramente funcionó.

Busqué en el bar abarrotado y escaneé las cabinas de madera hasta que vi el cabello castaño claro que quería envolver alrededor de mi mano y me dirigí hacia Blake.

—Hola —dijo Finley cuando me acerqué lo suficiente—. Blake te guardó un asiento.

Blake me sonrió. —Dijiste que vendrías.

Le guiñé un ojo y me senté en la silla junto a ella. —No me lo perdería. Gracias.

Ella sonrió, sus mejillas sonrojándose. Me pregunté hasta dónde se extendía ese rubor debajo del cuello de su blusa color turquesa. Mi mirada se desvió a las curvas expuestas de sus pechos y se detuvo hasta que Finley se aclaró la garganta.

Miré a mi hermana, pero ella no me estaba mirando. Aun así, mirar fijamente a Blake en un bar lleno de gente no era una buena idea. Alguien definitivamente lo notaría, e incluso aunque mi fecha límite había pasado, no podía dejar que alguien más le dijera a Blake que la deseaba. Ella era asustadiza, y necesitaba darse cuenta por sí misma de que no me juntaba con su grupo por mi hermana.

Eddie y Karissa se acercaron llevando dos jarras de cerveza y dos botellas de vino.

—Piper nos ha abierto una cuenta —dijo Karissa—. Pero solo para nuestra mesa.

—Hay mucha gente aquí —dijo Eddie mientras dejaba la cerveza.

—Todos amaban a la Sra. Georgia —dijo Blake—. Se la extraña mucho.

Eddie asintió. Él y Georgia estuvieron casados solo unos meses, pero él la amó casi toda su vida. Me dijo una vez que nunca se arrepentiría de la vida que tuvo con su primera esposa, pero siempre desearía haber tenido más tiempo con

Georgia. No podía evitar preguntarme si Georgia le contó sobre nuestro trato y la promesa que le hice.

—Georgia también amaba a todos. Llegaba a casa todos los días con nuevas historias sobre las personas con las que había hablado. Sabía lo que pasaba con todos en el pueblo. Ya sea que necesitaran oraciones o solo alguien con quien hablar, siempre estaba pensando en los demás. Me dijo que tenía que cuidar de todos ustedes —dijo Eddie con una sonrisa.

El grupo quedó en silencio mientras asimilaba las palabras de Eddie. Blake tomó un respiro profundo y tembloroso. Quería abrazarla y hacerle olvidar cada momento triste de su vida.

En cambio, serví bebidas para la mesa, repartiendo cerveza y vino a cada persona sin tener que pensar en quién quería qué. Cuando todos teníamos una copa, levanté la mía y dije: —Por la Sra. Georgia. La madre que todos amamos como propia. La mujer con la que todos contábamos para reír. Y la amiga que todos tuvimos cuando necesitábamos una.

—Por la Sra. Georgia —dijeron los demás conmigo.

Chocamos nuestras copas y bebimos por la Sra. Georgia.

Observé a Blake por encima del borde mientras bebía. Su lengua salió a lamer el borde de su vaso antes de presionarlo contra sus labios. Mientras el líquido ámbar subía hasta arriba, su lengua salió para probarlo antes de que llenara su boca. Me pregunté si besaba de la misma manera que bebía cerveza. Incapaz de esperar a que el beso comenzara antes de lamer su camino hacia adentro. Excitada y lista para más.

Si cumplía mi promesa a Georgia, lo descubriría pronto. Poco después de su boda, pasó por mi taller y me dijo que era hora de actuar o dejarlo. Sus palabras exactas. Dijo que había amado a Blake lo suficiente, y como Willie acababa de dejarla, necesitaba decirle cómo me sentía antes de que alguien más la invitara a salir.

Le prometí a Georgia que haría algo para su cumpleaños, y dado que estábamos en la celebración de su cumpleaños, mi fecha límite había llegado. Tenía que o decirle a Blake que la quería o alejarme.

Maldita sea, lo odiaba, pero Georgia tenía razón. No podía seguir deseando a Blake para siempre. Nunca tuve problemas para decirle a cualquier otra mujer exactamente cómo me sentía, pero con Blake no podía imaginarme diciéndole la verdad.

Tal vez era porque ella era la única por la que realmente me había preocupado.

Eso probablemente me hacía un imbécil, pero no había nadie como Blake. Nunca lo había habido y dudaba que alguna vez lo hubiera.

Gente del pueblo pasaba por nuestra mesa para compartir historias sobre la Sra. Georgia con Eddie y Karissa. Ellos se reían con ellos y ofrecían condolencias a las personas que todavía estaban afectadas por su fallecimiento. El resto de nosotros charlábamos tranquilamente sobre la llegada del verano y los planes para el buen tiempo. Después del invierno amargamente frío, estábamos listos para algo de sol y piel desnuda.

O tal vez ese era solo yo.

—Esperemos que algunos chicos nuevos y guapos vengan al pueblo este verano —dijo Elise con una sonrisa maliciosa—. Podría usar un poco de emoción.

—Oh, por favor —dijo Finley—, nunca tienes problemas para encontrar emoción.

Elise era definitivamente la sociable del grupo. Ella se enrollaba como yo, sin compromiso y con mucha diversión. Me tiró los tejos varias veces, pero no podía acostarme con una amiga de Blake. Prefería mantener mis aventuras de una noche a un poco más de distancia.

—Disfruto del sexo —dijo Elise—. Y los hombres de verano suelen ser ricos y estar dispuestos.

—¿Cómo sabes que no están casados? —preguntó Laura.

Elise se encogió de hombros. —No siempre lo sé. No me va lo de engañar, así que pregunto, pero si me mienten, es cosa suya. Si veo una marca de bronceado de un anillo o mensajes de una mujer, termino, pero si no hay razón para pensar que un tipo está casado, tomaré su palabra.

—Yo estaría muy paranoica —dijo Blake—. Pero tampoco me acuesto con desconocidos.

—Realmente deberías probarlo alguna vez —dijo Elise—. Todavía no te has acostado con nadie desde William, ¿verdad?

Blake me miró rápidamente y luego negó con la cabeza. Mi polla se agitó ante el pensamiento. No de Blake y Willie juntos, sino de ser yo quien pusiera fin a su sequía.

—Hola, Blake —dijo él desde justo detrás de mí. Maldito Willie. Por supuesto que tenía que aparecer justo en ese momento.

Ella se volvió y le sonrió. —Hola, William.

—¿Cómo estás? —preguntó, su mirada deslizándose alrededor del resto de la mesa.

Blake giró en su silla para poder mirarlo. Sus rodillas rozaron mi cadera. Ella se disculpó, luego se concentró en Willie otra vez.

Maldito Willie. Solo mirarlo y saber que una vez tuvo el derecho de tocarla hacía hervir mi sangre. Blake era mía. Ella aún no lo sabía, pero era mía. Iba a ser mía. Y era hora de que Willie y todos los demás lo supieran.

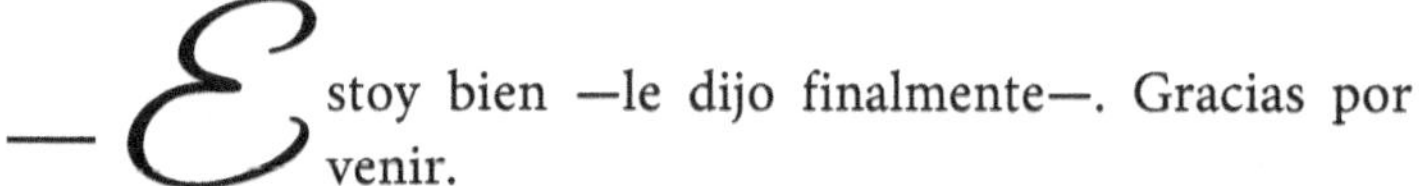

4

—Estoy bien —le dijo finalmente—. Gracias por venir.

Él asintió. —Por supuesto. La señora Georgia siempre fue importante para ti.

La forma en que lo dijo hacía parecer que estaba allí por ella. Como si él debería ser quien la cuidara. Perdió ese derecho.

Me incliné hacia Blake y me aseguré de que Willie me notara. Le saludé con la cabeza. —Qué gusto verte de nuevo, Willie.

El tic en su mandíbula me hizo sonreír. Me encantaba hacerlo enojar.

—Sí, igualmente —respondió con los dientes apretados—. Parece que te veo por todos lados con Blake últimamente.

Blake se tensó a mi lado. Puse mi mano en su muslo, atrayendo la atención de Willie. Froté mi pulgar sobre la suave piel en el borde de sus shorts y dije: —Es una mujer de la que es difícil mantenerse alejado.

Willie tomó aire y se enderezó. —Ya veo. Bueno, fue bueno ver a todos.

Lo seguí con la mirada hasta que estuvo en el bar y no miraba en nuestra dirección. Entonces Blake se movió en su asiento, desalojando mi mano de su muslo. Se giró para enfrentar al resto de la mesa.

—Todavía no entiendo cómo pudiste estar con él tanto tiempo —dijo Elise—. Supongo que es guapo, pero simplemente no tiene personalidad. Ni pasión. Ni emoción.

Blake se encogió de hombros y no respondió.

—No estamos aquí para diseccionar la relación de Blake —dijo Finley—. Démosle un respiro esta noche.

Blake le ofreció una sonrisa agradecida y se relajó un poco. Todavía estaba tensa en su asiento, pero cuando su mirada se desvió hacia el bar, tomó otro respiro entrecortado.

Willie la estaba observando. Maldita sea. Sabía lo que significaba esa mirada. Todavía la quería.

Me acerqué más a ella y apoyé mi brazo en el respaldo de su silla. Ella se volvió para mirarme y sonrió. La atraje hacia mí, y ella se recostó contra mi cuerpo. Le besé la parte superior de la cabeza y le acaricié el brazo desnudo.

El imbécil dentro de mí dirigió la mirada hacia el bar. Willie nos estaba observando. Capté su mirada y asentí hacia él, un *vete a la mierda* y un *gracias por ser un idiota* todo a la vez. Él frunció el ceño y se dio la vuelta. Y yo simplemente sonreí.

—¿Por qué no estamos bailando? —preguntó Karissa—. Esto es una fiesta. Deberíamos estar bailando. ¿Quién se apunta? ¿Eddie?

Eddie se rio y negó con la cabeza mientras Karissa se ponía de pie y le ofrecía sus manos. —No, cariño. Voy a pasar esta vez. Dejaré que ustedes los jóvenes disfruten de la pista de baile.

—¿Quién viene conmigo? —preguntó Karissa, mirando alrededor del resto de la mesa.

Elise, Finley, Laura y Blake se pusieron de pie. Todas llevaban sonrisas idénticas de felicidad.

Blake se movió para rodear su silla y me levantó una ceja. —¿Vienes?

No necesitaba que me lo pidieran dos veces. Me levanté y la seguí a la pista de baile, posicionándome detrás de ella.

Las mujeres bailaban en un pequeño círculo. Otros amigos se unieron a nosotros, algunos emparejándose. Blake miró por encima de su hombro más de una vez hacia mí. Sus caderas me provocaban con cada movimiento, y su sonrisa me tentaba. Estaba feliz. Despreocupada. Hermosa.

La canción cambió y empezó algo lento. Karissa fue a tomar la mano de Eddie, y Finley se volvió hacia otro amigo. Elise y Laura se emparejaron, lo que nos dejó a Blake y a mí.

—¿Quieres bailar? —le pregunté desde atrás.

Ella asintió y se giró para mirarme. Sus brazos rodearon mi cuello, su cuerpo cerca del mío. Deslicé una mano alrededor de su cintura y la atraje más cerca. Le aparté el cabello de la cara con mi otra mano y le sonreí.

—Pareces feliz.

Ella sonrió. —Lo estoy. Siempre es divertido salir con mis amigas.

Asentí, deseando ser parte de lo que la hacía feliz.

—Y tú —añadió en voz baja.

Sonreí con suficiencia. —¿No soy uno de tus amigos?

Ella puso los ojos en blanco y resopló. —Sabes a lo que me refiero.

Asentí y la atraje más cerca. Ella no me rechazó cuando nuestros cuerpos se tocaron. Nos movimos juntos, dejando que la música fluyera a través de nosotros y dictara nuestros movimientos. No hablamos, solo nos movimos como uno solo. A medida que sonaba la canción, nos acercamos cada vez más hasta que no quedó espacio entre nosotros.

Toda mi atención estaba en Blake. La hermosa sonrisa en

su rostro. La mirada feliz en sus ojos. La suave sensación de su piel. Entonces ella frunció el ceño.

—¿Qué pasa? —pregunté.

Ella forzó una sonrisa. —Nada. Es solo que William nos está mirando.

La giré para poder ver a Willie en lugar de a ella. Su mirada estaba fija en nosotros, sus ojos desviándose hacia donde mi mano descansaba en la parte baja de la espalda de Blake.

—Todavía te quiere.

Ella negó con la cabeza. —No, no me quiere.

Asentí. —Sí que te quiere. Pero podemos acabar con eso ahora si quieres.

Su mirada se clavó en la mía. Esos grandes ojos marrones abiertos y confiados. —¿Cómo?

—Se apartará si te beso.

Ella abrió la boca para decir algo, luego negó con la cabeza y desvió la mirada. —Está bien. No tienes que hacer eso.

Cada célula de mi cuerpo se tensó. Esta era mi única oportunidad. Si ella se negaba, tenía que aceptarlo y dejarla ir para siempre. No podía dejar que dijera que no.

Le levanté la barbilla. Ella trató de mirar hacia otro lado, pero no se lo permití.

—Blake, bésame.

—Ian, de verdad, no tienes que hacerlo. Sé lo que sientes por William, pero puedo manejarlo.

—Blake, bésame.

—No, está bien.

—Vaya, realmente sabes cómo herir a un chico. Prácticamente te estoy suplicando que me beses y te niegas —bromeé.

Ella soltó una risa ahogada. —No es eso. No quiero que sientas que tienes que hacerlo.

Me acerqué más a ella, manteniendo su barbilla levantada mientras presionaba mi cuerpo contra el suyo. —Blake —susurré—, bésame, Blake.

Sin romper el contacto visual, ella asintió. Sus manos se apretaron alrededor de mi cuello, atrayéndome hacia ella.

Todo se movió en cámara lenta. El deslizamiento de su lengua sobre sus labios. La suave inhalación de su aliento. La forma en que sus pechos se elevaban y presionaban contra mi pecho. Sus dedos cerrándose alrededor de mi cuello. Sus curvas amortiguando mi cuerpo.

Entonces mis labios tocaron los suyos. Todo dentro de mí explotó. El deseo me encendió. El toque más suave de sus labios me volvió del revés y solo un pensamiento pasaba por mi cabeza, la misma palabra pulsando a través de mis venas.

Mía.

Dejé que Blake tomara la iniciativa, conteniendo mi deseo por ella. Si presionaba demasiado y demasiado rápido, la perdería antes incluso de tenerla. Perder a Blake no era una opción, lo que significaba que ella estaba al mando.

Me besó como si fuera su primer beso. Tentativa y cuestionándose. Sus labios se separaron, y su suave lengua salió, justo como lo hacía cuando estaba probando su cerveza. Incliné la cabeza hacia un lado y deslicé mi lengua junto a la suya.

Ella gimió y su beso se volvió más audaz. Sus manos se apretaron, tirando del cabello en la parte posterior de mi cuello. Su lengua se sumergió en mi boca, luego se retiró como si se diera cuenta de lo que había hecho.

Presioné mi mano en la parte baja de su espalda, manteniéndola cerca, y ella lo hizo de nuevo. Acaricié mi lengua con la suya, y provoqué la suave piel aterciopelada bajo el borde de su top.

Quería más, pero Blake se apartó y tomó un respiro

profundo. Se mordió el labio inferior y dio un paso atrás. —Quizás deberíamos sentarnos un minuto.

Asentí, odiando que ya se estuviera alejando de mí. —De acuerdo. Si eso es lo que quieres hacer.

Ella asintió y comenzó a caminar hacia la mesa. Cuando estábamos a mitad de camino, se detuvo. —Um, necesito usar el baño. Te veo en la mesa.

La observé mientras se alejaba apresuradamente. Me dirigí a la mesa y miré hacia atrás cuando llegué a nuestro asiento. Blake estaba hablando con una hermosa mujer con rizos en espiral y piel marrón oscuro. Señaló hacia nuestra mesa, y yo agité la mano para que la mujer supiera hacia dónde apuntaba Blake.

La mujer sonrió y asintió, luego caminó hacia mí mientras Blake se dirigía hacia la parte trasera donde estaban los baños.

Me senté y capté una sonrisa burlona de Finley. Le di una mirada inquisitiva, pero ella me ignoró mientras la mujer se acercaba.

—Hola. Blake dijo que debería venir a sentarme aquí. Soy Trinity —dijo la mujer.

—Oh, es un placer conocerte —dijo Karissa—. Soy Karissa. Georgia era mi madre. Blake dijo que la conociste. Gracias por venir.

Trinity sonrió y saludó mientras todos los demás se presentaban. Luego tomó el asiento de Blake junto a mí.

—Hola —ronroneó hacia mí.

—Hola —dije—. Soy Ian.

—Es realmente un placer conocerte.

Asentí. No quería hacerle pensar que estaba interesado, pero si Blake quería que ella estuviera allí, tampoco iba a ser grosero.

—¿Vives aquí?

Asentí. —Eh, sí. Crecí aquí. He vivido aquí toda mi vida.

—Vaya. Acabo de mudarme aquí esta semana. Tal vez puedas mostrarme el lugar alguna vez —dijo Trinity.

Forcé una sonrisa y asentí. —Quizás, pero realmente no es un pueblo muy grande. Si conduces por cinco minutos, verás todo el pueblo.

Trinity se rio, sus rizos oscuros balanceándose sobre su hombro. —Eres gracioso.

—Blake —dije, notando que estaba parada al borde de la mesa.

Blake solo me dio una sonrisa tensa. —Todos han conocido a Trinity.

Todos asintieron. Blake evitó mi mirada. Sin un lugar para sentarse, las ruedas en su cabeza estaban girando. Se estaba preparando para escapar.

—Ven aquí, cariño —dije, haciéndole señas para que se acercara. Me levanté para que pensara que le estaba dando mi asiento. Una vez que estuvo más cerca, la atraje hacia mí y la senté en mi regazo.

—Ian —suspiró.

Deslicé una mano sobre su muslo y la otra por su espalda. —Solo siéntate conmigo, cariño.

—Soy demasiado pesada —dijo en voz baja.

—Eres perfecta —le dije.

No luchó contra mí, pero tampoco se relajó.

Finley sonrió burlonamente de nuevo, pero no dijo nada. Los otros apenas reconocieron lo que estaba sucediendo. Excepto Trinity.

Trinity se inclinó más cerca de mí. —Lo siento. No me di cuenta de que ustedes dos estaban juntos.

—No lo estamos —dijo Blake rápidamente.

Miré a Blake, luego a Trinity. Ella sonrió y me guiñó un ojo, captando claramente lo que estaba pasando.

—Blake dijo que acabas de mudarte aquí —dijo Finley a Trinity—. ¿Dónde vivías antes?

—Crecí en Syracuse. Cuando estuve aquí hace un año, Georgia me dijo que debería mudarme para acá. Me tomó un año, pero finalmente lo hice —dijo Trinity con una sonrisa orgullosa.

—Me mudé aquí hace poco más de dos años —dijo Laura—. Me encanta. Vivía en las afueras de Buffalo, pero ahora no puedo imaginar vivir en ningún otro lugar.

—¿Fue difícil encontrar tu lugar? —preguntó Trinity.

Laura negó con la cabeza. —No realmente. Trabajo en la clínica de oncología, así que desafortunadamente, conocí a mucha gente rápidamente. Y Georgia, por supuesto, me presentó a estas señoritas que me recibieron de inmediato y se convirtieron en amigas cercanas.

—Era increíble. Todavía tengo problemas para asimilar que se ha ido —dijo Trinity.

Blake tomó aire, su cuerpo moviéndose contra el mío. Con la diferencia de altura entre nosotros, su hombro estaba contra mi pecho. La atraje más cerca y susurré: —¿Estás bien?

Ella asintió y se enderezó, alejándose de mí.

Las señales mixtas me estaban matando, pero no iba a rendirme todavía.

—Oye, ¿cómo llamas a una vaca gruñona? —pregunté lo suficientemente alto como para que Blake me escuchara.

Ella me miró y levantó una ceja.

—Muuuu-hosa.

Ella soltó una carcajada. —Eres tan cursi.

Me encogí de hombros. —Al menos te hice reír. Ese es todo el punto.

Finalmente se relajó y se apoyó contra mí. Su brazo rodeó mi cuello y su pecho descansó sobre el mío. Tuve que concentrarme en mi hermana para que mi polla no hiciera acto de presencia contra la cadera de Blake.

—Vamos a bailar —dijo después de unos minutos—. Necesito moverme.

La seguí a ella y a las demás a la pista de baile. Ella bailaba con sus amigas, alternando entre mover las caderas con ellas y cantar junto con la canción, y comprobando que yo seguía allí.

La observé todo el tiempo, mi mirada rara vez se desvió de ella. Se contoneaba y se movía y tentaba y provocaba. Para cuando sonó una canción lenta y ella se movió hacia mí, todo mi cuerpo estaba tenso.

—¿Bailamos? —me preguntó con una ceja levantada tentativamente.

Deslicé mis brazos alrededor de su cintura y la atraje cerca. Ella tomó un respiro profundo y escondió su cabeza bajo mi barbilla. Desde afuera, parecíamos como si hubiéramos estado juntos para siempre. Nos abrazábamos fuertemente, nuestros cuerpos moviéndose en sincronía. Y cuando ella se inclinó hacia atrás y me miró, no pude resistir el impulso de presionar mis labios contra los suyos nuevamente.

Ella se puso de puntillas para encontrarme a medio camino. Su aliento me hizo cosquillas en la cara medio segundo antes de volver a saborearla. Mantuve nuestro beso discreto, recorriendo su boca con mi lengua pero sin profundizar demasiado. Me dolía frotarme contra ella, dejarle sentir lo que me estaba haciendo, pero mantuve mis caderas desviadas, dejando una separación entre nosotros.

La canción cambió a algo rápido y Blake salió de mis brazos girando. Bailó y rio y cantó las canciones a todo pulmón. Aproveché cada oportunidad que tuve para tocarla, atrayéndola cerca de mí y deslizando mi brazo alrededor de su cintura tanto como fuera posible.

Blake no tenía idea de lo sexy que era. Cada movimiento

de sus caderas y roce de su cuerpo contra el mío hacía que cada centímetro de mi ser se tensara.

Cuando bailábamos antes, era diferente. Su cuerpo rozaba el mío, pero el aire entre nosotros no estaba cargado de lujuria, deseo y oportunidad. Al menos no por ambas partes. No podía recordar un momento en que no deseara a Blake, pero tampoco podía recordar pensar que ella pudiera desearme a mí.

Me miró, esos ojos que ella consideraba aburridos y ratunos casi me hacían caer de rodillas. Haría cualquier cosa por la mujer en mis brazos. Su tímida sonrisa decía que estaba bien con la forma en que la besaba, la forma en que la sostenía. Quería que todos los hombres en la sala supieran que era mía, y si incluso pensaban en tocarla, tendrían que responder ante mí.

Pero Blake no era mía. Aún no. Era ahora o nunca, y necesitaba saber si teníamos una oportunidad. Durante años, me quedé al margen y esperé a que ella dejara a ese perdedor, Willie, pero fue él quien rompió con ella. Qué estúpido. No tenía idea de lo que dejó ir. Pero me jodió en el proceso. No sabía si ella lo estaba añorando o no. Blake no me contaba esas cosas, y yo no podía preguntárselas exactamente a mi hermana.

Sus brazos alrededor de mi cuello jugueteaban con el cabello de mi nuca. Sus dedos sobre mí me excitaban de maneras que nunca creí posibles. No debería estar listo para explotar con toda mi ropa puesta y solo unos pocos besos entre nosotros, pero era Blake. Todo sobre Blake era mejor, más fuerte, más intenso.

—¿Estás bien? —pregunté.

Ella asintió. —En este momento estoy perfecta.

Maldición. Si eso no me provocó una erección, nada lo haría. Volví a levantar su barbilla y acerqué mis labios a los suyos. No podía resistirme a besarla. Había tenido mi primer gusto, y no estaba seguro de poder detenerme. Era todo lo que esperaba que fuera y más. Dulce y sensual con un toque de característico humor de Blake por debajo.

Sus labios se separaron bajo los míos y deslicé mi lengua a lo largo de la suya. Ella gimió, un sonido apenas lo suficientemente fuerte para llegar a mis oídos. Nunca había sido partidario de las demostraciones públicas de afecto, pero con Blake en mis brazos, no podía evitar besarla como si fuera lo único que me mantuviera vivo. Sellé mi cuerpo al suyo, dejándole sentir el bulto en mis shorts. Ella jadeó de nuevo, y yo empujé mi lengua más profundamente. Gimió y envolvió sus brazos más fuertemente alrededor de mi cuello, acercándome más a ella.

Jodido paraíso justo ahí.

La música cambió a algo rápido que hizo que las otras personas en la pista de baile saltaran, se movieran y chocaran contra nosotros. A regañadientes, me aparté de Blake y tomé un respiro para estabilizarme.

Todos en la sala nos estaban mirando, pero solo me importaba ella. Ella era la única que me importaba, y si estaba bien con que la besara, entonces yo era más feliz que un mejillón cebra en el río.

5

BLAKE

—¿**P**uedo acompañarte a casa? —preguntó Ian. Su mano descansaba en la parte baja de mi espalda, posesiva. No había forma de malinterpretar esa mano.

A menos que supieras que todo era pura actuación.

Asentí y dejé que me guiara hacia la puerta. No era inusual para nosotros. Ambos vivíamos en el pueblo. Ambos caminábamos a casa desde O'Kelley's la mayoría de las veces. Ian a veces me acompañaba, a veces no. Pero con William dentro observándonos salir, solo había una razón por la que Ian me acompañaba a casa.

Igual que solo había una razón por la que Ian me había besado.

Respiré profundamente el aire fresco y frío, y me estremecí. Me encantaba la primavera en MacKellar Cove, pero no era cálida. El verano sería agradable, pero el verano aún no había llegado.

—¿Tienes frío? —preguntó.

Negué con la cabeza. No con su brazo todavía alrededor de mi cintura y su cuerpo presionado contra mi costado.

¿Quién tendría frío con un hombre como Ian rozándote con cada paso?

—No sabía que Willie iba a estar allí esta noche —dijo Ian.

Podía sentir su tensión tanto como podía oírla en su voz. Me encogí de hombros. —No era una fiesta privada. Probablemente se enteró por alguien a quien invitamos.

—¿No lo invitaste tú?

Solté una risa. —Eh, no. No he hablado con él en meses.

—Excepto el otro día cuando estaba en Cracked.

Suspiré. —Bueno, vale, si tengo que atenderlo, hablo con él allí, pero no hablamos de nada más que de cómo le gustan los huevos.

—¿No sabes cómo le gustan los huevos? —preguntó Ian.

Me encogí de hombros. —No. No conozco el pedido de todos.

—Conoces el mío —dijo, con voz baja y ronca. Retumbó a través de mi cuerpo, alertando cada nervio. Como si no supieran ya que él estaba justo ahí, presionado contra mí y retorciendo mi mente con su sensual masculinidad.

—Te he estado sirviendo durante años —dije. Era una completa mentira, y ambos lo sabíamos. También había estado sirviendo a William durante años. No podía explicar por qué conocía el pedido de Ian sin pensarlo, pero no tenía idea de lo que le gustaba comer a mi novio de cinco años.

—Entonces, si no hablas con él, ¿por qué vino esta noche a saludarte?

Me encogí de hombros otra vez. —No lo sé. Es un pueblo pequeño. Quizás quiere ser amable.

—Creo que todavía siente algo por ti —dijo Ian, pellizcando ligeramente mi costado con sus dedos.

Llegamos a mi puerta, y me giré hacia él. —Sí, lo sé. Por eso me besaste.

Sus ojos color avellana mantuvieron a los míos cautivos,

sin dejarme apartar la mirada. —No es por eso que te besé, Blake.

Me reí. —Sí, claro. ¿Por qué otra razón me besarías?

Levantó mi barbilla, sus ojos ardiendo con algo que parecía deseo.

Tragué saliva con dificultad y aspiré bruscamente. —¿Ian?

—Que te besara no tuvo nada que ver con Willie, Blake.

—¿Con qué tuvo que ver, entonces?

—Contigo, nena. Solo contigo.

—¿Ian?

—Invítame a entrar, Blake.

—¿Por qué? —balbuceé.

—Porque quiero besarte más.

Pasé la lengua por mi labio y lo mordí. Lo mordí con fuerza, porque tenía que estar soñando. Era imposible que Ian Jameson estuviera en mi puerta pidiéndome entrar para besarme.

Pero seguía ahí. Todavía mirándome con esa misma mirada que me dio cuando lo sorprendí en Hawái.

Compartir una habitación de hotel se suponía que sería simple. William decidió no ir, e Ian decidió ir, ambos en el último minuto. Fue fácil ya que tenía una habitación de hotel para mí sola y todos los demás ya estaban emparejados.

Nunca pensé que despertaría fantasías sobre el hermano mayor de mi mejor amiga durante meses.

—Blake —dijo de nuevo, con firmeza. No iba a aceptar un no por respuesta. Y yo no quería darle esa respuesta.

Saqué la llave de mi bolsillo y abrí la puerta lateral, dejándonos entrar. Ian cerró la puerta de una patada detrás de nosotros y me siguió por la casa oscura. Su mano tiró de mi camisa hacia arriba, sus cálidos dedos rozando mi piel desnuda. Casi gemí ante la sensación.

—Blake, ¿adónde vas?

—Al sofá. No creo que pueda mantenerme en pie si me besas de nuevo. No ahora.

Se rio, un sonido lleno de orgullo masculino. Sabía que era atractivo. Demonios, todo el mundo en el pueblo y la mitad de los pueblos del río San Lorenzo sabían que era atractivo. Ian era muy conocido, y no solo por los increíbles barcos de madera que construía y restauraba. No iba a pensar en eso en este momento. No iba a acostarme con él. Pero estaría feliz de besarme con él un rato y añadirlo a mi vídeo mental de fantasías.

Una vez que salimos del pasillo, me rodeó con sus brazos y me atrajo contra él. Caminamos juntos, nuestros pasos sincronizados mientras nuestros cuerpos se movían hacia el sofá.

Ian conocía mi casa tan bien como yo. Encendió la lámpara junto a mi sofá y me giró hacia él. —Blake.

—¿Mmm?

—Respira, nena.

Aspiré aire y traté de respirar de nuevo.

—Blake, respira. Cálmate, nena.

Asentí e intenté forzarme a no hiperventilar. Ian se agachó, capturando mi mirada y respirando profundamente. Imité sus respiraciones, sintiendo cómo mi ritmo cardíaco se calmaba y mi respiración se nivelaba.

¿Cómo era posible que el hombre que causaba el problema también fuera la solución?

—¿Blake?

—Estoy bien.

—¿Quieres que me vaya?

—¡No!

Se rio y pasó su pulgar sobre su labio inferior.

—Lo siento, quiero decir, no. Preferiría que no lo hicieras.

—Bien —dijo, su voz volviendo a ese tono profundo y ronco que encendía mis nervios y humedecía mis bragas.

Se había ganado su reputación. Sin siquiera intentarlo, me tenía desesperada por que me besara o me tocara o algo.

Tomó mi mano y me llevó al sofá. Se sentó y me atrajo a su lado. —Tú estás al mando aquí, Blake.

Negué con la cabeza.

—¿No?

—Creo que tú necesitas estar al mando.

Levantó una ceja. —¿Estás segura de eso?

Asentí. No estaba segura de nada, pero sabía que me avergonzaría si intentaba iniciar algo. Mi experiencia palidecía en comparación con la suya.

—Ven aquí, nena —dijo suavemente, rodeando mi espalda con su brazo y levantándome sobre su regazo.

Me senté a horcajadas sobre él, hundiéndome en su regazo. Me sobresalté cuando sentí una firmeza dura en mi centro.

—No vas a huir de mí, Blake.

—No he huido —argumenté.

Presionó sus dedos en mi espalda, justo encima de la cintura de mis pantalones, guiándome hacia abajo sobre él.

—¿Ian?

Una mano recorrió mi garganta, provocando escalofríos en cada centímetro que tocaba. Sus dedos subieron de nuevo y luego se enterraron en mi cabello, atrayéndome hacia él.

No me besó lentamente. No como lo hizo en la pista de baile. Oh, no. Este beso fue todo menos lento. De repente, su lengua estaba en mi boca, lamiendo mi lengua, embistiendo, saboreándome. La mano en mi cabello inclinó mi cabeza hacia un lado, y se hundió aún más profundamente.

Se retiró lo justo para que yo gimiera por la pérdida, y luego embistió de nuevo. Entraba y salía, suave y firme, besaba y mordisqueaba. Me volvía loca. Cada vez que pensaba que podía seguirle el ritmo, cambiaba lo que estaba haciendo y me hacía adivinar de nuevo.

Su mano en mi espalda me presionó más cerca de él hasta que todo mi cuerpo estaba pegado al suyo. Mis pechos aplastados contra su pecho, mis curvas apretadas contra sus planos. Quería esconder mi cuerpo, pero él deslizó su mano arriba y abajo por mi espalda, sobre mi costado y por mi muslo, tocando todas las curvas que yo odiaba.

Rodeé su cuello con mis brazos y me dije a mí misma que lo disfrutara mientras durara. Ian no se quedaría mucho tiempo. No era el tipo de chico que se quedaba, y yo no era una mujer de una noche.

Me perdí en Ian, disfrutando de la sensación de tenerlo entre mis muslos y de sus besos volviéndome loca. Cuando se fuera, tendría suficiente material para alimentar mis fantasías.

Justo cuando pensé que podría conseguir unos minutos más de placer, un golpe en la puerta resonó por toda la casa. Salté hacia atrás, con la respiración congelada en mi garganta.

Me bajé de Ian y lo arrastré a sus pies cuando el golpe sonó de nuevo. —Tienes que irte —dije, empujándolo hacia la puerta lateral.

—¿Qué?

—Vete. Ahora. Lo siento, pero no puedes estar aquí ahora.

—¿Por qué diablos no? ¿Quién es?

—Por favor, Ian —supliqué, tirando de él.

No se movió. Miró fijamente mi puerta, luego observó mi expresión, y la suya se endureció. —Te besé en la pista de baile de O'Kelley's. Frente a todo el maldito pueblo, Blake. ¿Quién está en tu puerta a las dos y media de la madrugada?

—Ian, simplemente vete.

Negó con la cabeza y apartó mi mano. —Ni hablar. No voy a escabullirme por la parte de atrás para que tu ligue nocturno pueda entrar. Si quiere entrar, puede verme aquí. No soy un calentamiento, Blake.

—¡Ian, no! —grité mientras caminaba hacia mi puerta principal y la abría de un tirón.

—Oh, hola —ronroneó mi madre desde el porche. Afortunadamente, no se cayó dentro cuando él abrió la puerta.

—¿Sra. Dewitt?

Ella se rio. —Oh, cariño, no necesitas llamarme así. Soy Nadine, guapo.

—Mamá —siseé.

—¿Qué? —soltó. Luego miró a Ian—. Mi hija no es divertida. Siempre me dice que deje de beber y de acostarme con hombres que no conozco, pero ¿por qué haría eso?

—Mamá, por favor —dije, acercándome a ella. La metí dentro y cerré la puerta tras ella. Logré llevarla al sofá, donde se hundió en el mismo lugar donde Ian y yo acabábamos de estar.

—Blake, deberías acostarte con ese hombre sexy que acabo de ver. No sé adónde fue, pero estaba que q-u-e-m-a, Blakey.

Mis mejillas ardieron de vergüenza. No podía mirar a Ian. Nunca debí haberle dejado entrar. Ella siempre aparecía los viernes y sábados por la noche. Afortunadamente, no hacía esto durante la semana, pero los fines de semana eran cuando se "dejaba llevar".

—Vale, mamá. Vamos a acostarte —dije.

—Realmente necesitas un mejor sofá —refunfuñó mientras se recostaba—. O una cama para que pueda quedarme. Realmente deberías cuidarme mejor.

—O podrías dejar de beber e irte a casa —dije suavemente. No importaría si me escuchaba o no. No iba a dejarlo. Había estado haciendo esto de vez en cuando desde que yo estaba en el instituto. Pasaba las noches en casa de Finley los fines de semana para no tener que vivir con esto, pero Finley nunca pasó la noche en mi casa. No después de la primera vez que mamá llegó a casa borracha y Finley preguntó preocupada si estaba bien. Había esperado que mi madre hubiera superado emborracharse la mayoría de los fines de semana, pero hasta ahora yo era la única a la que le molestaba.

Sus suaves ronquidos fueron la única respuesta que escuché de ella. La cubrí con la manta del respaldo del sofá y fui a la cocina. Saqué el mantel de vinilo del cubo de basura de mi despensa y llevé ambos de vuelta a la sala, dolorosamente consciente de la mirada silenciosa de Ian siguiendo cada uno de mis movimientos.

Aparté la mesa de café del sofá y coloqué el mantel en el suelo. Puse el cubo de basura frente a ella donde no lo perdería de vista.

Luego forcé una sonrisa y miré hacia Ian. —Deberías irte.

—Blake —dijo suavemente, con tono gentil e interrogante.

—Está bien.

Tragué la emoción en mi garganta y cerré los ojos con fuerza. Crecí en MacKellar Cove. Fui a la universidad en Syracuse, pero volví a casa una vez que terminé. Viví con mamá durante unos años, pero tan pronto como pude permitirme mi propia casa en el pueblo, me mudé. Por mi cuenta. Y durante todos esos años, mantuve el alcoholismo de mi madre en secreto para mis amigos.

Que Ian presenciara mi mayor vergüenza apagó cualquier posibilidad de que surgiera algo entre nosotros.

Él se movió alrededor del sofá y se acercó a mí. Quería huir de él, pero no cambiaría nada. Mejor enfrentar la situación de frente y terminar lo que fuera esto antes de que empezara.

—Gracias por acompañarme a casa —dije cuando llegó junto a mí.

—Blake, nena. Mírame. —Su tono abrió todas las murallas que había construido alrededor de mis sentimientos sobre mi madre.

—No quiero hablar de ello —dije suavemente. No podía confiar en mi voz. Si hablaba más alto temblaría y él sabría lo alterada que estaba realmente.

—No voy a obligarte a hablar.

—Tampoco estoy de humor ya.

—¿De verdad crees que estoy tratando de meterme en tus pantalones después de que tu madre intentó manosearme y luego te dijo que te acostaras conmigo?

Cerré los ojos mientras una nueva ola de vergüenza me invadía. Todas las veces que odié lidiar con ella palidecían en comparación con que Ian lo viera.

Me atrajo hacia sus brazos, envolviéndome en un cálido abrazo que deshizo cada pizca de mi determinación. Rodeé su cuello con mis brazos y respiré profundamente. Quería llorar, pero no podía. No hasta que él se fuera.

—No es la primera vez que hace esto, ¿verdad?

Negué con la cabeza.

—¿Cuánto tiempo, Blake?

Me encogí de hombros.

—Oh, nena. ¿Años?

Dudé y luego asentí.

—Blake —gimió—. ¿Por qué no sabía yo esto?

Me reí y me aparté de su abrazo. —Porque nadie lo sabe. No se lo digo a nadie. Ni siquiera Finley lo sabe. ¿Crees realmente que quiero que todo el mundo me mire como tú lo estás haciendo ahora? Ella lo disimula bastante bien cuando está fuera para que la gente no sepa realmente cuánto bebe. Nunca se ha desmayado en público ni se ha puesto enferma. Ese placer me lo reserva a mí.

—No deberías estar lidiando con esto sola —dijo suavemente.

Me reí sin alegría y señalé alrededor de la habitación. —¿Y quién crees que va a ayudarme? Soy hija única. No tengo padre. Y el único hombre con el que he estado involucrada en la última década pensó que lo engañé contigo en Hawái.

—¿Qué?

Suspiré y dejé caer mi cabeza entre mis manos. —Olvídalo.

—¿Willie piensa que nos acostamos? ¿Por qué?

—¡No lo sé! No importa realmente, porque me dejó hace meses. Y después de esta noche, está convencido de que tuvo razón todo el tiempo sobre nosotros.

—¿Todavía lo amas?

Resoplé. —No creo que lo haya amado nunca.

—¿Qué quieres decir?

Negué con la cabeza y caminé hacia la cocina. Necesitaba agua, y parecía que Ian no se iría pronto. Serví agua para los dos y le entregué la suya. Me bebí la mía, ganando tiempo.

—¿Qué quieres decir con que nunca lo amaste, nena?

Me encogí de hombros. —Creo que quería hacerlo. Quería creer que podía ser... importante para mí. Nuestra relación siempre fue fácil, cómoda. Nunca peleábamos, nunca discutíamos, simplemente existíamos juntos. Cuando me pidió que me casara con él, no podía imaginarme viviendo con él. Tenerlo aquí o mudarme con él se sentía como que sería más molesto que otra cosa. Y después de ir a Hawái y ver a Georgia y Eddie, y a todas esas otras parejas, supe que no podía seguir con él.

—Pensé que él te había dejado —dijo Ian.

Puse los ojos en blanco. —Gracias. Sí, lo hizo. Me acobardé cuando volvimos. Pero me había distanciado. Él se convenció de que lo había engañado mientras estuve fuera, y dijo que siempre parecíamos más que amigos y decidió que debí haberme acostado contigo.

—¿Le dijiste que no lo hicimos?

Asentí. —Por supuesto, pero no me creyó. Lo siento. Debería habértelo dicho en caso de que alguien dijera algo.

—No me importa lo que Willie piense o diga. Solo me importas tú, Blake.

Respiré profundamente, sintiendo que lo decía en serio. Habíamos sido amigos desde siempre. Sabía que le importaba. Simplemente no le importaba como yo esperaba que a alguien le importara.

—Debería irme —dijo, terminando su agua y poniendo el vaso en mi lavavajillas. Sabía que odiaba tener platos sucios en el fregadero.

Lo seguí hasta la puerta y la mantuve abierta mientras salía.

—Siento que la noche haya terminado así.

Asentí.

—Quizás podamos intentarlo de nuevo alguna vez.

Le sonreí con tristeza. Con gusto lo intentaría de nuevo, pero Ian no volvía con la misma chica más de una vez. Había perdido mi oportunidad.

—Te veré por ahí, Ian.

Se inclinó hacia adelante y besó mi frente. —Cierra tu puerta con llave, Blake.

Asentí y la cerré detrás de él. Apagué la lámpara y revisé a mi madre, luego me aseguré de que la puerta lateral estuviera cerrada. Puse mi vaso en el lavavajillas junto con el de Ian y apagué la luz de la cocina, después me dirigí a la cama. Sola.

Como siempre.

6

La semana siguiente pasó rápidamente. Nos saltamos la noche de chicas el domingo debido a la fiesta de la Sra. Georgia, así que evité responder preguntas sobre Ian. Finley me envió un mensaje para ver si todo estaba bien, y le aseguré que lo estaba. Ella no insistió y yo no ofrecí nada más. Era como si mi noche con Ian nunca hubiera ocurrido.

Tal vez todo fue un sueño. Así es como se sintió. Él no vino a Cracked mientras yo estaba trabajando, y no lo vi en el pueblo. Normalmente me lo encontraba una o dos veces por semana, pero no lo vi en absoluto.

Tuve mi oportunidad de pasar una noche con Ian, y mi madre la arruinó. Sin remordimiento alguno. Al día siguiente, se levantó feliz y alegre, sonriendo mientras preparaba el desayuno. No tenía idea de lo que había interrumpido ni de lo que me dijo. Quería odiarla por eso, pero era mi madre.

Karissa nos contó que su nueva aplicación estaba activa y nos pidió a todas que nos registráramos. Nunca había probado las citas en línea, pero me gustaba la idea de conocer a un chico que me recordara a Westley de *La princesa prometida*. Demonios, me gustaba la idea de conocer a un chico que seguiría allí al día siguiente. Uno que me hiciera hervir la sangre como Ian pero que se quedara como William.

Sí, claro. Ningún chico así se quedaría con alguien como yo. No fue casualidad que no viera a Ian durante una semana. Se fue a casa y se dio cuenta de que tocarme había sido un error. Mi desafío sería actuar con normalidad la próxima vez que lo viera. Uf. La normalidad se esfumó con su primer beso.

Maldito sea por hacerme pensar que un chico como él podría desear a una mujer como yo. O que yo merecía tener pasión en mi vida que no se desvaneciera. Unas pocas horas con Ian Jameson y estaba acabada. Arruinada. Ningún otro hombre serviría. Maldita sea.

Era mi turno de llevar el postre a la noche de chicas, así que horneé mi pastel de chocolate mejor-que-el-sexo. Con un bizcocho húmedo y denso, y un glaseado de queso crema dulce y rico, el pastel estaba para morirse. Y en mi experiencia, realmente era mejor que el sexo. Si pudiera hablarme, consideraría seriamente construir una vida con el pastel.

Finley y Karissa se acercaban a la puerta de Novios Literarios Ilimitados cuando yo llegaba. Finley gruñó cuando vio el pastel a través del recipiente.

—¿Es ese el pastel mejor-que-el-sexo?

Asentí. —Sí. Como no estoy teniendo nada de sexo, pensé que podría disfrutar de un poco de pastel.

Karissa resopló. —Es un pastel condenadamente bueno, pero elegiría el sexo cualquier día. No se me pega al trasero.

—Bueno... —dijo Finley con una sonrisa maliciosa mientras abría la puerta—. A veces sí.

—Qué asco —solté—. No necesito pensar en ti haciendo eso.

—¿Haciendo qué, Blakey? El sexo anal es buenísimo. No hay nada malo en ello —dijo Finley mientras entrábamos.

—Vaya —dijo Laura justo detrás de nosotras—. Claramente me perdí de algo.

Karissa se rio. —Dije que preferiría tener sexo antes que pastel ya que no se me pega al trasero. Finley dijo que a veces sí, y la dulce, inocente y sin-follar Blake se asustó.

—No soy dulce e inocente —dije con el ceño fruncido.

—¿Pero lo de sin-follar aplica? —preguntó Finley dulcemente.

Puse los ojos en blanco. —Todas sabemos que no estoy recibiendo nada.

—Y aun cuando lo recibías, no era tan bueno —añadió Elise, entrando—. ¿No te acostaste con Ian el fin de semana pasado?

Las otras le dieron una mirada de ojos bien abiertos que me indicó que todas habían acordado no preguntarme sobre Ian.

—Ups —dijo Elise—. Quiero decir, ¿cómo estuvo tu semana?

Suspiré. —No, no me acosté con Ian. Me acompañó a casa, y eso fue todo.

—No hay manera de que tú e Ian salieran del O'Kelley's juntos y no hicieran algo. Vi cómo bailaban ustedes dos. Y cómo te besó —dijo Karissa.

Bufé. —Me besó porque pensó que William estaba tratando de volver conmigo o algo así. Estaba tratando de que William retrocediera.

—¿Por qué pensó eso? —preguntó Laura.

Me encogí de hombros. —Porque William apareció en la fiesta. Le dije que no había forma de que William quisiera volver conmigo.

—Mi hermano no es del tipo que se besuquea en la pista

de baile. Con nadie. Por ninguna razón —dijo Finley con un movimiento de su pelo chocolate.

Me encogí de hombros otra vez, tratando de no pensar demasiado en ello. Podría haber estado fuera de carácter para Ian, pero nada sucedió y nada iba a suceder. Nos besamos y él se fue cuando mi madre apareció. Fin de la historia, fin de la oportunidad.

—¿Alguien ha encontrado una coincidencia en la aplicación de Karissa? —pregunté, esperando que se agarraran a este cambio de tema.

—Oh, sí, ¿lo han hecho? —preguntó Karissa—. He estado publicitándola, pero puede tomar un poco de tiempo para que algo así se difunda. Definitivamente necesitamos más hombres.

—Se lo mencioné a Ian —dijo Finley casualmente.

Mi mirada se dirigió a la suya, y ella sonrió con malicia. La inclinación de su cabeza indicaba que no había terminado con la otra conversación. Mi garganta picaba y mis palmas se humedecían. No quería contarle a Finley lo cerca que estuve de tener sexo con su hermano. Cuando éramos más jóvenes, me dijo lo raro que era cuando cualquiera de nuestras amigas decía que Ian era guapo. No podía imaginar que eso hubiera cambiado solo porque ahora teníamos treinta en vez de ser adolescentes.

—Eso es genial —dijo Karissa—. Debería preguntarle si puedo poner un cartel en Jameson Wooden Boats.

Finley asintió. —Estoy segura de que no le importará. Ha estado promocionándola con las personas que ve.

—Adoro a tu hermano —dijo Karissa.

Un golpe en la puerta detuvo nuestra conversación. Finley se levantó para ver quién era mientras yo cortaba el pastel y repartía platos a todos. Cuando Finley regresó, Trinity estaba con ella.

—Hola —le dije a Trinity—. Estoy muy feliz de que hayas decidido unirte a nosotras.

—Gracias por la invitación. Es difícil estar sentada en mi apartamento toda la semana sin nadie con quien hablar —dijo Trinity.

—Me pasa lo mismo —dijo Karissa—. Trato de dar un paseo por el paseo marítimo todos los días y salir a comer algunas veces a la semana. Es mucho mejor que estar encerrada y sentirse como una ermitaña.

Trinity asintió. —Es una buena idea.

—Ustedes dos deberían reunirse alguna vez —dijo Laura—. Ya que viven y trabajan en el mismo edificio. Vayan al apartamento de la otra para trabajar o algo así.

Trinity y Karissa intercambiaron una mirada y se encogieron de hombros. —Podríamos hacer eso.

—¿Ya tienes la nueva aplicación de Karissa? —le preguntó Finley a Trinity—. Es una aplicación de citas basada en los galanes literarios que desearías que fueran reales.

—¿En serio? —preguntó Trinity—. Eso suena genial.

—Gracias —dijo Karissa con una sonrisa—. Estoy tratando de conseguir que se registren tantas personas como sea posible.

Trinity asintió. —Podría usar toda la ayuda posible. La mayoría de los hombres miran mis pechos y olvidan que hay más en mí que eso. Y si puedo conocer a más chicos como Ian, estoy totalmente a favor.

Se volvió hacia mí. —Lo siento, de nuevo, por meterme entre ustedes. No tenía idea de que estaban empezando algo.

—No lo estamos —dije firmemente—. Ian no es mío.

Trinity entrecerró los ojos. —Parecía que lo era. O que quiere serlo.

Negué con la cabeza. —Ian no tiene relaciones. Es alérgico a ellas. Es un chico de una vez y ya, y ya terminamos.

—Entonces, sí te acostaste con él —dijo Elise con una amplia sonrisa—. Lo sabía.

—No, no lo hice. Yo... nos interrumpieron. Pero le dije que no íbamos a tener sexo. Solo nos besamos —dije.

—Todos vimos cómo se besaban en la pista de baile —dijo Elise—. Queremos saber qué pasó cuando salieron del O'Kelley's.

Me encogí de hombros. —Más de lo mismo. Me acompañó a casa, me dijo que lo invitara a entrar, y nos besamos durante unos minutos en mi sofá. Luego se fue. No lo he visto desde entonces.

—Ay, lo siento, cariño —dijo Elise.

—Eso apesta —repitió Karissa.

Me encogí de hombros, tratando de no molestarme. No tenía sentido que quisiera llorar por una oportunidad perdida con Ian pero apenas me importara cuando las cosas terminaron después de cinco años con William.

Finley tomó un bocado de pastel y cambió el tema de mi inexistente vida amorosa a todas las formas en que el pastel era mejor que los hombres y los galanes literarios eran mejores que los reales. Me recosté y dejé que la conversación fluyera a mi alrededor. Agarré un segundo trozo de pastel y sabía que a nadie le importaría. Mis amigas no me juzgarían por la anchura de mis caderas o por lo pequeños que eran mis pechos en comparación. No iban a decirme que dejara de comer o que probara algo más saludable o que hiciera más ejercicio. Me querían exactamente como era. Y tenía que estar bien con eso porque era muy posible que nunca encontrara el tipo de amor del que leía en los libros. Ese tipo de amor era divertido para soñar, pero nunca lo había sentido en la vida real.

ME QUEDÉ DESPUÉS de que los demás se fueran para ayudar a Finley a limpiar. Sacó la pequeña aspiradora de la parte trasera para asegurarse de que no quedaran migas. Lo aprendimos por las malas.

Puse la tapa en mi recipiente vacío de pastel y limpié la mesa. Los platos de papel no utilizados volvieron al armario de almacenamiento con los cubiertos de plástico. Até la bolsa de basura y la saqué, luego agarré los libros que Finley había apartado para mí. Siempre tomaba algunos de los nuevos lanzamientos que pensaba que disfrutaría y los apartaba para que los leyera.

Leí la contraportada de uno con un hermoso atardecer y un faro a lo lejos.

—Ese me recordó a nuestro faro —dijo Finley—. Suena bien.

Terminé de leer y asentí. —Sí, suena bien. Necesito algunas historias sexys y felices ahora mismo.

Finley se mordió la uña por un segundo y luego captó mi mirada. —¿Sabes que estoy bien con que tú e Ian estén juntos, verdad?

Resoplé una risa y negué con la cabeza. —No tienes que preocuparte por eso.

—Creo que sí.

Negué con la cabeza de nuevo. —En serio, no pasó nada. Nos besamos, sí, pero... sé cómo es Ian. No voy a perseguirlo ni a pensar que está enamorado de mí o lo que sea. Se dejó llevar por el momento. Soy nueva para él. Pero él no vuelve. Ambas lo sabemos.

Finley suspiró. —Pero tú sí, Blake.

Apreté los labios y me encogí de hombros. —No importa. Fueron besos realmente, realmente buenos, pero eso es todo. No voy a ponerte en medio de nosotros. Y si lo ves, puedes decirle que no voy a ser rara.

—¿Por qué serías rara? —preguntó.

Me encogí de hombros de nuevo. —No lo soy. Pero si me está evitando, no quiero que sea porque está preocupado de que vaya a ser una de esas chicas que no sueltan. Sé que fue algo de una noche, por única vez. Está hecho, y está bien.

—Blake —dijo Finley.

No quería mirarla. Me conocía demasiado bien. Vería lo mucho que quería creer en mis palabras si me encontraba con su mirada. Sabría que estaba llena de mierda pero tratando de ser fuerte.

—¿Te gusta mi hermano? —preguntó Finley suavemente.

Tomé una respiración lenta e inestable. —Nunca antes me gustó, Finley. Y esto no va a ser una cosa. Compartir habitación con él...

—Eso fue hace meses. ¿Pasó algo?

Negué con la cabeza. —No, por supuesto que no. Quiero decir, lo pillé una vez en el baño, pero me fui. Y...

—¿Qué quieres decir con que lo pillaste? ¿Qué estaba haciendo?

Tragué saliva, con la garganta seca y áspera. —Um, él estaba... él... creo que acababa de masturbarse cuando entré.

—¿Lo viste? Ya sabes, su... Es mi hermano. No me hagas decirlo —dijo Finley con una mirada asqueada.

Me reí. —No lo haré. Y, um, ¿sí? Se cerró la toalla, pero, um, sí.

—¿Por qué no me contaste sobre esto?

Negué con la cabeza. —¿Por qué lo haría? Pillé a tu hermano y me dejaron porque William pensó que pasó algo.

—Espera, ¿qué? ¿William se enteró? ¿Cómo supo William sobre eso?

Tomé aire y me retorcí el pelo detrás del hombro. —No sabe sobre eso. Simplemente se convenció de que algo pasó entre Ian y yo ya que compartimos habitación. Rompió conmigo por eso.

—Mierda, Blake. ¿Por qué no me contaste todo esto? Soy tu mejor amiga.

Me encogí de hombros. —Me sentí... no quería decírselo a nadie. Era más fácil decirle a todos que las cosas terminaron porque no éramos el uno para el otro. No quería que llegara a oídos de Ian que William pensaba que había pasado algo. No quería que pensara que le dije algo a William.

Finley inspiró profundamente y dejó salir el aire lentamente. Su mirada vagó mientras procesaba todo. Finalmente, negó con la cabeza y se puso de pie. —A Ian no le importará lo que William piense o diga. Pero sí le importas tú, Blake. Haría cualquier cosa por ti.

Asentí. —Lo sé. Soy como otra hermana para él.

Finley negó con la cabeza pero no discutió. —Creo que deberías contarle a él lo que pasó con William.

Negué con la cabeza. —Él ya lo sabe. No creo que William le haya dicho nada a nadie, pero viéndonos juntos... quién sabe. De cualquier manera, Ian y yo hemos terminado.

Finley abrió la boca para discutir de nuevo, pero la interrumpí.

—Fin, sé que tienes buenas intenciones. Quieres que yo sea feliz tanto como yo quiero que tú seas feliz, pero las chicas de curvas y los sexys constructores de barcos no encajan juntos. Esa es simplemente mi realidad. Siempre he estado bien con eso. No hay razón para que eso cambie.

—Creo que estás equivocada, Blake. Creo que somos mujeres asombrosas y todas merecemos hombres sexys que amen nuestras curvas.

Sonreí. —Somos asombrosas, pero ambas sabemos que los hombres que se ven como Ian generalmente juzgan a las mujeres que se ven como nosotras. Merecemos hombres increíbles, y espero que los encontremos algún día. Solo que no creo que tu hermoso y perpetuamente soltero hermano vaya a ser ese chico para mí.

Ella suspiró. —Nunca se sabe, Blake.

Solo le sonreí. Yo sí sabía. Y no podía vivir en un mundo de fantasía por más tiempo.

EN MI CAMINO a casa recordé que iba a hablar con Karissa sobre el mural. Debería haberle preguntado ya, pero me convencí de que si tuviera un concepto dibujado, podría ser más fácil que ella aceptara.

Pasé por Cracked y entré en la plaza. Las luces colgadas en la pérgola y las farolas que bordeaban la plaza me daban suficiente luz para ver la pared.

Cracked estaba garabateado en el costado con pintura descascarada. El antiguo ladrillo había sido pintado varias veces, con las capas anteriores asomándose. Cuando era pequeña, la pared tenía una imagen de lo que se suponía que era la costa. Era un poco abstracto y nunca lo entendí.

La última pintura se hizo cuando estaba en la escuela secundaria, hace unos veinte años. Era simple, con el nombre y MacKellar Cove, Nueva York escrito en el costado. Me gustaba la simplicidad, pero estaba de acuerdo con Earl en que necesitaba ser renovada un poco.

Simplemente no estaba completamente segura de cómo hacerlo de una manera que honrara a nuestro pequeño pueblo y a la mujer que hizo que el pueblo se sintiera como un hogar para tantas personas.

Miré la pared un poco más, luego me acosté en el césped. Empezaba a refrescar, pero agradecí la temperatura. Hablar de Ian me acaloró, y eso nunca era bueno. Era fácil dejar que mi imaginación se descontrolara, pero mi corazón estaba peligrosamente cerca de seguir el mismo camino después de bailar con él y besarlo. No culpaba a ninguna de las mujeres que terminaban en su cama. No después de estar en el extremo receptor del lado coqueto de Ian Jameson.

Estar ahí acostada no me estaba haciendo ningún bien. Me levanté y atravesé mi pequeño y soñoliento pueblo sola. Ya era bien entrada la noche cuando llegué a casa. Mi pequeña casa estaba silenciosa y oscura, y me recordaba haber entrado con los brazos de Ian envueltos a mi alrededor.

Sí. Definitivamente arruinó a otros hombres para mí. Maldito sea.

7

IAN

Era un hijo de puta con suerte. Prácticamente siempre lo había sido. Muchas cosas me resultaban fáciles. Chicas, trabajo, vida. Tenía un gran empleo y vivía en uno de los lugares más hermosos del mundo.

Pero una semana sin Blake me estaba haciendo pensar seriamente que no era tan afortunado como creía. Estaba irritable y, en general, era un dolor en el trasero. Incluso me molestaba conmigo mismo.

Por eso no me sorprendió cuando mi padre entró por mi puerta a media mañana del lunes.

—Hola, hijo —dijo con ese tono característico suyo, sin rodeos, que me ponía los nervios de punta.

Amaba a mi padre. Siempre habíamos tenido una buena relación. Finley y nuestra madre eran cercanas, y mi padre y yo también lo éramos. Él fue la persona con quien hablé sobre empezar Jameson Wooden Boats y prácticamente cada decisión importante de mi vida.

—Buenos días —refunfuñé. Le serví una taza de café y se la entregué. Negro, como lo había tomado toda mi vida.

—Un día hermoso, ¿no?

Asentí, sorbiendo mi propia taza. Le gustaba la charla trivial antes de darme una paliza verbal. No estaba seguro si estaba allí para reprenderme por mi actitud de los últimos días o si era algo más, pero no iba a darle nueva munición.

—¿Es este el barco de Robert?

Asentí de nuevo y lo guié hacia la hermosa creación que todavía no tenía nombre. El tipo era un idiota, pero tenía buen gusto cuando se trataba de barcos. Su diseño general era elegante y espectacular, y con mis toques añadidos para convertirlo en un barco excelente, iba a ser una pieza de exhibición en el agua.

—Has hecho un trabajo increíble. ¿Es él la razón por la que has estado actuando como un imbécil últimamente? ¿O es una morena la que te tiene tan confundido?

Negué con la cabeza. —No es nada.

—Blake Dewitt no es nada, hijo. Especialmente después de que ustedes dos estuvieron besándose toda la noche en la fiesta de Georgia y luego se fueron juntos.

—¿Cómo sabes eso? —solté.

Papá se rio, el sonido ligero reverberando en las paredes de acero que nos rodeaban. —Es un pueblo pequeño, Ian. Aquí todos saben todo.

Lo miré con el ceño fruncido, odiando que probablemente todo MacKellar Cove conociera mi vergüenza. No solo lo había arruinado con Blake, sino que era de conocimiento público hasta el punto que incluso mi padre se había enterado.

—Solo la estaba ayudando.

—Esa no es la versión que escuché. Ni la forma en que yo lo veo. Has estado enamorado de Blake durante años. Supongo que viste esa noche como tu única oportunidad con ella.

—Ella no me quería, papá. Era mi única oportunidad.

Papá se encogió de hombros. —Tu madre me pidió salir tres veces antes de que dijera que sí. Tenía otras cosas en mente. Si ella hubiera renunciado después del primer intento, ni tú ni tu hermana estarían aquí.

Había escuchado la historia muchas veces antes. Mamá y papá se gustaron, y mamá fue la más segura de los dos. Ella supo que tenían algo especial mucho antes de que papá lo admitiera, y se aseguró de que él también lo supiera.

Pero Blake y yo no éramos mis padres. Teníamos nuestras vidas. No estábamos en la universidad. Y las cosas eran complicadas. Especialmente cosas como su madre.

—No es tan simple —le dije a mi padre. Recogí la lijadora y me dirigí hacia el barco. Necesitaba ponerme a trabajar y no quería pelear con mi padre.

—Nada es simple cuando implica amor, hijo. Tu madre y yo hemos tenido algunos problemas reales a lo largo de los años, pero sin importar qué, estar con tu madre siempre ha sido lo más importante para mí. ¿Es estar con Blake lo más importante para ti?

Sus palabras me tocaron un nervio, y quise golpearlo. A mi propio padre. ¿Cómo podía siquiera preguntarme eso? Si sabía que había estado enamorado de ella durante años, ¿cómo podía preguntarme si estar con ella importaba?

—Creo que ya tienes tu respuesta, hijo. Ahora la única pregunta es qué vas a hacer al respecto. —Se alejó silbando como si estuviera feliz por lo que había hecho.

Quería golpear algo. Si supiera qué hacer con Blake, ya lo habría hecho, maldita sea. El problema era que no tenía ni idea de qué hacer. Ella tenía más cosas con las que lidiar de lo que jamás imaginé, y no podía meterme en medio de todo eso.

Me puse a trabajar y aparté todos los pensamientos de mi

cabeza. Puse algo de música y dejé que llenara el espacio a mi alrededor. Devon, el chico que contraté para el verano, no venía los lunes, así que tenía el lugar para mí solo para subir el volumen de la música y hacer el trabajo.

Una hora después, cuando admití que tenía hambre y necesitaba comer algo real en lugar de solo café, revisé mi teléfono. Gemí cuando vi una alerta de la estúpida aplicación de Karissa. Lo último que quería era conocer a alguna mujer al azar. Finley me hizo crear una cuenta para ayudar a Karissa, pero no tenía intención de usarla realmente.

Parece que la aplicación de Karissa tenía otras ideas.

La abrí para desactivar las notificaciones cuando vi el nombre de mi match. CoveMouse. Mouse era el apodo que le puse a Blake hace años. Nadie más la llamaba así, pero no podía ser una coincidencia.

Revisé su perfil y leí todo lo que pude sobre ella. Buscaba una amistad que pudiera convertirse en algo más. Sonaba como Blake. Era artista. Sí. Y amaba su espacio privado.

Contuve la respiración. Había muchas cosas sobre mi match que me sorprendieron. Como que le gustaban las películas de acción, pero prefería los clásicos antiguos y las comedias románticas. No estaba segura de creer en el matrimonio. Y lo más sorprendente de todo, pensaba que la pasión estaba reservada para aventuras de una noche, no para relaciones a largo plazo.

Era posible que no fuera Blake, pero estaba casi seguro de que era ella. Lo que significaba que necesitaba investigar un poco más. Y necesitaba hacer una excursión. Demonios, de todas formas tenía hambre. Ir a Cracked cuando sabía que Blake todavía estaría allí era solo una coincidencia.

Me limpié un poco, asegurándome de que mis manos estuvieran limpias y que no tuviera nada manchado en la cara, luego cerré con llave y me dirigí calle abajo. Era menos de diez minutos desde mi taller hasta Cracked, pero llegué allí en la mitad del tiempo.

Antes de entrar, miré a través de las ventanas y divisé a Blake. Estaba detrás del mostrador bebiendo el agua que mantenía llena mientras trabajaba, después de haber cambiado del café. Había bastante tranquilidad allí, lo cual era bueno. Abrí la aplicación y toqué para enviarle un mensaje. Simple y directo.

WOODY

> Hola, CoveMouse. Vi que hicimos match. Es mi primera vez haciendo esto. Siempre puedo usar una amiga si estás dispuesta. Por cierto, tu foto de perfil es sexy.

Su imagen era un chile. Curiosamente, la mía también. No recordaba haberlo configurado así. Tal vez era algo que la aplicación hacía basándose en las respuestas a nuestras preguntas.

Presioné enviar y volví a mirar por la ventana. Un segundo después, Blake sacó su teléfono del bolsillo. Sus cejas se juntaron, luego sonrió y rio. Sus pulgares escribieron algo, luego guardó su teléfono nuevamente, justo cuando mi teléfono vibró en mi mano.

COVEMOUSE

> Gracias, Woody. ¿Allen o Toy Story? No estoy segura de cuál sería mejor. Tu foto también está sexy. JAJAJA.

Sonreí y deslicé mi teléfono de vuelta al bolsillo, luego entré a Cracked. Estaba sonriendo y coqueteando conmigo. Aún no habíamos terminado.

Blake levantó la mirada con una sonrisa al oír la campanilla sobre la puerta. Su sonrisa vaciló cuando vio que era yo, pero se recuperó rápidamente. Si no hubiera estado prestando atención, no lo habría notado, pero lo vi. Dolió.

—Hola —dijo después de un segundo—. Um, puedes sentarte donde quieras.

Asentí y me dirigí hacia la barra. Su bebida estaba frente al taburete que elegí, lo que significaba que ella atendía esa sección.

Me observó con ojos grandes, luego forzó una sonrisa y agarró la cafetera. Me sirvió una taza y puso la crema frente a mí.

—¿Lo de siempre? —preguntó.

Asentí.

Se dio la vuelta y puso la orden, luego llevó la cafetera alrededor del salón. No pasó mucho tiempo antes de que regresara, ya que solo había un puñado de personas allí. Se detuvo frente a mí y masticó su pajita.

—¿Cómo estás? —finalmente le pregunté.

—Genial. Quiero decir, bien. Estoy bien —balbuceó.

Asentí. —Bien. Es que no te he visto.

Ella asintió, evitando mi mirada. —Estoy ocupada. Ya sabes cómo es. Preparándome para el verano.

Asentí y sonreí detrás de mi taza de café. Estaba nerviosa. Me gustaba un poco la Blake nerviosa. Significaba que la descolocaba, algo que ella me había estado haciendo durante años.

—¿Has pensado en que nos veamos? —pregunté al bajar mi taza. La observé por el rabillo del ojo para que no se diera cuenta.

Su boca se abrió y se cerró, luego un rubor subió por sus mejillas. Cuando finalmente levanté la mirada, ella tomó una respiración que elevó sus perfectos pechos y me obligó a cambiar de posición en mi asiento.

—Yo, um, ¿por qué?

Eso no era lo que esperaba que dijera. —¿Por qué? ¿Por qué no?

Ella se burló. —¿Se te han acabado las mujeres con las que acostarte? Quiero decir, sé que no he estado con nadie desde William, pero realmente no necesito un polvo por lástima, Ian.

Me reí, sabiendo que eso la enfurecería. Ella resopló, pero antes de que pudiera decir algo más, dije: —Sería más una lástima si dijeras que no, Blake. Y créeme cuando te digo que esto no es un intento por tener un revolcón.

—¿Entonces qué es, Ian? Tú y yo sabemos que no eres de relaciones, y yo sí. Así que, ¿cómo funcionaría algo entre nosotros? ¿Estás pidiendo algo de una sola vez?

Me encogí de hombros. Quería pedirle para siempre, pero Blake era tan asustadiza como podía ser. No era el tipo de mujer a la que podía decirle eso. No quiso casarse con el tipo con el que salió durante cinco años, así que lograr que aceptara una cita sería difícil.

—¿Qué tal si nos juntamos alguna vez y vemos cómo va?

Ella entrecerró los ojos. —¿Es algún tipo de broma, Ian? ¿Invitar a salir a la chica gorda?

Me puse de pie y rodeé el mostrador, agarrando su mano. —Earl, ahora volvemos —llamé, sin apartar nunca la mirada de Blake.

—No hay problema —respondió Earl.

Mi mente corría mientras Blake luchaba conmigo. No iba a dejar que pensara que la quería por cualquier razón que no fuera que la quería. Y estaba furioso de que no solo dijera eso sobre sí misma, sino que lo pensara sobre mí.

La arrastré al baño, sabiendo que era el único lugar en Cracked donde podíamos estar solos.

—Ian —siseó mientras mi agarre se apretaba en su muñeca.

La ignoré y la metí conmigo al baño de hombres. Cerré la

puerta y la presioné contra ella, enjaulándola con mis brazos a cada lado de su cara.

Ella miró de una mano golpeada contra la puerta a la otra, y luego a mí. —¿Ian?

—No quiero volver a oírte decir eso nunca más —dije, con voz baja y áspera. Estaba tan jodidamente enojado con ella que apenas podía respirar, mucho menos hablar.

—¿Decir qué? —preguntó en voz baja.

—Que eres gorda.

Ella se burló. —Ian, no lo hagas. Sé quién soy. Me gusta la comida y odio sudar. Y sé que los hombres no se mueren por averiguar qué hay debajo de este sexy delantal que llevo.

—Yo sí —gruñí.

Puso los ojos en blanco. —Como dije, es algún tipo de broma, ¿verdad?

Me acerqué más a ella, moviéndome lentamente hacia su espacio personal hasta que pude sentir cada centímetro de ella desde sus pechos hasta sus rodillas.

Ella jadeó cuando sintió mi polla contra su estómago.

—¿Ian?

—No puedo fingir eso, Blake. Esto no es una broma, no es un juego, no es nada más que yo deseando estar dentro de ti tan desesperadamente que estoy perdiendo la puta cabeza.

—Ian —respiró, con su voz ronca y sexy. Me imaginé que sonaría igual cuando me hundiera en ella, estirándola y llenándola.

—No me acuses de estar jugando contigo, Blake. No te haría eso, no se lo haría a ninguna mujer. Ese no soy yo, y realmente me enfurece que pienses eso de mí.

Ella negó con la cabeza, con la mirada fija en la mía. —No lo hago. Simplemente no sé por qué me quieres.

Me alejé lo justo para mirar su cuerpo, dejando mis caderas presionadas contra las suyas. Dejé que todo el calor que sentía llenara mis ojos cuando encontré los suyos nuevamente, y ella jadeó.

—Ian —respiró una vez más, y no pude evitar cerrar la distancia entre nosotros de nuevo.

Agarré su cola de caballo y tiré de su cabeza hacia atrás. Sus labios se separaron en el segundo en que los nuestros se tocaron, permitiéndome hundir mi lengua en su boca. Sabía a café y tocino. Gruñí y apoyé mi peso contra ella.

Mi otra mano cayó a su muslo y elevó su pierna sobre mi cadera. Me froté contra ella, mareándome por el calor que emanaba de su núcleo. Palpitaba en mis pantalones cortos, ansiando derribar las barreras entre nosotros y finalmente saber qué se sentía estar enfundado dentro de Blake.

—Blake —gemí mientras arrastraba mis labios por su cuello. Sabía a jarabe y olía a panqueques. Ella jadeó cuando mordisqueé su clavícula y luego suspiró cuando deslicé mi lengua sobre la misma carne.

—Ian.

Algo de consciencia sobre dónde estábamos se filtró en mi cabeza y me obligué a retroceder. Sus labios carnosos estaban húmedos por nuestros besos. Sus ojos aún cerrados. Parecía ebria, y sonreí. Joder, sí.

—No es por lástima y no es una broma. Pero tampoco aquí.

Sus ojos finalmente se abrieron, y parpadeó alejando la nebulosa bruma del deseo. Se lamió los labios y me sonrió. —Vaya.

Me reí. —Definitivamente. —Di un paso atrás y tomé aire —. Esto no ha terminado, Blake.

Su sonrisa se ensanchó y asintió. —Me parece bien.

—Bien —dije, inclinándome para capturar sus labios una vez más. No dejé que el beso se prolongara, aunque quería hacerlo. Di un paso atrás de nuevo y cerré los ojos por un segundo. Le di una sonrisa maliciosa y dije—: Deberías salir primero. Necesito un minuto lejos de ti antes de poder caminar por el comedor.

Ella inclinó la cabeza en cuestión y luego su mirada se fijó en mi polla. El codicioso cabrón se contrajo, tratando de saludar de nuevo. Ella tomó una respiración entrecortada, luego forcejeó con el pomo de la puerta y salió corriendo del baño.

Me reí y cerré la puerta tras ella. Todavía podía olerla en el baño, así que abrí el agua fría y me la salpiqué en la cara. Las respiraciones profundas solo me devolvían su aroma, pero eventualmente me calmé lo suficiente como para salir.

Jean me sonrió con picardía en mi camino de regreso a mi asiento. Mi desayuno estaba allí, esperándome. Blake, por otro lado, no.

Se mantuvo alejada de mí mientras comía mi desayuno. Sus mejillas estuvieron sonrojadas todo el tiempo, y cada vez que miraba en mi dirección, el rosa se intensificaba.

Sonreí mientras comía.

Jean rellenó mi café y dijo: —Si la lastimas, te echaré esto encima.

Asentí bruscamente. —Yo mismo me patearé el trasero primero.

Jean me miró fijamente por un minuto y luego asintió. —Te tomaré la palabra.

Le sonreí, feliz de que Blake tuviera a alguien más velando por ella. Algún día ese sería mi trabajo, si Blake me dejaba.

Cuando terminé mi desayuno, me senté en mi taburete y bebí lentamente mi café. Blake me estaba evitando de nuevo, pero podía esperar a que saliera.

Jean retiró mi plato y sonrió. Sabía exactamente lo que estaba haciendo y parecía estar de mi lado.

Finalmente, Blake se acercó y arrancó mi recibo. Lo puso

en el mostrador frente a mí y se dio la vuelta como si fuera a alejarse de nuevo.

Agarré su mano, manteniéndola en su lugar hasta que encontró mi mirada.

—Te veré pronto, Blake.

Sus labios temblaron. Negó con la cabeza y sonrió. —De acuerdo.

Asentí y me puse de pie, dejándola ir. Pagué mi cuenta y regresé a mi taller sintiéndome como si pudiera hacer prácticamente cualquier cosa.

8

BLAKE

Estaba sentada en el césped de la plaza el miércoles, comiendo mi almuerzo, cuando alguien se sentó en el suelo junto a mí. Estaba concentrada en mi idea de diseño favorita hasta ahora y no quería perder el hilo de mis pensamientos, pero ni siquiera tuve que mirar para saber que era Ian.

Terminé mi boceto y me volví hacia él. —Hola.

—Hola —dijo alegremente—. ¿Puedo ver?

Asentí y le entregué mi cuaderno de bocetos. Raramente dejaba que alguien viera mi trabajo antes de que estuviera terminado, pero Ian era un artista y entendía que crear algo hermoso desde cero era un proceso.

—¿La señora Georgia? —preguntó.

Asentí. —Earl me pidió que pintara un nuevo mural. Quiere honrarla para que la gente la recuerde durante años. Eddie ya lo aprobó.

—Vaya. Eso es increíble. ¿Qué dijo Karissa?

Me moví incómodamente. —Um, todavía no he hablado con ella.

—Ah, cariño. Le va a encantar la idea. No tienes que preocuparte por ella.

Sonreí porque entendió exactamente lo que me asustaba sin tener que decírselo. Me encogí de hombros. —Pensé que sería más fácil hablar con ella si tenía una idea de lo que quería pintar. Mostrarle cómo honraría a Georgia. Tengo todas estas ideas, pero se sentían como fragmentos. Nada era lo suficientemente grande para llenar la pared.

Lo vi hojear mi libro, mirando las diferentes ideas que había dibujado desde que Earl me preguntó sobre el mural. Se detuvo cuando volvió al único dibujo que hice de él. El que olvidé que estaba ahí.

Extendí la mano para tomar el libro antes de que pudiera mirarlo demasiado de cerca, pero él lo puso fuera de mi alcance. —Blake —gimió—. ¿Somos nosotros?

Me senté y me quité el césped invisible de los shorts. —No. Son solo dos personas.

—¿Teniendo sexo?

—¿Y?

—Blake, ¿es esto lo que quieres? ¿Montarme así, cariño?

Mis mejillas ardían. Nunca le mostraba a nadie mis bocetos. Nunca. Y dibujé eso hace tanto tiempo que lo había olvidado por completo. Había hecho otros bocetos de Ian, y de Ian y yo juntos, pero el que vio fue uno que dibujé en Hawái.

—No somos nosotros —insistí, aunque era obvio que lo éramos. El chico tenía sus abdominales marcados y ojos tormentosos. Era la mirada que me dio la noche que lo sorprendí. No pude sacármela de la mente y tuve que dibujarla para no olvidarla nunca. Y la mujer, bueno, era una versión ligeramente más delgada de mí. Algunos rollitos menos, mejor pelo y un trasero perfecto, ya que la dibujé de espaldas.

Ian se acercó más, acercando el libro. Mantuve la mirada

fija en el libro, lista para arrebatárselo hasta que el hombre mismo se frotó contra mi costado. —Ojalá fuéramos nosotros. He fantaseado con esto. Ver estos pechos perfectos tuyos rebotar mientras me montas, tomando lo que necesitas de mí. Quiero ver tu cabeza echada hacia atrás cuando llegues al clímax, y descubrir hasta dónde baja este adorable sonrojo cuando estás tan excitada que no puedes recordar tu nombre.

Contuve la respiración y exhalé lentamente. Mi libro quedó olvidado mientras cada pensamiento en mi cabeza se quedaba atascado en las palabras de Ian. Él fantaseaba con eso. Con nosotros.

—Tú... ¿has pensado en nosotros? —respiré, apenas pudiendo pronunciar las palabras.

Levantó mi barbilla hasta que nuestras miradas se encontraron. —Diablos, sí, Blake.

—Yo... um... está bien.

—¿Tú no? —preguntó con una sonrisa conocedora.

—Por supuesto que sí. Pero tú eres tú. Puedes acostarte con cualquier mujer del pueblo, o fuera del pueblo, o del planeta. ¿Por qué fantasearías conmigo?

Su sonrisa se ensanchó y su mirada se desvió hacia la página abierta en su regazo. Habló sin volver a mirar hacia arriba. —Porque no quiero a ninguna de esas otras mujeres. Te quiero a ti, Blake. Te lo dije el otro día, y te lo diré una y otra vez hasta que lo entiendas. Esto es lo que imagino. Tú, dichosa. Complacida. Relajada.

Todavía no lo entendía, pero no podía negar que me gustaba la imagen que pintaba.

Mi mirada se dirigió al mural y de repente, supe exactamente lo que necesitaba dibujar. Agarré el libro y pasé a una página nueva. —Necesitas irte. Ahora.

—Blake —dijo, con decepción en su voz.

Negué con la cabeza, sin apartar los ojos de mi libro. —No es eso, Ian. Acabo de tener una gran idea. Necesito dibujarla ahora antes de perderla. Lo siento. Esto es perfecto.

Se acercó más, el calor de su cuerpo amenazando con distraerme de mi tarea. Luego me besó en la mejilla y se levantó. —Buena suerte.

—Gracias —dije, apenas notando cuando se alejó. Pero lo sentí, y sabía que no pasaría mucho tiempo antes de volver a verlo. Y tal vez probar algunas de las fantasías que había tenido sobre él. Y conocer algunas de las suyas.

Mayo definitivamente se estaba calentando.

ME SENTÍ inspirada durante los siguientes días no solo para crear múltiples ideas para el mural, sino también para crear algunas pinturas nuevas. Resultó que Ian era bueno para inspirar muchas ideas.

Olive, la dueña de Island Designs, siempre estaba dispuesta a exhibir nuevas impresiones de mis pinturas. Island Designs era una tienda cerca de Cracked que mostraba artesanías hechas por artistas locales. Cuando regresé a MacKellar Cove, conocí a Olive como clienta. Cuando descubrió que disfrutaba pintando, me animó a traer algo de mi trabajo. Se vendió bien, y me pidió más. Durante los últimos siete años, mi obra de arte me trajo suficiente dinero para comprar mi casa y no tener que estresarme todo el tiempo por el dinero. Eso era enorme cuando MacKellar Cove y toda el área prácticamente cerraban durante la mitad del año.

Envolví mis nuevas pinturas para mostrárselas a Olive antes de gastar dinero en impresiones que no le interesaran. Generalmente decía que sí, pero prefería mostrarle lo que tenía antes de contar con su aprobación. Si Olive decía que sí, tendría un poco de confianza para el fin de semana y la muy necesaria conversación que debía tener con Karissa.

Island Designs estaba ocupada cuando entré. Olive siempre estaba trabajando y siempre compartiendo historias con sus clientes. Ella se consideraba una historiadora de MacKellar Cove. Conocía la verdadera historia del pueblo y el pasado no oficial y humorístico del que el resto de nosotros no estaba seguro si realmente sucedió. A ella no le importaba, y nunca se molestaba en decirle a nadie si las historias eran reales o ficción. Para ella, todas eran verdaderas.

Olive me saludó con la cabeza cuando entré y me guiñó un ojo cuando notó la carpeta en mi mano. Fui a la parte trasera para esperar a que tuviera un descanso.

Desempaqué las pinturas mientras esperaba, pero Olive se unió a mí en poco tiempo.

—¿Qué me has traído? —preguntó, frotándose las manos. La gruesa trenza marrón de Olive tenía tanto gris entretejido como marrón. Su vestido vibrante era casi cegador, pero su brillante sonrisa era genuina y amorosa.

—Tuve una buena semana y se me ocurrieron algunas pinturas nuevas. Quería mostrártelas —le dije, señalando los lienzos que traje.

Su mano fue a la primera, una puesta de sol rosa y púrpura sobre el lago con el faro en primer plano. Era segura, pero un poco diferente. Más audaz y brillante. Más una pintura abstracta.

—Me encantan estos colores. Impresionante. Todavía tiene tu estilo, pero encontraste algo de pasión con esta pieza. ¿Qué te ha pasado, cariño?

Mis mejillas ardían con la verdad. No podía admitir que Ian se había metido en mí, o en mi mente. —Oh, um, simplemente encontré nueva inspiración.

Olive me dio una mirada escéptica pero no insistió. —Bueno, mantenla. Me gusta esta nueva chispa. Déjame ver qué más tienes.

A Olive también le gustaron las siguientes dos pinturas, pero cuando llegó a la última, jadeó. —Oh, vaya, Blake. Si pensaba que las otras eran buenas, esta es sensacional. Puedo sentir la sensualidad y el deseo en el lienzo. —Me miró—. No me di cuenta de que estabas involucrada con alguien.

Negué con la cabeza. —No lo estoy.

Entrecerró sus ojos color avellana y me estudió. —¿No lo estás? Porque esta no es una pintura de una mujer sin pasión y romance en su vida. Esta es una pintura de una mujer que sabe lo que es perder la cabeza.

Movió las cejas sugestivamente y mis mejillas me delataron.

—Ah, así que eres la misma mujer, simplemente no quieres admitir quién es el que está sacando a relucir este nuevo lado sexy tuyo. Bueno, Blake, lo que sea, quien sea, me gusta esta nueva chispa. Haces un trabajo hermoso, pero siempre es seguro. Atrae a la persona casual, a la persona cotidiana, pero esto será algo que captará la atención de alguien especial. Esta pintura, estas dos figuras en la plaza, entrelazadas de esta manera, esta pintura va a encender las llamas para todas las parejas que vengan aquí. Bien hecho, Blake. Bien hecho.

—Gracias —dije suavemente.

Dejó la pintura y me sonrió, sus ojos tan brillantes como su vestido. —No puedo esperar para ver qué se te ocurre a continuación, suponiendo que mantengas tu última inspiración. William es un buen hombre, pero no es el hombre adecuado para ti. Estoy feliz de que hayas encontrado al que sí lo es.

—Oh, no. No es así —tartamudeé. No quería que nadie pensara que Ian y yo teníamos algo que duraría. Y ciertamente no quería que él pensara que yo le estaba diciendo eso a la gente.

—Qué lástima, cariño. Realmente deberías tratar de hacerle cambiar de opinión. Él es bueno para ti.

Sonreí y no respondí. No podía decirle nada. No sobre Ian. Olive le diría a todo el pueblo que estábamos juntos si pensara que había algo entre nosotros. No. Mi boca iba a permanecer cerrada.

Empaqué mis cosas y charlé con Olive. Pensé en Trinity y dije: —¡Oh! Conocí a una nueva artista. Acaba de mudarse aquí. Diseña joyería. Me preguntaba si estarías interesada en echar un vistazo a lo que hace.

Olive asintió. —Por supuesto. Sabes que me encanta ayudar a los artistas locales. Envíamela cuando esté disponible.

La abracé. —Gracias, Olive. Eso significa mucho. Se mudó aquí por la señora Georgia y pensó en irse, pero espero que se quede. He visto algunas de sus piezas y me parecieron increíbles.

—Bueno, si tú lo crees, estoy segura de que no tendré problemas para venderlas. Espero conocerla. —Salió conmigo hasta el frente y esperó hasta que estuvimos en la puerta antes de decir—: Y saluda a Ian, cariño.

—Lo haré —dije sin pensar. Me giré para mirarla cuando me di cuenta de lo que había dicho, pero Olive solo me sonrió con picardía.

Maldita sea.

No querÍa arriesgarme a que algo llegara a oídos de Ian antes de decirle que Olive sabía sobre nosotros. No es que hubiera un nosotros, pero después de la fiesta de Georgia, no me sorprendía que la gente estuviera hablando.

El sonido de la cepilladora llegó a mis oídos antes de que llegara a la puerta. Estaba cerrada contra la fresca brisa de la tarde que venía del río. Empujé la chirriante puerta y entré. La cerré detrás de mí y seguí el sonido hasta donde vi dos botas sobresaliendo de debajo de un impresionante barco.

No quería sobresaltar a Ian, pero me sentía como una acosadora parada allí. Mordí mi labio por un minuto, debatiendo qué debería hacer, cuando la cepilladora se apagó.

—No sabía que vendrías hoy —dijo, saliendo de debajo del barco con una sonrisa—. Aunque, ya estoy de espaldas y listo para ti.

Resoplé, mis mejillas se calentaron ante sus palabras coquetas. —Yo... ¿Quién pensaste que era?

Se levantó sin esfuerzo, entrando en mi espacio personal. Me dolía dar un paso atrás, pero no lo hice, dejando que se acercara.

—Supe exactamente quién estaba aquí en el momento en que esa puerta se abrió, Blake.

—¿Cómo sabías que era yo?

Levantó una ceja. —¿Es eso realmente lo que viniste a preguntarme?

Estaba cerca. Peligrosamente cerca. La única otra vez que podía recordar estar tan cerca de él fue cuando bailamos y nos besamos. Mi pulso retumbaba en mis oídos, ahogando todo lo que estaba fuera de Ian y yo. Vi las motas verdes en sus ojos color avellana, un anillo dorado alrededor de su iris. Respiré profundamente, y él apartó el cabello de mi cuello.

—No es que no me encante que te presentes aquí, Blake, pero ¿había alguna razón por la que viniste?

La cordura finalmente irrumpió en mi mente y di un paso atrás. —Lo siento. Tienes razón. Sí, um, Olive. Fui a Island Designs y ella sabe sobre nosotros. Quiero decir que nos estábamos besando. En O'Kelley's. No en mi casa. Bueno, quiero decir, no sé si sabe sobre eso, pero no lo creo. No sé cómo lo sabría. Demonios, Olive inventa sus propias historias, así que tal vez adivinó, pero no lo sé. Ella podría...

—Blake —dijo, sacándome de mi divagación—. Ya sabes cómo es este pueblo. Todo el mundo lo sabe. Incluso antes de que saliéramos de allí, todos lo sabían. Y salir juntos solo hizo que las lenguas se movieran más, cariño.

—¿No estás enfadado? —respiré.

Se rio y negó con la cabeza. —¿Por qué estaría enfadado? Sabía exactamente lo que iba a pasar la primera vez que te rodeé con mis brazos. —Me acercó y frotó su nariz contra mi cuello—. No tengo derecho a estar molesto porque todo el pueblo esté hablando.

Mi cabeza daba vueltas. Quería hundirme en él y olvidarme de todo lo demás, pero algo persistía. Algo que me decía que no podía simplemente dejarme llevar y aceptar sus palabras.

Me aparté de él. Tenía los ojos cerrados, pura lujuria escrita en su rostro. Lujuria por mí. ¿Qué diablos? Ian y yo nunca fuimos así. Él se acostaba con mujeres, y yo tenía relaciones. Ambos sabíamos que no funcionaría. Pero me miraba como si quisiera que algo funcionara.

—Nunca te ha gustado demostrar afecto en público, Ian. ¿Por qué no estás enfadado?

Se encogió de hombros y se pasó una mano por el pelo. Levantó sus ojos hacia los míos y dijo: —Si vamos a convencer a Willie de que realmente has pasado página, tenemos que dejar que todos los demás piensen que estamos juntos.

Asentí, un poco frustrada. Yo podía manejar a William. Lo había manejado. Pensaba que Ian estaba equivocado acerca de que William me quisiera de nuevo, pero independientemente de eso, no iba a fingir estar con Ian por ello.

—William no está interesado en volver a estar juntos. Incluso si lo estuviera, no debería haberme dejado llevar en la fiesta de Georgia. No fue justo para ti dejar que las cosas llegaran tan lejos. No estoy preocupada por William.

—¿Qué estás diciendo? —preguntó Ian.

Lo miré directamente a los ojos y dije: —Estoy diciendo que no hay razón para que finjamos estar juntos. Ya no tienes que preocuparte.

Dio un paso más cerca. —Y te dije el otro día que te deseo, Blake. No tiene nada que ver con Willie y todo que ver contigo. No hay nadie aquí ahora, y estoy luchando contra todos mis instintos para no echarte sobre mi hombro y llevarte a mi cama para hacer lo que quiera contigo.

Jadeé y di un paso atrás. Seguía diciendo cosas así, pero era Ian. Ian quien me ponía apodos de niña. Ian que salía con mujeres delgadas desde siempre. Ian que nunca se involucraba más allá de una noche o dos.

No encajábamos. Él estaba en forma, yo era gorda. Él se acostaba con cualquiera, yo me ponía seria. Él... me miraba como si no pudiera imaginar otro minuto sin sus labios contra los míos. Y yo ciertamente me sentía de esa manera.

—¿Qué es esto, Ian?

Se encogió de hombros de nuevo. —Esto soy yo deseándote, Blake. Eso es todo lo que es. Nada complicado. Solo yo deseándote.

—Cuando no hay nadie alrededor —dije suavemente.

Entró en mi espacio personal y me obligó a mirarlo. —Te besé en O'Kelley's, Blake. Frente a todo el maldito pueblo. Salí de allí contigo, sabiendo muy bien que eso pondría en marcha el molino de rumores. No estoy haciendo esto ahora cuando nadie está mirando. Pero puedes estar segura de que no voy a follarte con público porque eres toda mía, Blake. Como sea que me permitas tenerte, no voy a compartirte.

Vaya, maldición. Realmente sabía cómo derribar mis defensas.

9

—Ian —susurré, y eso fue toda la invitación que él necesitó. Cerró la distancia entre nosotros, me levantó, me echó sobre su hombro y se dirigió hacia la parte trasera de la tienda donde estaba su apartamento.

Me quedé completamente quieta, con miedo de que me soltara si me movía. No era ligera, y aunque Ian era fuerte, aún era muy posible que me dejara caer. Su mano descansaba en mi muslo, y sus dedos jugueteaban entre mis piernas.

Oh, Dios. Iba a tener sexo con Ian Jameson. Y no me había depilado en meses.

Finalmente llegamos a su apartamento, y me colocó sobre mis pies. Levantó mi barbilla con la punta de un dedo. Sus ojos color avellana ardían con calor, enviando un fuego similar a través de mí. Lo deseaba. Quería lo que fuera que estuviera dispuesto a darme. Incluso si era solo una vez, lo quería.

—Dime que pare, Blake —susurró, con la voz tensa.

—No quiero que pares —respondí.

Todo sucedió en un instante después de eso. Estaba presionada contra su pecho, sus labios cerrándose sobre los míos. Su brazo me sujetaba por la espalda, con mis brazos atrapados a los costados. Su cuerpo ocupaba el espacio que el mío había ocupado un segundo antes, y luego nos estábamos moviendo otra vez.

Me mareaba con su beso. Un segundo, profundizaba intensamente, haciendo que mi cuerpo pulsara de deseo. Al segundo siguiente, se alejaba, haciéndome zumbar de placer. Una y otra vez, me provocaba hasta que el deseo y el placer se volvieron uno solo, y yo anticipaba el placer que corría por mi espalda y me hacía anhelarlo.

Entonces se apartó y me abrasó con una mirada que sentí hasta la médula. Casi llegué al orgasmo solo por el calor de sus ojos. —Dios, Blake, te deseo tanto, pero si no estás de acuerdo con esto, detenme. ¿Me oyes? En cualquier momento que quieras parar, lo haré.

Me reí. Como si le fuera a pedir que parara.

Tomó mi mandíbula y fijó su mirada en la mía. —Lo digo en serio, nena. Cualquier cosa. Dices para o espera o no, y me detendré. Te lo prometo, Blake, no voy a hacer nada que no quieras que haga.

Me mordí el labio y asentí. No podía decirle que sabía que esta sería la última oportunidad que tendría con él y que probablemente haría cualquier cosa que él quisiera hacer. William nunca fue muy aventurero, ni en la cama ni fuera de ella. Raramente me besaba en público, y me decía a mí misma que me gustaba así. Pero cuando Ian me besaba, quería que el mundo entero lo viera. Quería decirle a todos que Ian Jameson pensaba que yo era hermosa y que tenía sus labios sobre los míos.

Ian se acercó a mí lentamente, atrayéndome con cada paso. Me respiró, echando su cabeza hacia atrás mientras yo me acercaba para besarlo. Me provocaba, haciéndome pensar que iba a besarme, y luego alejándose en el último segundo.

Justo cuando pensaba que quizás no iba a continuar, selló

sus labios sobre los míos y se abrió paso a lametones en mi boca. Me saboreó como si fuera algo nuevo para atesorar y apreciar. Un suave gemido, un sutil lametón, un pequeño mordisco. Todo eso me hizo girar hasta que no podía distinguir dónde terminaba yo y comenzaba Ian. Éramos uno, conectados, juntos.

Sus manos bajaron desde mis mejillas. Sobre mi garganta, donde una mano se demoró y se deslizó hacia la parte posterior de mi cuello. Su otra mano descendió, pasando por mi hombro para recorrer mi brazo. Apretó mis dedos, y luego entrelazó nuestras manos detrás de mi espalda. Estaba completamente rodeada por él y me encantaba absolutamente.

Creció contra mi estómago, su erección presionándome y haciéndome retorcer. Quería sentirlo otra vez, tocarlo y saborearlo y montarlo. Lo deseaba de una manera que nunca había experimentado antes. Salvaje, frenética y feroz, como si no fuera a sobrevivir el día si no lo tenía.

Caminamos hacia atrás otra vez, pero él se detuvo y se apartó de nuestro beso. Me tomó un minuto abrir los ojos y enfocarme en él. Su rostro estaba contraído en una expresión de dolor.

—¿Qué pasa? —pregunté, leyéndolo como siempre lo había hecho.

—Debería tener una cama para ti. No debería estar extendiéndote sobre mi futón —dijo, mirando el suelo detrás de mí.

Negué con la cabeza. Ian había tenido ese futón desde siempre. No quería saber con cuántas otras había dormido en él. Pero era Ian. Era el tipo de chico que ni siquiera se apegaba a los muebles. El futón me recordaría que nada ni nadie se quedaba con él.

—No me importa —le dije—. No necesito nada especial.

Sacudió la cabeza. —Te mereces algo especial, Blake.

Sonreí con suficiencia. —Me merezco otro beso.

Finalmente sonrió y se lanzó de nuevo, besándome con una nueva pasión. Apenas podía seguirle el ritmo mientras me atravesaba con su lengua, tomando todo de mí. Mi cordura, mi aliento y mi deseo. Él tenía el control de todo, dirigiéndome donde necesitaba que estuviera sin palabras ni pensamientos.

Lo único que importaba era Ian.

Me dolía tocarlo, sentir su piel bajo mis dedos. Deslicé mi mano debajo de su camisa y gemí al sentir su carne suave y firme. Extendí mi mano ampliamente para poder tocar más de él, y él se echó hacia atrás.

Sin abrir los ojos, se quitó la camisa, desnudando su torso para mí.

Había visto a Ian en traje de baño más veces de las que podía contar. Siempre supe que era atractivo, pero poder tocarlo y saborearlo, estar tan cerca de él, era una experiencia completamente nueva.

Todavía olía a madera sin tratar, pero debajo de eso era todo masculino. Almizclado y fresco al mismo tiempo. Presioné mi nariz contra su pecho e inhalé profundamente, queriendo llevarme cada parte del día conmigo.

Deslicé mis manos por su pecho, dejando que el suave vello hiciera cosquillas en mis dedos. Curvé los dedos y arrastré mis uñas hacia abajo, sonriendo cuando él gimió.

Sabía que realmente no estaba al mando, pero era una experiencia embriagadora tomar el control por un minuto. Las cosas con William nunca cambiaban, así que ninguno de los dos estaba realmente a cargo. Sabía lo que iba a hacer antes de que lo hiciera porque siempre hacía lo mismo. Nos quitábamos la ropa, nos metíamos en la cama, él me tocaba un poco, luego se deslizaba dentro y empujaba hasta que se corría. La mitad de las veces, tenía que terminar yo misma, y la otra mitad de las veces ni siquiera estaba lo suficientemente cerca como para que me importara.

Pero con Ian, ya estaba cerca y todavía estaba completamente vestida. Nada con Ian era igual, y no había duda de que se aseguraría de que tuviera suficientes orgasmos para compensar al menos parte del tiempo que pasé con William.

Me incliné hacia adelante y lamí el pezón de Ian. Él suspiró suavemente y pasó sus dedos por mi cabello. Cerré mis labios alrededor y di un pequeño mordisco, y sus dedos se tensaron, tirando de mi cabello.

Miré hacia arriba y lo encontré mirándome. Me dio una sonrisa torcida que se enroscó dentro de mí. ¿Quién sabía que una sonrisa podía ser tan embriagadora? Pero de Ian, era como una caricia.

Me aparté de él, sintiéndome cohibida, y besé su pecho nuevamente. Dejé que mis manos vagaran, tocando su piel expuesta y memorizando la sensación de él. Pensé en empujarlo sobre el futón y subirme encima de él, o sentarme en el borde y tomarlo en mi boca, pero no estaba segura de que estuviera dispuesto a cualquiera de las dos cosas. ¿Era esto una sesión de besos, como las otras veces, o era algo más?

Él tomó mi mandíbula y volvió mis labios a los suyos. Hundió su lengua entre mis labios nuevamente, enviando todos los pensamientos y miedos muy lejos. Este era Ian. Incluso si solo estábamos besándonos, era Ian. Lo conocía, y él no me juzgaría por nada. Nunca lo había hecho, y no había razón para que comenzara ahora.

Finalmente reuní el valor para presionar su pecho. Se echó hacia atrás y quitó sus manos. —¿Estás bien? —preguntó, con la respiración entrecortada y todo su cuerpo tenso.

Asentí, mirándolo desde debajo de mis pestañas. —Te quiero en el futón. Quiero sentarme sobre ti. Si está bien.

Su sonrisa fue parte orgullo masculino y parte placer

derrite-bragas. Sí, una sonrisa era peligrosa. Una sonrisa podía llevarme de caliente a oh-Dios-mío en un instante.

Se dejó caer en el futón y se acostó. Extendió la mano hacia la mía y me ayudó a bajar sobre él. Ambos gemimos cuando me acomodé sobre él, acunándolo entre mis muslos. Sus manos fueron a mis caderas y apretaron. Sus ojos estaban fuertemente cerrados, ocultándome todos sus pensamientos.

Sus dedos se aflojaron, y deslizó sus manos por mis costados, tirando de mí hacia él. —Ven aquí, Blake. —Su voz era cruda y áspera, ronca, y envió una espiral de necesidad a través de mí.

Seguí su orden y me apoyé en el futón, mis manos yendo a ambos lados de su cabeza. Él se inclinó mientras yo me agachaba y me besó hasta que mis caderas se movieron por sí solas. Una de sus manos se deslizó hacia abajo y ahuecó mi trasero, guiando mis movimientos irregulares.

—Joder, se siente bien, Blake. Quiero estar dentro de ti. Quiero verte montarme.

Yo quería lo mismo. Quería sentirlo estirándome. Tenerlo deslizándose dentro y llenándome. Que él borrara los años que pasé con William. William era un buen tipo, pero yo estaba más que lista para seguir adelante.

—Ian —gemí, sintiendo la presión acumularse en mí.

Bruscamente, se detuvo, apretando con fuerza mis caderas y deteniendo mis movimientos.

Me quedé quieta, preguntándome por qué se detuvo. Abrí los ojos para encontrarlo apretando los dientes. Me preocupé de haberle hecho daño y empecé a moverme para quitarme.

—No te muevas. Dame un segundo.

—¿Te lastimé? Sabía que era demasiado grande...

—Joder, no, Blake —gruñó, sus ojos abriéndose de golpe para fijarse en los míos—. Eres perfecta. Demasiado perfecta. Tú montándome, llamando mi nombre, tu olor, todo de ti, es demasiado. Estoy tratando de no correrme en mis pantalones ahora mismo. Y no hay manera en el infierno de que vaya a hacer eso cuando te tengo justo aquí. Te deseo, Blake. Te he dicho que te deseo.

—Yo también te deseo, Ian —susurré—. Muchísimo.

—Gracias a Dios —gruñó. Nos volteó sin esfuerzo, como si yo pesara la mitad de lo que pesaba.

Me desplomé de espaldas en el futón donde segundos antes había estado él. Miré hacia el techo la estructura metálica expuesta del techo y la luz fluorescente que colgaba sobre nosotros. Ian levantó mi camisa, y de repente la luz parecía más grande y más brillante. Desnudarme frente a Ian era demasiado para pensar. Él vería todo de mí.

—Um, ¿podemos apagar la luz? —pregunté.

—Diablos, no —dijo, besando mi estómago mientras mi camisa se levantaba hasta el borde inferior de mi sujetador—. Quiero verte, Blake.

—Pero yo...

—Eres jodidamente hermosa. He estado soñando con esto, Blake. No me lo quites. Necesito verte. Toda tú. Quiero ver tu cara cuando te corras y ver tus pechos sonrojarse de ese bonito color rosa que toman tus mejillas. Quiero ver mis dedos y mi polla desaparecer en tu perfecta vagina. Te necesito toda, Blake. Cada hermoso centímetro de ti.

No podía respirar. ¿Cómo diablos me hacía sentir como si fuera la mujer más hermosa con la hubiera estado jamás? Sabía que no lo era. Había visto más de unas cuantas la mañana siguiente. Entraban en Cracked y hablaban de su increíble noche con él. O él salía de O'Kelley's con ellas. Mujeres altas, delgadas y perfectas que tendrían a cualquier hombre babeando. Pero Ian las hacía sonar como de segunda clase comparadas conmigo.

Ian continuó besando su camino por mi estómago hasta que llegó al borde de mi sujetador. Era de algodón blanco y cobertura completa. Para nada sexy, pero la forma en que Ian me miraba era como si estuviera ataviada en satén y encaje.

Sonrió con malicia antes de pasar su lengua sobre mi pezón. La sensación del áspero algodón presionado contra mí envió un escalofrío por todo mi cuerpo. Ian lo hizo de nuevo, luego cerró sus labios sobre mi pezón y succionó, lamiendo y provocándome a través del algodón hasta que se volvió transparente.

—Creo que el blanco podría ser mi nuevo color favorito. Necesito conseguirte más de estos sujetadores.

Me atraganté con una risa. Lo hacía sonar como si fuera a haber una próxima vez.

Antes de que pudiera pensar demasiado en eso, cambió al otro pezón e hizo lo mismo.

Pasó mi camisa sobre mi cabeza y volvió a bajar, besando mi garganta, pecho y estómago mientras se movía. Desabrochó el botón de mis jeans, luego bajó la cremallera lentamente, cada clic resonando en mi cabeza y diciéndome que estaba cada vez más cerca de que él me tocara.

Su mirada se fijó en la mía una vez que la cremallera se detuvo. Se inclinó hacia adelante y presionó un beso en mi hueso púbico, justo encima de donde mis bragas se doblaban debajo del pliegue de mi vientre. Quería bajar mi camisa y cubrirme, pero él ya me había visto. Besado. Ya no había más ocultamientos.

Su lengua salió y lamió mi estómago, casi con reverencia, y yo aspiré bruscamente.

—Levántate para mí —dijo, su voz todavía áspera, el sonido irregular encendiendo mis nervios.

Hice lo que me pidió y levanté mis caderas. Él bajó mis jeans por mis muslos, dejando mis bragas en su lugar, y se hizo a un lado para poder quitármelos por completo.

Sin pensar, agarré la manta a mi lado y me cubrí con ella. Olía a Ian, y presioné mi nariz contra la tela.

Él la arrancó de mis manos.

—¡Oye! —dije con un jadeo.

—No vas a esconderte de mí, Blake.

—Yo... —No tenía defensa. Eso era exactamente lo que estaba haciendo. Odiaba estar allí, expuesta, con sus ojos sobre mí.

Entonces fijó esos ojos en los míos y se bajó los pantalones cortos, dejando puestos sus calzoncillos azul marino. Los que tenían una tienda de campaña en el frente.

Me quedé sin palabras. Sin aliento. Sin mente. Una parte de mí todavía pensaba que tal vez, solo tal vez, Ian estaba jugando conmigo. Que estaba haciendo alguna broma elaborada. Lo había conocido la mayor parte de mi vida, y ni una sola vez me había mirado de la manera en que lo estaba haciendo. Tenía que ser una mentira. De lo contrario, me habría dado cuenta.

Pero también conocía a Ian. Se acostaba con muchas mujeres, pero no era cruel. Nunca había oído hablar de ninguna de las mujeres con las que se acostaba que quedara con el corazón roto después de estar con él. Era directo, y aunque todas estaban felices por repetir, todas sabían en qué se metían con Ian. No era una relación. Era sexo.

Y tenía que recordarme a mí misma que eso era todo lo que estaba obteniendo de él. No había dicho las palabras, pero su reputación hablaba por él. Él lo sabía, y yo lo sabía, así que no había necesidad de decirlo abiertamente. Lo que fuera que pasara entre nosotros no era el comienzo de algo.

—Maldita sea, Blake. No voy a hacer ningún trabajo el resto del día.

—¿Qué? ¿Por qué? Puedo irme.

Se rió y negó con la cabeza. —Diablos, no. Tú eres lo único que voy a hacer el resto de hoy. Eres toda mía por esta noche, Blake, así que si tenías planes, considéralos cancelados.

10

*M*i respiración se entrecortó con sus palabras posesivas. Nadie me había hablado jamás como lo hacía Ian. Nadie me había hecho sentir como él. No era de extrañar que tuviera tantas muescas en su cabecero. Era un mago en la cama, y ni siquiera me había desnudado por completo todavía.

Negué con la cabeza. —No tengo ningún plan.

Sonrió con picardía. —Bien.

Se estiró a mi lado y pasó su dedo por mis labios. Un toque suave que apenas estaba ahí, justo con la presión suficiente para que sintiera un suspiro. La punta de su dedo se deslizó por mi cuello y sobre los montículos de mis pechos, hundiéndose entre ellos. Bajó más, rodeando mi ombligo y provocando el borde de mis bragas, antes de volver a mis labios.

—Me encantan tus labios, Blake. La forma en que haces pucheros cuando no consigues lo que quieres, y cómo sonríes cuando estás feliz. Besarte es mejor de lo que jamás pensé que sería.

Sonreí, sin saber qué decir. Me sentía completamente

fuera de mi liga. Quería decirle que era cosa segura y que no necesitaba seducirme para llevarme a la cama, pero no estaba dispuesta a romper cualquier hechizo bajo el que estuviera. Esa era la única explicación. O estaba borracho, pero él no bebía cuando trabajaba.

Giró mi rostro hacia el suyo con un toque suave y me besó con delicadeza. Su aliento sopló en mis mejillas, sus labios rozando los míos con besos ligeros como plumas. Separó los labios y lamió los míos, luego me besó nuevamente con labios cerrados. Todo el tiempo, me concentré en la sensación de sus labios firmes y gruesos contra los míos. La suave brisa de la ventana abierta enfriaba mi piel.

Una vez que se acercó más a mí, el frío abandonó mi cuerpo. Su pecho rozó el mío, su vello pectoral haciendo cosquillas en mi piel expuesta. Pasó un brazo a mi alrededor y me hizo girar sobre mi espalda, apoyando la mitad superior de su cuerpo sobre mí.

Nos quedamos así, solo besándonos, durante varios minutos. Sin presión, sin urgencia, simplemente disfrutando el uno del otro. Y cuando deslizó su lengua entre mis labios y se abrió camino hacia mi boca, inhalé profundamente, amando cómo podía tomar algo que podría ser inocente y convertirlo en algo deliciosamente sucio.

Su erección presionaba contra mi cadera, su mano descansaba en la parte baja de mi vientre. Su antebrazo reposaba justo por encima de la banda de mis bragas, donde podía sentir su calor.

Cada movimiento de su cuerpo hacía que mis muslos dolieran, que mi núcleo se contrajera, que todo mi cuerpo se preparara para él. Pero se quedó de lado, apenas cubriéndome. Lo suficientemente cerca para atormentarme, pero tan lejos de donde lo quería.

Gemí de frustración y lo empujé fuera de mí. Antes de que pudiera preguntar qué pasaba, me subí encima de él. Su miembro se deslizó entre mis muslos, el grueso largo presionando contra mi entrada.

—Te deseo, Ian —dije, mirándolo a los ojos. Necesitaba ver la expresión en su rostro cuando lo dijera. Tenía que saber que estaba de acuerdo.

—No voy a durar mucho la primera vez, Blake. Te lo advierto desde ya. Estoy a unos tres segundos de perder el control ahora mismo.

—Entonces será mejor que te desnudes y encuentres un condón —dije. Me levanté y me quité el sujetador y las bragas. Antes de que pudiera entrar en pánico por estar desnuda frente a uno de los hombres más atractivos de la ciudad, él se bajó los calzoncillos y rodó hacia un lado. Abrió el cajón de su mesita de noche con tanta fuerza que salió entero. Una caja nueva de condones estaba en el cajón, y traté de no pensar por qué los había comprado o con quién había estado la última vez.

Arrancó el plástico de la caja y luego la abrió de un tirón, mandando condones a volar. Agarró la tira más cercana y arrancó uno, rasgándolo con los dientes mientras me miraba de nuevo.

—Eres increíble —dijo, gimiendo mientras se ponía el condón. Se acarició una vez, apretando la punta y sacudiéndose con sus movimientos.

Sus músculos se tensaron con sus esfuerzos. Los tendones sobresalían en su cuello, y su miembro se estremeció. Me lamí los labios, deseando haberlo tomado en mi boca antes de que se pusiera el condón. La próxima vez. Si es que habría una próxima vez.

—Trae ese trasero sexy de vuelta aquí —me gruñó—. Y deja de mirarme así. Necesito estar dentro de ti antes de perder el control.

Mi mirada se encontró con la suya, y vi la misma expresión que tenía en su rostro en Hawái. La misma mirada tensa e ilegible que entonces pensé que era deseo. Ahora, no había duda. Lo que me hizo preguntarme nuevamente en quién estaba pensando.

Me moví hacia el borde del futón y pasé por encima de él. Sus manos subieron para encontrarse con mi cuerpo mientras me bajaba, abriendo ampliamente mis muslos para tratar de encajar sobre él. Era toda caderas, con pechos que eran demasiado pequeños para mi ancho cuerpo inferior. Pero con ese cuerpo inferior ancho venían muslos gruesos que apenas cabían alrededor del cuerpo de Ian.

Di un brinco cuando una de sus manos se deslizó entre nosotros y me tocó.

—Necesito sentirte, Blake. ¿Puedo tocarte?

Asentí, ya moviendo mis caderas para recibir su mano. Su dedo se deslizó sobre mi carne húmeda. Un dedo se introdujo en mí, y ambos gemimos.

—Joder, Blake. Estás tan apretada, nena.

Asentí y me mordí el labio. —Ha pasado tiempo.

—¿Desde Willie? Eso es lo que dijiste, ¿verdad? —preguntó, su mirada atrapando la mía.

Asentí de nuevo, sin querer preguntar sobre su última vez.

—Gracias. Me siento honrado de que me permitas ser el primero desde él.

Mientras hablaba, su dedo entraba y salía de mí en movimientos lentos y profundos. William no era muy grande, y el dedo de Ian se hundía más profundamente de lo que el miembro de William jamás había hecho. Cuando Ian añadió un segundo dedo, estiró mi cuerpo más de lo que William jamás lo había hecho. Era como si todo fuera nuevo otra vez.

—Estás tan mojada, Blake. Me encanta sentirte. Tan apretada y lista para mí.

—Tan lista —murmuré. Cada provocación de sus dedos

tensaba mi núcleo. Quería montarlo, que me llenara y me hiciera llegar más fuerte de lo que jamás había llegado antes.

Retiró sus dedos y provocó mi clítoris por solo un segundo, el tiempo suficiente para hacer que mis caderas se sacudieran. —Bájate despacio, nena.

Se mantuvo quieto mientras me guiaba hacia abajo. Lo sentí en mi entrada, y mi cuerpo se tensó.

—Relájate, Blake. Déjame entrar.

Su pulgar se deslizó sobre mi clítoris de nuevo, y él se hundió un centímetro. Me levanté un poco y él acarició mi clítoris nuevamente, deslizándose otro centímetro. Una y otra vez hasta que todos sus centímetros me llenaron.

Me senté sobre él, manteniéndome firme por un largo momento. La única otra vez que me había sentido tan bien fue cuando usé mi vibrador. Tonta de mí, asumí que los hombres reales no eran tan grandes.

Ian definitivamente me arruinó para otros hombres.

Entonces comenzamos a movernos. Sus manos me guiaban, levantándome y animándome a deslizarme hacia abajo nuevamente. Pero no era suficiente. No podía levantarme lo suficiente para realmente conseguir un buen movimiento. Se sentía increíble, pero necesitaba más.

Ian ayudó moviendo sus caderas al ritmo de las mías. Gimió y me ayudó a moverme, pero no estaba funcionando.

—Levántate —dijo Ian con brusquedad.

Decepcionada porque no lo estaba disfrutando más que yo, me quité de encima. Su mano se deslizó entre mis muslos abiertos, y casi me caigo.

—Acuéstate. Boca arriba.

Seguí sus órdenes. Separó mis muslos con sus rodillas y deslizó sus manos por mis muslos y levantó mi trasero. Entró con una firme estocada, y gemí.

Levantó mis rodillas sobre sus brazos y me abrió más. Su

mirada se dirigió directamente hacia donde nuestros cuerpos se unían con cada poderosa embestida de él dentro de mí.

—Esa es la cosa más sexy que he visto jamás —gimió. Luego salió y dejó caer mi trasero al futón de nuevo—. Voy a correrme con fuerza, pero tú necesitas correrte primero.

Negué con la cabeza. —Está bien. Estoy bien.

Se quedó inmóvil. —Por favor, no me digas que Willie no te complacía.

Me encogí de hombros. —Estaba bien. Y nuestra vida sexual no es asunto tuyo.

Ian negó con la cabeza. —Lo es si tus expectativas son tan bajas que no te vas a enojar si te follo y me voy. Vas a gritar mi nombre hoy, Blake. Y si no lo haces, yo no me corro.

—No soy de las que grita, Ian. No soy... ¡Dios mío!

Me lamió. Realmente me lamió. Entre mis piernas. Donde no me había afeitado o depilado con cera o hecho nada además de lavarme en demasiado tiempo.

—Todas las mujeres gritan cuando es lo suficientemente bueno, Blake. Vas a gritar mi nombre hoy. Y voy a quedarme aquí abajo hasta que lo hagas.

Sus ojos color avellana eran de un verde bosque profundo, llenos de lujuria y calor. Realmente creía que quería decir lo que decía, pero yo no tenía mucha experiencia recibiendo sexo oral.

—Pero no me he afeitado.

—No me importa —protestó Ian, desapareciendo debajo de mi vientre.

Su lengua se deslizó por mis pliegues nuevamente. —Oh, Dios.

—Nombre equivocado, Blake —dijo con aspereza contra mí. Su voz retumbó a través de mí, sacudiéndome desde mi núcleo.

Sus manos fueron debajo de mi trasero de nuevo, levantándome y separando mis muslos al mismo tiempo. Me lamió una vez más, pero esa vez no dije nada. No porque estuviera preparada para ello, sino porque él no salió a tomar aire. Su lengua se deslizó de arriba a abajo y luego pulsó dentro de mí.

Dedos, miembro y ahora lengua. Este día pasaría a la historia. Nunca había tenido los tres dentro de mí en el mismo día.

Mordisqueó mi clítoris, y jadeé.

—Deja de pensar, Blake. Quiero escuchar mi nombre.

—Ian —gemí.

Me mordió de nuevo. —Así no.

—Oh, Ian —gemí con una risa.

Se rio, el soplo de su aliento contra mi muslo era tanto una provocación como lo era él. —Eso está mejor, pero sin la risa.

Volvió a bajar y me abrió con sus dedos. Podía sentir sus ojos sobre mí, examinando mi parte más íntima.

—¿Qué pasa? —pregunté, alarmada de que solo me estuviera mirando.

—Solo te estoy mirando. Tienes el coño más bonito, Blake. Y hueles tan bien. Podría quedarme aquí abajo toda la noche.

Empecé a reírme de él, pero pasó la parte plana de su lengua sobre mí. Luego usó la punta para separar todos mis pliegues y lamerme por todas partes. Sacó mi clítoris y deslizó un par de dedos dentro de mí, y casi me perdí.

Mi respiración se entrecortó y mi corazón dio un vuelco.

Extendió su mano libre y encontró la mía. Entrelazó sus dedos con los míos y apretó, luego colocó nuestras manos unidas sobre mi vientre. Era íntimo, como si fuéramos amantes en lugar de amigos.

Entonces aceleró el ritmo. Sus dedos empujaron más rápido, su lengua se movió sobre mí como si estuviera persiguiendo lo mismo que yo. La sangre rugía en mis oídos, y mi orgasmo se acercaba rápidamente.

Entonces curvó sus dedos dentro de mí, y estaba acabada.

—¡Oh, Dios, Ian! ¡Sí! ¡Ian! ¡Sí, sí, sí! ¡Ian! —grité mientras me corría.

Me perdí en un mar de placer mientras el orgasmo pulsaba a través de mí. Lo siguiente que recordé fue a Ian hundiéndose en mí, nuestras manos unidas levantadas sobre mi cabeza. Se inclinó sobre mí, presionando su cuerpo contra el mío mientras capturaba mi otra mano y entrelazaba esos dedos también.

Finalmente logré abrir los ojos y lo encontré sonriéndome con satisfacción. —Te dije que te haría gritar mi nombre.

Resoplé una risa con él y negué con la cabeza. —Nunca me he corrido así —confesé.

—¿Nunca? —preguntó, con las cejas juntas.

Negué con la cabeza otra vez, mordiéndome el labio.

—Ah, Blake. Tenemos muchos orgasmos que recuperar.

Se retiró y volvió a entrar en mí con fuerza, lo suficiente como para que el calor me curvara los dedos de los pies y yo gimiera. —Oh, Dios.

—Es Ian, ¿recuerdas? —preguntó con una sonrisa.

Abrí los ojos y le sonreí. —Créeme, lo recuerdo.

Se reclinó, separando nuestros pechos. Sus manos sostenían las mías, ambos soportando su peso mientras entraba y salía de mí. Cada embestida tensaba más la bobina de deseo en mi vientre hasta que estuvo completamente enrollada y lista para romperse.

Entonces él se rompió, echando la cabeza hacia atrás y apretando mis dedos con fuerza. Estaba hipnotizada por él, una expresión de puro placer y alegría en su rostro mientras se corría. Susurró mi nombre, como una plegaria, y luego se derrumbó sobre mí, dejándome absorber todo su peso.

Nos quedamos así durante unos minutos, su rostro enterrado en mi cuello, su miembro dentro de mí, nuestras manos aún entrelazadas.

Cuando se movió, besó mi cuello y se apartó de mí. —No debería haberte aplastado así. Lo siento.

Negué con la cabeza y dije: —Me encantó sentirte sobre mí.

Su mirada se encontró con la mía y sonrió. —A mí también.

Se inclinó de nuevo, besándome suavemente. El orgasmo que seguía ardiendo justo debajo de la superficie se encendió, recordándome que estaba allí.

Ian apretó mis manos y se levantó de un salto, alejándose de nuestro beso justo antes de que yo gimiera.

—Ya vuelvo —dijo, dirigiéndose al baño.

Me quedé allí un minuto, preguntándome qué se suponía que debía hacer. Solo había dormido con chicos con los que estaba saliendo, así que desarrollamos un ritmo después del sexo, ya fuera quedarnos y acurrucarnos o marcharse enseguida. No tenía ni idea de qué hacer en la cama de Ian.

Supuse que vestirme probablemente era la respuesta correcta, así que me levanté y empecé a recoger mi ropa. Acababa de coger mis bragas cuando se abrió la puerta del baño.

—¿Qué demonios estás haciendo?

—Oh, um, pensé que querrías que me fuera.

—¿Es eso lo que quieres? —preguntó.

Finalmente me giré para mirarlo y tuve que contener la respiración. Era hermoso. El vello rubio oscuro cubría sus pectorales y formaba un camino por el centro de sus abdominales para rodear la base de su miembro, que todavía estaba erguido. Muslos gruesos y pantorrillas tonificadas, ambos marcados con músculos, le daban el sexy contoneo que siempre tenía. Esas manos que me volvieron loca minutos antes se cerraron en puños y luego se relajaron.

Pero fueron sus ojos los que realmente me afectaron. Sus ojos me decían que esperaba que dijera que no, que quería quedarme. Sus ojos decían que no había terminado conmigo.

Lentamente negué con la cabeza, y él cruzó la habitación y me levantó en sus brazos en medio segundo. Presionó sus labios contra los míos mientras yo reía.

—Deja esa ropa. No te vas hasta que haya escuchado mi nombre de estos labios sexy al menos diez veces. Y hasta que hayamos probado algunas posiciones más. Creo que sé cómo puedes montarme.

—Ian —gemí.

—Y todavía te debo ese orgasmo que estabas persiguiendo.

—No me debes nada.

Se apartó y me miró a los ojos. Mantuvo mi mirada por un minuto. Apartó el cabello de mi mejilla y me besó suavemente. —Quizás no te deba nada, pero no soy el tipo de hombre que deja que una mujer se cuide sola. Me tienes ahora. Y nunca te quedarás sin un orgasmo o seis cuando yo esté cerca.

Me reí con él, pero no dije nada. Lo tenía por el momento. El ahora era fugaz. El ahora podía terminar en cualquier minuto. Y no iba a contar con que algo durara cuando sabía que no lo haría.

Ian seguiría adelante, y yo sería responsable de mis propios orgasmos de nuevo. Excepto que sería peor la próxima vez porque sabría cómo era estar con un hombre que los disfrutaba tanto como yo.

Pero no podía detenerme en nada de eso. Tenía que tomar lo que pudiera conseguir. Y en ese momento, lo que podía conseguir era un hombre sexy, inteligente y asombroso deslizando su mano entre mis muslos. No estaba en posición de decir que no a eso.

IAN

*N*unca había visto nada tan hermoso como Blake desarmándose. Ver cómo llegaba al clímax era la mejor parte de mi día. La mejor parte de mi vida.

En un millón de años, nunca pensé que tendría la suerte de presenciarlo, pero lo hice. No solo una o dos veces, sino once. Y sí, maldita sea, estaba contando.

Estaba extendida en mi cama, ese maldito futón feo en el que había dormido durante años. Odiaba no tener algo mejor para ella, pero definitivamente no planeaba tener a Blake en mi cama. Lo soñaba, pero no estaba lo suficientemente loco como para planearlo.

La sonrisa feliz en su rostro me decía que no le importaba que estuviéramos en un futón y no en una habitación de hotel cara o algo así. La amaba aún más por adaptarse a la situación.

—Voy a comprar una cama —dije contra su piel. Me encantaba cómo olía. Un toque de loción pero sobre todo su esencia. Dulce con su propio aroma.

Ella se encogió de hombros. —Vale. No sé por qué me dices eso.

Besé el costado de su pecho y fui mordisqueando hasta su clavícula. —Para que sepas que la próxima vez estarás más cómoda.

—¿La próxima vez? —preguntó, como si estuviera sorprendida.

Asentí. —Sí. A menos que ya hayas terminado conmigo. —Intenté mantener un tono ligero, pero cada célula de mi cuerpo se tensó esperando su respuesta.

—No —suspiró, casi con un suspiro—. Um, eso estaría bien. —Se apartó de mí y se puso de pie al otro lado del futón —. Sin embargo, debería irme. Se está haciendo tarde.

El sol apenas se había puesto, y era viernes por la noche. Quería insistir para que pasara la noche conmigo. Despertar en la misma habitación de hotel con ella hace meses me dejó ansiando despertar con ella en la misma cama. Se levantaba antes que yo todos los días que estuvimos en Hawái y extrañaba verla recién salida de la cama. Quería verlo, sentirlo, abrazarla y convencerla de pasar un día entero en la cama.

Pero no podía presionar. Todavía tenía miedo, y yo nunca había tenido una relación. No una que quisiera que durara más allá de nuestra próxima noche juntos.

—¿Quieres que te acompañe a casa? —pregunté, girando al otro lado y poniéndome los vaqueros.

—¡No!

Me volví para mirarla. Sus mejillas se enrojecieron.

—Lo siento, quiero decir, estoy bien. Pero gracias.

—No me importa —le dije.

Asintió. —Lo sé. Y lo aprecio. Es solo que no quiero que más gente piense que estamos juntos.

Fruncí el ceño. Le di vueltas a sus palabras en mi cabeza e intenté no sentirme herido por ellas, pero era imposible. No quería que nadie supiera de nosotros. Se avergonzaba de mí. Mientras yo quería contárselo al mundo y reclamarla como mía, ella quería ocultarnos de todos.

—¿Importa lo que piense la gente?

Ella se burló. —Siempre importa.

Realmente no sabía de qué estaba hablando o por qué le importaba. Nunca me había parecido el tipo de persona a la que le importara, pero tal vez no la conocía tan bien como pensaba.

La acompañé hasta la puerta atravesando la tienda. Ella la abrió bruscamente sin detenerse, pero yo no estaba listo para dejarla irse. Antes de que saliera, deslicé mi mano alrededor de su cintura y la atraje hacia mí. Cayó en mis brazos y me miró con ojos grandes y curiosos. Me hundí en sus profundidades y tuve que creer que ella podría seguirme. Necesitaba que fuera conmigo. Que estuviera allí cuando yo no supiera hacia dónde ir.

La besé con fuerza, separando sus labios. Mi mano fue a su trasero, agarrando un puñado y empujando nuestros cuerpos juntos. Necesitaba sentir cada centímetro de ella una vez más, solo por si acaso no volvía de nuevo. El pensamiento me volvió loco, y vertí cada gramo de ello en el beso hasta que ella se colgó de mí, dejándome sostenerla.

Solo entonces me alejé. Miré hacia abajo a su hermoso rostro lleno de deseo. Sus ojos estaban cerrados, sus labios llenos y húmedos. Sus mejillas estaban rojas, y el rubor desaparecía bajo su cuello. Quería desnudarla de nuevo y besar todo el camino hasta donde ese rubor desaparecía.

La próxima vez, me prometí. Porque me aseguraría de que hubiera una próxima vez. Blake era mía, y le prometí a Georgia que le diría cómo me sentía. Mostrárselo también funcionaba.

Finalmente abrió los ojos, hundiéndome de nuevo en las impresionantes profundidades de sus interminables ojos marrones. La besé suavemente, diciéndole sin palabras lo preciosa que era para mí. Cuando me aparté de nuevo, finalmente la solté, prometiéndome a mí mismo que no sería la última vez que tendría a Blake en mis brazos.

—Gracias —susurró, mirándome—. No vine aquí por nada de esto, pero gracias.

—Cuando quieras —dije honestamente. Dejaría cualquier cosa por Blake. Cuando ella me quisiera. O me necesitara.

Se sonrojó de nuevo y bajó la cabeza. Luego me miró por un segundo y dijo: —Adiós, Ian.

—Nos vemos pronto, Blake.

Sonrió y se alejó. La observé hasta que dobló la esquina, sonriendo cuando ella miró hacia atrás para ver si todavía estaba allí.

Estaba tan mal como una adolescente con su primer amor. Ya quería enviarle un mensaje. Decirle que la extrañaba. Pero no podía. Blake estaba asustada, y lo último que necesitaba era hacerla huir.

Así que hice lo siguiente mejor, le mandé un mensaje en la aplicación.

WOODY

¿Tu viernes por la noche es tan aburrido como el mío?

Sabía que estaba caminando a casa, así que no esperaba una respuesta por unos minutos. Cerré la puerta y finalmente volví adentro, debatiéndome. Tenía trabajo que terminar en el barco, pero no estaba seguro de poder concentrarme. Blake había llenado mi cabeza, y me sentía inquieto y excitado.

Fui a mi habitación y me puse la camisa. Me puse un par de chanclas y decidí que necesitaba salir. Quedarme sentado pensando en que Blake no estaba allí solo me volvería loco.

Estaba a mitad de camino de O'Kelley's cuando mi teléfono sonó con un nuevo mensaje. Lo abrí y me detuve cuando leí su mensaje.

COVEMOUSE

> Acabo de llegar a casa. Tuve un día
> realmente bueno, sin embargo.

Sí, joder, maldita sea. Yo también, nena.

WOODY

> Estoy celoso. ¿Qué pasó que hizo que tu día
> fuera tan bueno?

Esperé a que me respondiera y me dijera que pasó la tarde con... bueno, conmigo. Contuve la respiración y la solté en un suspiro exasperado cuando leí su mensaje.

COVEMOUSE

> Tuve una gran reunión hoy. Vendí algunas
> fotos nuevas.

—¿En serio? —dije en voz alta.

Un tipo que pasaba se rio. —Sí, en serio.

Puse los ojos en blanco y seguí caminando. Definitivamente necesitaba una bebida. Me dije a mí mismo que tenía sentido que no le contara a un tipo cualquiera sobre el gran sexo que acababa de tener, pero quería saber si lo había disfrutado tanto como yo.

WOODY

> Felicidades. Me encantaría ver tu trabajo
> algún día.

COVEMOUSE

> Quizás algún día. Mi nuevo material fue
> diferente. Me inspiré en un amigo.

WOODY

> ¿Un amigo especial?

COVEMOUSE

Tal vez. Lo siento. Sé que esto es un sitio de citas. No estoy tratando de ser una provocadora.

Sonreí como un loco.

WOODY

No te preocupes por mí. Dijimos que seríamos amigos.

COVEMOUSE

Gracias. Lo aprecio mucho.

WOODY

¿Quieres contarme sobre él?

COVEMOUSE

Tal vez. Pero aún no. No quiero arruinar nada. Él no es del tipo de relaciones, y sé que no durará.

Respiré hondo y debatí sobre responderle. Mi primer pensamiento fue que nadie más era como ella, pero no podía decírselo.

WOODY

Nunca se sabe. Quizás él ha estado esperando a la indicada.

COVEMOUSE

¡Jajaja! No este tipo. Y definitivamente no yo. Chicos como él no terminan con chicas como yo. No en mi experiencia.

Fruncí el ceño mirando mi teléfono y entré en O'Kelley's. No había razón por la que Blake y yo no pudiéramos estar juntos, pero si ella no creía que pudiera suceder, tenía que esforzarme aún más.

COVEMOUSE

De todos modos, necesito hacer algo de
trabajo. Me siento inspirada de nuevo.
Hablamos pronto.

WOODY

Claro.

Metí el teléfono en mi bolsillo y me senté en la barra. Hudson Grant puso una botella delante de mí y asintió antes de caminar hacia el otro extremo de la barra. Hudson era unos años mayor que yo. Jugamos béisbol juntos en la escuela secundaria, y él fue a la universidad con una beca. Se lesionó la rodilla deslizándose hacia segunda base en su tercer año cuando el segunda base puso su pie entre Hudson y la almohadilla. El otro tipo se fue con unos pocos puntos. A Hudson tuvieron que sacarlo del campo y nunca volvió a poner un pie en uno. Regresó a MacKellar Cove y compró O'Kelley's a los dueños de toda la vida. Lo mantuvo igual, pero añadió sus propios toques para convertirlo en un verdadero lugar local.

Examiné la sala mientras Hudson atendía a los clientes en la larga barra de madera. Estaba llena, lo cual era típico para un viernes por la noche. Algunas personas me saludaron con la cabeza, pero nadie se acercó. No estaba de humor para hablar, así que me venía bien mientras bebía mi cerveza y reflexionaba.

—¿Dónde está ella? —preguntó Hudson cuando volvió hacia mí.

—En casa —respondí automáticamente.

Sus cejas oscuras se elevaron. —Vaya. No esperaba que me respondieras.

Lo miré con el ceño fruncido.

Hudson se apoyó en la barra. —¿Quién es ella? Tal vez debería haber empezado con esa pregunta.

Negué con la cabeza y apuré mi cerveza. Hudson me había visto salir con muchas mujeres de su bar. No era exigente. Me gustaban las mujeres, y yo les gustaba a ellas. Pero no me apegaba porque no eran Blake.

Ahora, tenía a Blake, yo estaba apegado, y ella no. Era una puta mierda.

—Espera un momento. ¿Estás pillado por Blake? —preguntó, reclinándose mientras descubría lo que el resto del pueblo ya sabía.

Lo miré con el ceño fruncido otra vez.

Hudson silbó bajo y negó con la cabeza. —Cuando ustedes dos estuvieron aquí, me lo pregunté, pero pensé que ella era solo una más en la fila.

—Blake es la fila —gruñí.

—Vaya. Nunca pensé que vería el día en que Ian Jameson cierra su pequeña agenda negra.

Negué con la cabeza. —Ella no me quiere. No puedo cerrarla todavía.

—¿Qué quieres decir con que no te quiere? Vi cómo estaban juntos. Se fue contigo.

—Es complicado —dije, sin ofrecer nada más.

—Me han dicho que los camareros son muy buenos escuchando.

Resoplé. —Lástima que tú seas el dueño del lugar.

Hudson se rio y negó con la cabeza de nuevo. —Sí. Quizás debería venderlo.

Me reí con él y asentí cuando puso una nueva cerveza frente a mí.

—Ella cederá. Solo necesitas darle una razón para verte como una opción.

—Ella me vio —murmuré.

Puso los ojos en blanco. —Así que te acostaste con ella. Supongo que no le dijiste que querías algo más que sexo, y ahora estás enfadado porque ella piensa que eso es todo lo que hay entre ustedes.

Lo miré con el ceño fruncido otra vez.

—Las mujeres tienen dos lados, hombre. Un lado ve a un tipo como alguien con quien puede divertirse. Un tipo con quien acostarse o salir o ser amigos. Lo pone en esta categoría prohibida donde cree que no es alguien a quien dejar entrar en su corazón. Luego tienen el otro lado, el lado que busca amor. Incluso las que dicen que no están buscando están buscando. Pero no miran a amigos y compañeros de follar y tipos que se acuestan con la mitad del pueblo. Miran a tipos que las hacen sentir especiales. Tipos que las enamoran y las miman y les dicen lo increíbles que son. No eres ese tipo si te acostaste con ella antes de invitarla a cenar.

Fruncí el ceño y le di un trago a mi cerveza. Él se reclinó y esperó a que respondiera. —¿No tienes otros clientes a quienes molestar?

Se encogió de hombros y miró alrededor donde sus camareros y el otro barman estaban atendiendo a todos los demás. —No.

Respiré profundamente. —Digamos que tienes razón. ¿Qué diablos se supone que debo hacer?

Sonrió. —Trátala como una reina. Muéstrale que vas a estar ahí para algo más que orgasmos. Le diste orgasmos, ¿verdad?

—Por supuesto —dije bruscamente. No solía ser de los que besan y cuentan, principalmente porque todo el maldito pueblo sabía todo sin que yo necesitara confirmarlo, pero si me ayudaba a conquistar a Blake, gritaría desde los tejados cuántas veces ella gritó mi nombre.

—Bien. Entonces al menos sabe que cuando vuelvan a acostarse puede contar con que la harás sentir bien.

—¿No puedo acostarme con ella otra vez? —solté mucho más alto de lo que pretendía.

—¿Acostarse con quién? —preguntó Eddie, sentándose en el taburete junto a mí.

—Con nadie —dije al mismo tiempo que Hudson me señaló con la cabeza y dijo: —Blake.

Las cejas de Eddie se elevaron de la misma manera que las de Hudson. —¿Tú y Blake? —Asintió para sí mismo—. Me gusta. Georgia dijo que esperaba que ustedes dos terminaran juntos. Vio algo entre ustedes en nuestra boda.

Asentí pero no hablé. Nunca le conté a nadie sobre la promesa que le hice a Georgia. La mujer lo veía todo, pero no quería que otros supieran que era un cobarde cuando se trataba de decirle a Blake lo que sentía por ella.

—Estoy tratando de decirle que acostarse con ella no es la forma de conseguir que sea suya —le dijo Hudson a Eddie—. Él no entiende por qué no puede seguir acostándose con ella.

—¿Qué sabes tú de todos modos? Estás soltero —dije con una mueca.

Tan pronto como las palabras salieron, odié haberlas dicho. Hudson se quedó quieto por un segundo y luego golpeó la barra frente a mí y se alejó sin decir otra palabra.

—¿Por qué dijiste eso? —preguntó Eddie.

—Porque soy un imbécil —respondí.

—Sí, lo eres. Él no merece que le recuerden la muerte de Hillary —dijo Eddie.

Respiré hondo y me levanté. Deslicé mi cerveza frente a Eddie. —Pon tus bebidas en mi cuenta. Voy a hablar con él e irme.

Eddie asintió y tomó mi cerveza. Fui a buscar a Hudson.

Estaba en la habitación trasera, mirando una caja de cerveza. Sabía que me había oído entrar detrás de él, pero no se dio la vuelta.

—Soy un imbécil —dije—. Y lo siento. Fue un golpe bajo. Es solo que estoy jodidamente asustado y lo odio.

—Estar enamorado no se trata de tener miedo. Estar

enamorado es saber que alguien está ahí cuando lo estás —dijo Hudson.

—Y tú sabes más sobre el amor de lo que yo sabré jamás. Ni siquiera puedo entender cómo hacer que Blake salga conmigo. Vino hoy porque la gente está hablando de nosotros y pensó que iba a estar enfadado. Porque tengo reputación de no apegarme. Ella piensa que solo quiero sexo.

—Te dije que no te acostaras con ella —dijo Hudson, finalmente mirándome. Sus brazos estaban gruesos de músculos, su camiseta negra tensada sobre ellos. Era un par de centímetros más alto que yo, pero había ganado masa desde que dejó el béisbol y compró un bar. Fácilmente tenía unos veinte kilos más de músculo que yo.

—Ojalá me hubieras dicho eso hace seis horas. Entonces quizás no estaría tan jodido —admití.

Hudson negó con la cabeza. —Puedes cambiar la forma en que ella te ve, simplemente no será fácil. Siempre has sido un amigo en sus ojos. Ahora eres un compañero de cama. Has reducido tus posibilidades de que te vea como alguien con quien puede contar, pero no es imposible demostrarle que puedes serlo.

Respiré hondo. —Gracias. Realmente lo siento por Hill. Ella era...

—Todo —dijo Hudson—. Era perfecta. Y no creo que vaya a encontrar otra mujer como ella.

Me encogí de hombros. —Nunca se sabe. Si yo puedo conseguir que Blake me vea como algo más que su amigo y compañero de cama, tal vez haya esperanza de que encuentres a alguien más.

Él se rio y negó con la cabeza. —Tú quieres que Blake te quiera. Yo soy feliz solo. No necesito otra mujer. Ya tuve mi gran amor.

Gritos y el sonido de un vaso rompiéndose llegaron desde el bar. No lo pensé dos veces antes de seguir a Hudson y saltar con él cuando agarró un bate de madera de detrás de la barra y se interpuso entre los dos tipos que peleaban.

Uno de ellos me enfrentó, gruñéndome que yo estaba entre él y el otro idiota con el que estaba intercambiando puñetazos.

—¿Qué tal si te calmas? —dije, sin apartar los ojos de él.

Hudson estaba a mi espalda, enfrentando al otro tipo. Su tipo era claramente el agresor. Hudson retrocedió hacia mí cuando el tipo al que se enfrentaba avanzó para llegar al tipo que yo vigilaba. No los reconocía. Eran más jóvenes que yo, de veintitantos años, pero claramente se conocían.

—¡Él puso sus manos sobre mi novia! —gritó el tipo detrás de mí.

Mi tipo sonrió con suficiencia. —A ella le gustó.

—Tío —dije, negando con la cabeza—. No lo empeores.

Se encogió de hombros y sonrió de nuevo. —Si él no sabe cómo cuidar a su mujer, con gusto me haré cargo.

—Yo sé cómo cuidarla —dijo el otro tipo—. Mantén tus malditas manos quietas o te las arrancaré y te las meteré por el culo.

Mi tipo resopló. —Te patearía el trasero flacucho hasta la próxima semana si lo intentaras.

—¿Qué está pasando, caballeros? —preguntó James Rucker, apareciendo junto a Hudson y a mí. James era un oficial de policía de MacKellar Cove y un buen amigo de Hudson.

El tipo frente a mí se enderezó y bajó las manos a los costados, viéndose sumiso en lugar de arrogante como estaba segundos antes.

¿El otro tipo? No tan listo.

—Ese cabrón tocó a mi novia. Voy a patearle el culo.

—¿Ah, sí? —preguntó James.

—Sí, maldita sea. Se va a arrepentir de haberla tocado —declaró el tipo.

—¿Eres tú el que comenzó esto? ¿Quién rompió cosas? —preguntó James con calma.

—Él lo empezó cuando puso sus manos sobre ella.

James asintió, luego sacó tranquilamente sus esposas y caminó hacia el tipo. Inmediatamente, cambió su tono.

—Eh, eh. ¿Para qué son esas?

—Destrucción de propiedad y agresión. Vamos a dar un paseo —dijo James.

—Eh, no. Yo no hice todo eso.

James miró a mi tipo. —Tu amigo aquí tiene un buen moretón. Alguien lo golpeó.

—Bueno, yo lo hice, pero...

—Entonces necesitamos dar un paseo. Si él no quiere presentar cargos, puedes irte, pero eso depende de tu amigo.

Mi tipo sonrió con suficiencia. James lo miró fijamente y lo borró.

James esposó al otro tipo y lo sacó afuera, aún protestando por su inocencia. Hudson miró fijamente a mi tipo, pero él se alejó diciendo que no causaría más problemas.

—Gracias por cubrirme las espaldas —dijo Hudson con un gesto.

Asentí. —Cuando quieras. Gracias por el consejo.

Sonrió con suficiencia. —Solo espero que lo uses. Blake lo merece.

Asentí. No podía discutir eso.

12

BLAKE

No recordaba la última vez que había pintado tanto. No es que no me encantara, pero a veces me costaba encontrar nuevos temas. Pero Ian había despertado algo en mí de lo que no podía alejarme.

Era mucho después de medianoche, y estaba cubierta de pintura. Había terminado tres cuadros nuevos, pinturas que no estaba segura de querer mostrar a nadie más, y estaba trabajando en otra. Los colores, la pasión y la sensualidad de las obras me hacían sentir como una persona diferente. Ian me hacía sentir como una persona diferente.

Terminé la última pincelada en la pieza y di un paso atrás. Era hermosa. Dos personas claramente teniendo sexo. Sus rostros no eran visibles, y sus rasgos no estaban definidos, pero en mi mente, éramos Ian y yo.

Las piezas que tenía permanecerían escondidas en mi armario, algo que sacaría para revivir cuando Ian siguiera adelante con alguien nuevo. Tal vez algún día conocería a alguien más que me hiciera sentir como él lo hacía, pero por ahora, estaba contenta sabiendo que podía sentirme tan viva.

Lavé mis materiales y acababa de cambiarme la ropa de pintar por un pijama cuando sonó el timbre.

Mi corazón saltó con la esperanza de que fuera Ian, pero Ian no era el tipo de persona que tocaba mi timbre en medio de la noche. Tan rápido como floreció la esperanza, la aparté.

Mi madre estaba apoyada contra el costado de mi casa, dormida de pie. Sacudí la cabeza y suspiré, luego la ayudé a llegar al sofá.

Solo un viernes típico.

PASÉ todo el sábado poniéndome al día con las cosas que no hice durante la semana. Cosas divertidas y emocionantes como lavar la ropa, lavar los platos y limpiar mi casa. Mi mamá se fue temprano el sábado por la mañana sin mucho agradecimiento por dejarla dormir en mi sofá, otra vez, pero al menos se había ido. La quería, pero estaba harta de limpiar sus desastres.

Llegó la noche del sábado y todavía no me había duchado ni me había cambiado el pijama. Era una muy buena noche para una película sola y una cerveza.

Acababa de acomodarme en el sofá con mi cena de microondas y una cerveza cuando mi teléfono sonó con un mensaje.

Woody, mi match de Se Buscan Novios Literarios, me había enviado un nuevo mensaje. Me sorprendí cuando recibí su primer mensaje. Sonaba dulce y divertido, y me preguntaba por qué un chico como él estaba en un sitio de citas en línea. Karissa seguía insistiendo en que la mayoría de la gente usaba citas en línea en estos días. Como habían pasado más de cinco años desde que tuve una primera cita, tenía que creer en su palabra.

WOODY

Un amigo me dijo que las mujeres ven a los hombres como alguien con quien podrían enamorarse o no. ¿Es cierto eso?

Consideré su pregunta y me pregunté si había algún motivo ulterior para hacerla.

COVEMOUSE

Pensé que estabas bien con ser amigos.

WOODY

Lo estoy. Totalmente. Pero por lo que sé, eres mujer, así que puedes ayudarme. ¿Verdad?

Me encogí de hombros y lo pensé. Con William, nos conocimos a través de citas. No éramos amigos primero. Desarrollamos una relación, pero una vez que rompimos, se acabó.

Los otros chicos con los que salí eran similares. Incluso si los conocía antes de estar juntos, no éramos cercanos. Ian era el primer chico con el que había cruzado esa línea.

COVEMOUSE

Creo que mayormente estaría de acuerdo.

WOODY

¿Mayormente?

COVEMOUSE

Bueno, los amigos pueden convertirse en amantes, pero ¿ocurre con frecuencia? Normalmente si estás tan unido a alguien, no quieres arruinar la amistad.

WOODY

¿No vale la pena el riesgo por amor?

Suspiré. Quería creer que sí, pero nunca había experimentado el tipo de amor que valdría la pena.

COVEMOUSE

No sé. No he tenido un amigo que preferiría arriesgarme a perder como amigo por una oportunidad de amor. Aunque, el amor no es algo en lo que tenga mucha confianza.

WOODY

¿Eres cínica? Eso me sorprende.

COVEMOUSE

No soy cínica. Soy realista. He visto a personas enamoradas, del tipo de amor con el que solía soñar. Estoy empezando a pensar que es solo una opción para algunas personas. Algunas estamos destinadas a tener vidas amorosas mediocres y sexo mediocre.

WOODY

Eso es lo más deprimente que he escuchado jamás.

Me reí en voz alta.

COVEMOUSE

Lo sé, pero tú preguntaste lo que pensaba.

WOODY

Cierto. No debería haber preguntado si no quería tu respuesta honesta.

Quería decirle algo que le diera esperanza. Si había una mujer en su vida que le gustaba, esperaba que les funcionara, pero luchaba con la idea del amor eterno. La gente peleaba, se divorciaba y moría. Nada duraba hasta el fin de los tiempos.

WOODY

Entonces, si tengo esta amiga que me gusta,
y no solo como amiga, sino de una manera
en que quiero decirle que la amo, ¿estás
diciendo que no debería decírselo porque
probablemente no sienta lo mismo?

Tomé aire. Parte miedo y parte emoción me recorrieron. No quería que me dijera que le gustaba, pero saber que no había forma de que estuviera hablando de mí dolía un poco. Acordamos ser amigos, pero había una parte de mí que esperaba que pudiéramos construir algo. Me hacía reír, y si era la mitad de lindo de lo divertido que era, tal vez un día podríamos conocernos realmente.

Una vez que las cosas con Ian terminaran y yo estuviera lista para seguir adelante. Si es que alguna vez lo estaba.

Pero él estaba enamorado de alguien más. Alguien real en su mundo. Alguien que sería tonta si no le correspondiera.

COVEMOUSE

Sería una tonta si no sintiera lo mismo por ti.

WOODY

¿Por qué dices eso?

COVEMOUSE

Pareces un buen tipo. El tipo de chico que la
llevaría a salir y se aseguraría de que supiera
que es especial para ti. Incluso si fueran
amigos, creo que lo estás pensando de la
manera correcta. No la estás llevando a tu
cama para hacerla gritar. Le estás
demostrando que te importa.

Envié el mensaje antes de arrepentirme de mis palabras. Sabía cómo estaban las cosas con Ian, pero Woody quería un consejo. Él buscaba mostrar a la mujer que amaba que la quería. Ella necesitaba saberlo. Y aunque Ian despertaba en mí más pasión que cualquier otra persona que hubiera conocido, la pasión era la especialidad de Ian. No era el tipo de chico que cocinaría la cena o planearía una cita. Era un chico sexy, dulce y divertido con el que podías contar para algunos orgasmos y algunas risas. No era el tipo de chico con el que podías contar para siempre.

WOODY

¿Qué tiene de malo llevarla a mi cama? Ahí es donde hago mi mejor trabajo.

COVEMOUSE

Significará más una vez que ella sepa que no se trata solo de sexo para ti. El sexo es genial, y el buen sexo es increíble, créeme. Pero si quieres algo a largo plazo, el sexo no es la forma de empezar.

WOODY

Suena como si hablaras por experiencia.

COVEMOUSE

Desafortunadamente.

WOODY

¿Cómo sabes que no había algo más que sexo con él?

COVEMOUSE

Simplemente no es ese tipo de chico. Ojalá lo fuera, pero no lo es.

WOODY

Lo siento, CoveMouse. Espero que encuentres alguien que lo sea.

Tomé aire bruscamente y asentí. Ya conocía a la mayoría de los hombres del pueblo, al menos los solteros que estaban cerca de mi edad. Estaba perdiendo la esperanza de encontrar a alguien. Pero estaba bien sola. Tenía a mis amigas. Tenía mi casa. Tenía mi trabajo. Y gracias a Ian, tenía algunas fantasías increíbles para mantenerme caliente por las noches.

Eso era todo lo que realmente necesitaba.

EL DOMINGO por la tarde me dirigí a Novios Literarios Ilimitados más temprano de lo habitual. Quería hablar con Finley sobre el mural antes de que llegara Karissa, y estaba ansiosa por que descubriera lo de Ian y yo.

Había dos clientas adentro cuando entré. Finley sonrió y me saludó con la mano desde donde hablaba con ellas sobre el nuevo lanzamiento que estaban mirando.

—Es tan sexy. Tengo debilidad por los alfas. No los imbéciles, sino los que toman el control y te hacen sentir segura y amada. Él es así —dijo Finley.

—Lo haces sonar como si fuera real —dijo una de las mujeres—. Es una lástima que no haya hombres así en el mundo real.

—Estoy de acuerdo. ¿Han probado la aplicación Se Buscan Novios Literarios? Es una nueva aplicación de citas. Una amiga mía la desarrolló precisamente por lo que están diciendo —Finley sacó su teléfono y les mostró la aplicación —. Respondes un montón de preguntas sobre los libros que te gusta leer y lo que te atrae, y luego la aplicación te empareja con personas que les gustan los mismos libros y tienen personalidades similares.

—¿Es en serio? —dijo la mujer, mirando a su amiga—. Esto es increíble. Voy a descargarla ahora mismo.

—Yo también —dijo su amiga—. Me encantaría conocer a un chico como los hombres de estos libros. ¿Realmente existen? ¿Has conocido a alguien?

Finley se encogió de hombros. —He tenido un par de coincidencias. Algunos chicos con los que he estado hablando. Solo ha estado activa unas pocas semanas, así que es temprano. Hasta ahora, me gusta. ¿Qué hay de ti, Blake? —me llamó.

Me acerqué y me uní a ellas. —Estoy igual. En realidad no estoy buscando una relación ahora mismo, pero quería apoyar a nuestra amiga. He coincidido con un par, pero solo con uno con el que chateo regularmente. No hay fotos, así que estás conociendo a las personas sin saber nada más que lo que dicen.

—Lo que es interesante —dijo Finley—, porque podrías conocer a estas personas en la vida real pero no tener idea de que es la misma persona. Me gusta porque te abre a gente nueva.

Asentí en acuerdo. Me preguntaba quién era Woody, pero realmente no importaba. Era un buen tipo que se estaba convirtiendo en un amigo. Eso era todo lo que realmente necesitaba, y saber que él no sabía quién era yo me permitía ser más honesta con él de lo que hubiera sido con la mayoría de las otras personas.

—Estoy tan feliz de que hayamos venido aquí hoy. Entre los libros nuevos y la aplicación, siento que será una gran semana.

Finley llevó a las mujeres a la caja y charló con ellas mientras pagaban. Fui a nuestro asiento en la parte trasera y reclamé una silla mientras esperaba a que se uniera a mí.

Se despidió de las clientas y estaba frente a mí cuando la puerta se cerró. —¿Cómo va todo?

Asentí. —Bien. Pero quería hablar contigo.

—¿Sobre mi hermano?

—¿Qué? No. ¿Por qué?

Finley se encogió de hombros y miró hacia otro lado. —Simplemente pensé que estabas aquí para hablar de Ian. ¿Qué pasa?

Sacudí la cabeza. Sí quería hablarle de él, pero si ya lo

sabía tal vez no tendría que hacerlo. —Eh, tengo ideas para el mural. Iba a mostrárselas a Karissa esta noche, pero quería ver primero qué pensabas.

Abrió y cerró los puños rápidamente y dijo: —Dame, dame, dame.

Me reí y le entregué los dibujos que hice. Imprimí copias para Karissa para que las conservara en caso de que quisiera pensarlo durante unos días. Esperaba que le encantaran mis ideas, pero estaba nerviosa.

—Vaya —suspiró Finley cuando miró la primera. Presentaba a la Sra. Georgia, pero también tenía a Earl y el logotipo, junto con mesas y personas sin rasgos definidos. Daba una sensación del restaurante, pero no estaba tan centrado en la Sra. Georgia. Era uno de mis primeros intentos.

Finley miró el siguiente con MacKellar Cove como pieza central. Otros tenían el río, la plaza, u otras partes del pueblo, todos con la Sra. Georgia como parte del dibujo.

El último, que estratégicamente puse al final, era de la Sra. Georgia haciéndote señas. Su sonrisa era brillante y acogedora. Sus ojos brillaban de alegría. Detrás de ella había una mesa con Eddie y Karissa. Earl estaba en la cocina, un panqueque volando en el aire. El agua se movía detrás de ellos como si las puertas traseras estuvieran abiertas y el río fuera parte de Cracked. Los colores eran vibrantes y divertidos. Toda la imagen se sentía como la Sra. Georgia.

Los ojos de Finley se llenaron de lágrimas y sacudió la cabeza. —Oh, mierda, Blake. Este es. Esa es la Sra. Georgia. Puedo verla. Incluso puedo oírla diciendo: "Entra, siempre hay espacio para ti". A Karissa le va a encantar.

—¿Estás segura? —pregunté, mordiéndome la uña—. No quiero que se moleste.

Finley negó con la cabeza. —Le va a encantar.

Tomé la pila de imágenes de Finley y asentí. —Gracias, Fin. Aprecio tu ayuda.

Sonrió y se secó las lágrimas bajo las pestañas. —Cuando quieras. —Tomó un respiro profundo y luego encontró mi mirada—. Entonces, ¿qué está pasando con mi hermano?

La pregunta directa no debería haberme sorprendido, pero lo hizo. Finley antes hizo que sonara como si estuviera bien con que Ian y yo estuviéramos juntos, pero no estaba segura si ese seguía siendo el caso.

—No lo sé.

—¿Eso significa que está pasando algo entre ustedes?

Tomé aire y lo solté lentamente. —Sabes cómo es Ian. Es decir, es un tipo increíble, pero no es el tipo de hombre que se quedará. Nosotros... fui a su casa el viernes para hablar con él, y terminamos...

—¿En la cama? —preguntó, alzando las cejas con sorpresa —. Vaya.

—Lo sé, no soy su tipo. Pero...

—Espera, ¿qué? ¿Él dijo eso?

Negué con la cabeza. —No, pero he visto a las mujeres con las que ha salido de O'Kelley's a lo largo de los años. No se parecen a mí.

—¿Y?

—Así que simplemente no soy su tipo. Y él no es el mío, realmente. Es demasiado guapo para mí, y no es un chico para siempre. ¿Este tipo con el que me emparejaron? Él sí es un chico para siempre. Está enamorado de su amiga, y me preguntó cómo debería decírselo. Es amable y divertido, y es el tipo de chico que debería estar buscando. No Ian, que nunca se comprometerá con una mujer el tiempo suficiente para enamorarse de ella como Woody.

—¿Woody? —preguntó Finley, su atención dirigiéndose a mí.

Puse los ojos en blanco y levanté mi teléfono. —El chico de la aplicación.

Sus labios se tensaron. —Oh.

—Me gusta Ian. No sé si quieres oír al respecto, pero me gusta. Siempre ha sido un buen tipo, y... ¿cuánto quieres saber?

Se encogió de hombros. —Puedes decir lo que quieras. Soy tu mejor amiga. El hecho de que estés hablando de mi hermano no significa que no pueda ser objetiva.

—Finley, nunca me había sentido como cuando estábamos juntos. Es decir, hace esta cosa con su lengua y...

—Espera un minuto —dijo Finley con una amplia sonrisa—. ¿Estamos hablando de sexo oral? ¿Como el que nunca hizo Willie?

Gemí. —No puedes empezar a llamarlo Willie también.

Resopló. —Siempre lo hice, a tus espaldas. Sabes que nunca lo quise. No para ti. Es demasiado rígido, y no en el buen sentido.

No pude evitar reírme. —No debería reírme de eso. Es un buen tipo, y fue bueno conmigo.

Finley se encogió de hombros. —Lo fue, pero parece que en solo un día alguien más podría ser mejor. —Tomó aire y se estremeció—. Está bien, dímelo rápido porque realmente no quiero pensar en la boca de mi hermano entre tus piernas la próxima vez que lo vea.

Resoplé. —Fue tan bueno, Fin. Dijo que le encantaba, y, Dios mío, ni siquiera puedo recordar cuántas veces le grité su nombre. ¿Y el sexo? Nunca había tenido sexo así. Donde no podíamos tener suficiente el uno del otro. Era como lo que todos hablaban en Hawái. ¿Recuerdas?

Asintió, con una mirada soñadora en sus ojos.

—No pensé que existiera, pero existe. Pero sé que no durará. Es Ian, y pronto seguirá adelante. Seguiré siendo su amiga, pero no me voy a apegar. Te lo prometo. Nada tiene que cambiar. ¿De acuerdo?

Finley apretó los labios y asintió. Me dio una sonrisa que

parecía más que un poco forzada, pero antes de que pudiera presionarla, Karissa y Laura entraron.

—Oye, Rissa, Blake y yo conseguimos dos nuevas suscriptoras hoy. Chicas súper lindas que se quejaban de que los hombres de los libros no son reales —dijo Finley.

No estaba segura si no quería que las otras supieran que me había acostado con Ian o si simplemente quería hablar de otra cosa, pero forcé una sonrisa y seguí con el nuevo tema de conversación. Después de todo, no estábamos allí para diseccionar mi vida amorosa. Estábamos allí para comer pastel y hablar de novios de libros. Al menos sabía que con ellos todo terminaría bien al final.

13

*E*lise trajo una tarta de queso con fresas y la puso sobre la mesa frente a nosotras. Fue la última en llegar, pero como todavía estábamos poniéndonos al día sobre la semana, no se había perdido nada.

—Huele a gloria —dijo Karissa—. ¿Dónde están los tenedores?

—¿Hoy no usarás plato? —bromeó Finley.

Karissa negó con la cabeza. —He estado trabajando en actualizaciones para la aplicación todo el fin de semana y apenas he comido nada. En este momento funciono a base de café y azúcar.

—Necesitas comida de verdad —le dijo Laura.

Karissa le gruñó. Literalmente gruñó.

Todas nos echamos hacia atrás.

—Eh, ¿Ris? —dijo Finley.

Suspiró. —Lo siento. Es que estoy deseando que esto se lance a más personas. Ahora mismo está funcionando muy bien, pero no es fácil crear estas aplicaciones. Especialmente una como esta.

—¿Estás bien? —le pregunté.

Asintió y se recostó. —Sí, solo estoy cansada. Lo siento, Laur. Sé que necesito comer mejor y dormir más y hacer todas esas cosas que mi madre siempre me obligaba a hacer. Cuando antes me metía tan a fondo con las aplicaciones, ella siempre aparecía con comida casera para el congelador y exigía que me tomara un descanso. Es... difícil. ¿Sabes?

El resto asentimos. Extendí la mano para tomar la de Karissa. Finley tomó mi otra mano, y Laura agarró la de Karissa. Elise y Trinity también se unieron. Las seis nos quedamos así un minuto, sonriéndonos unas a otras.

—A mamá le habría encantado esto —dijo Karissa—. Os quería a todas como si fuerais sus propias hijas. Y estoy segura de que también te habría querido a ti, Trinity.

Todas nos reímos.

—Yo la quería —dijo Trinity—. Era una de esas personas que solo estuvo en mi vida por un breve periodo, pero su impacto durará para siempre.

—Hablando de impactos que duran para siempre, Blake tiene algo que preguntarte —dijo Finley.

—Fin —siseé.

Karissa se volvió hacia mí. —¿Qué es?

—Yo... —resoplé y fulminé a Finley con la mirada—. Iba a hablar contigo después. Cuando todas se hubieran ido.

Karissa se movió en su asiento. —Eh, vale. Tú decides.

—Díselo ya —dijo Finley. Recogió mi carpeta y se la dio a Karissa—. Arranca la tirita de una vez.

Karissa me miró expectante. —¿Blake?

Tomé aire y lo solté lentamente. —Earl me pidió que hiciera un nuevo mural en la pared de Cracked. Quería algo con tu madre, algo para que la gente la conociera. Incluso las personas que nunca la conocieron.

Los ojos de Karissa se llenaron de lágrimas. Apretó los labios y miró hacia el techo. Su garganta trabajó para tragar con dificultad. Finalmente, tomó aire y encontró mi mirada.

—¿Vas a hacerlo?

Dudé y luego asentí. —Si estás de acuerdo. Pero tienes que aprobarlo.

—Eddie...

—Earl habló con él antes de hablar conmigo —dije.

Karissa soltó una risa. —Cobarde. Típico que le preguntara a Eddie y te dejara a ti hablar conmigo.

Me reí suavemente. —Sí. Debería habértelo preguntado antes, pero quería tener algunas ideas para mostrarte. Puedes llevarte todo esto a casa y pensarlo. Si dices que no, se acabó. Earl dijo lo mismo.

Karissa negó con la cabeza. —No, está bien. Mamá era un pilar fundamental allí. Adoraba ese lugar. Es realmente asombroso que Earl quiera honrarla así, y que tú vayas a ser quien lo haga. Me gusta eso.

—Gracias, Rissa —dije suavemente, con la emoción ahogando mis palabras.

—¿Puedo elegir cuál harás?

Asentí. —Si quieres, por supuesto. Earl tiene la última palabra y tiene sus favoritos, pero estoy segura de que aceptará lo que tú quieras.

Karissa asintió y abrió la carpeta. Sonrió al ver el rostro de su madre y pasó un dedo sobre su sonrisa. Contuve la respiración mientras pasaba lentamente una imagen tras otra. Después de cada una, se la pasaba a Laura, y así iban circulando por la habitación. Tenía la primera en mi regazo cuando Karissa jadeó.

—Es ella —suspiró—. Oh, Dios, Blake. La has captado justo ahí. Como se veía antes de enfermar. Siempre hacía señas a la gente para que entrara, mostrándoles una mesa y emparejando a las personas para que nadie se quedara sin asiento. Y, oh, Blake. ¿Somos Eddie y yo?

Asentí.

—Y Earl. Todos vosotros también deberíais estar ahí. El río. Blake, es esta. Esta es la elegida. Me encantan todas, pero esta es la indicada —dijo entusiasmada.

Le sonreí y acepté los elogios de las demás mientras la favorita de Karissa, y la mía, pasaba de mano en mano. Todas estuvieron de acuerdo en que se parecía mucho a Georgia y que tenía que ser la imagen en la pared de Cracked.

También era la favorita de Earl, así que no tenía dudas de que la aprobaría.

—Gracias por hacer esto, Blake —dijo Karissa—. Significa mucho para mí.

Me encogí de hombros. —Fue idea de Earl. Solo soy la pintora más barata que conoce.

Karissa se rió conmigo, pero negó con la cabeza. —Eres la mejor pintora que conoce. ¿Puedo quedarme con esto?

Asentí. —Por supuesto. Aunque tengo la pintura original. Si prefieres tener esa.

—¿No te importa?

Negué con la cabeza. —Claro que no. Sería un honor que la tuvieras.

—Gracias, cariño. Vas a hacerle justicia. Lo sé —dijo Karissa con una sonrisa brillante, una que coincidía con la de su madre.

Me sentía honrada de que confiara tanto en mí. Solo esperaba poder hacerle justicia. Que pudiera dar vida a la señora Georgia de la misma manera que ella daba vida a todos los que la rodeaban cada día.

Me recosté y dejé que la conversación continuara a mi alrededor. Muchos pensamientos pasaban por mi mente, desde la señora Georgia hasta Ian, Karissa y el resto de nosotras. A la señora Georgia le tomó mucho tiempo encontrar a Eddie de nuevo. Tuvo dos grandes amores, pero ¿significaba eso que alguien más se quedó sin oportunidad? ¿El amor es finito, o se renueva?

Esa fue la pregunta que hizo Finley cuando volví a prestar atención a la conversación.

—Tengo que creer que todos podemos tener tanto amor como queramos —dijo Elise—. Si no, ¿cuál es el punto?

—Toda esa gente en la boda de Georgia me hizo pensar que el amor podría existir realmente —confesó Finley—. Cuando abrí Novios Literarios Ilimitados, quería creer en el amor, pero una parte de mí pensaba que la única forma en que lo experimentaría sería entre las páginas de un libro. Después de conocer a todos ellos y ver el amor manifestado de tantas formas, tengo que pensar que está ahí fuera.

—Pero ninguna de nosotras lo ha visto —argumenté.

—Yo amé a alguien una vez. Pensé que iba a pasar mi vida con Xavier —dijo Karissa en voz baja.

—Pero ese es mi punto. El amor es imperfecto. Quiero creer en él, pero nunca lo he visto. Todas esas personas estaban de vacaciones. Estaban en medio del paraíso. No tenemos idea de cómo es cuando están en casa —dije.

Laura se inclinó hacia adelante y negó con la cabeza. —Son así todo el tiempo. Cuando vivía en Winterville, me dejaba atónita. Estaba celosa, lo que no es justo, pero es la verdad. Peyton hablaba de todos ellos y estaba desconcertada, pero se convirtió en una de ellos.

—Pero las cosas casi terminaron entre ella y Wyatt —añadí.

Laura asintió. —Casi, pero eso es lo que es el amor. No rendirse. Mantenerse junto a la persona que amas sin importar qué. Siempre ponerlos por encima de ti. Morir por ellos si es necesario.

—Y por eso te encanta Romeo y Julieta —bromeó Finley—. Esperemos que no tengas que morir para encontrar el amor. Pero Blake es más cínica. Ella es Buttercup, chicas. No es solo su libro favorito, ella es Buttercup. *La Princesa Prometida* habla de ella.

—No soy Buttercup —argumenté.

—Sí lo eres —dijo Karissa—. Apostaría a que alguien podría acercarse a ti y decirte que te ama, y tú simplemente te reirías y dirías que está bromeando o mintiendo. No crees en ello.

Negué con la cabeza. —¿No estábamos hablando de cómo el amor es finito? ¿Cuáles son las probabilidades de que un tipo cualquiera se me acerque y me diga que me ama?

Finley se encogió de hombros. —Tal vez no sea cualquiera. Tal vez sea alguien que ya conoces, pero no crees que realmente pueda sentirse así por ti. Tal vez estás demasiado ocupada buscando los defectos para ver que todo y todos son imperfectos, pero esos defectos son los que hacen que el amor y la vida sean hermosos.

—¿Cuándo te volviste tan romántica? —le preguntó Laura a Finley.

Finley sonrió y se estiró sobre mí para tomar la mano de Karissa. —Cuando fui a Hawái y presencié cómo el amor unía a dos personas para siempre.

Karissa tomó aire y asintió. —Todas deberíamos tener tanta suerte.

—La tendremos —dijo Elise—. Puedo sentirlo.

EARL QUERÍA que empezara el mural de inmediato, pero necesitaba las propinas de trabajar en Cracked, así que acordamos que dividiría mi tiempo y trabajaría el turno de la mañana todos los días y pasaría las tardes haciendo lo que necesitara. Quería hacer algo en el mural cada día, pero con tres trabajos ahora, era difícil determinar cómo debía ser mi horario.

Pasé la primera semana delineando mi dibujo utilizando los ladrillos del edificio como guía. Earl había hecho limpiar el edificio a presión y quitar toda la pintura, así que estaba listo tan pronto como yo lo estuviera.

Yo no estaba lista.

Miré fijamente la pared y lo que se convertiría en el rostro de la señora Georgia sin poder empezar. Consideré seriamente irme por otro día cuando mi teléfono sonó.

Sonreí cuando vi que el mensaje era de Woody. Habíamos estado charlando regularmente y, aunque no estaba ni cerca de estar lista para decirle quién era yo, disfrutaba tener un amigo al que podía decirle casi cualquier cosa. Especialmente un amigo hombre que no me juzgaría y podría darme consejos sobre hombres.

Si alguna vez quisiera preguntar.

WOODY

Odio preguntarme qué está pensando alguien. Como ahora, realmente quiero saber qué está pensando ella, pero se siente tan inalcanzable.

Sonreí. Woody me contó sobre la mujer de la que está enamorado. Sentía un poco de celos, pero éramos amigos, así que también estaba feliz por él. No tenía celos de que amara a otra persona, más bien de que yo no tuviera a alguien que me amara como él la amaba a ella.

COVEMOUSE

Deberías preguntarle.

WOODY

Jajaja. Es demasiado asustadiza para eso. Saldría corriendo. Cada vez que le digo que me gusta, desaparece por un tiempo.

COVEMOUSE

A veces no podemos manejar cosas así. Es difícil creer a las personas cuando siempre te han decepcionado.

WOODY

Entonces, ¿qué hago?

COVEMOUSE

Sigue intentándolo.

WOODY

Gracias. Supongo que es todo lo que puedo hacer.

Tomé una respiración profunda y la solté lentamente.

COVEMOUSE

Mi madre es un desastre. He estado cuidando de ella durante años. No sé cómo ayudarla sin perderla. Mi padre nunca ha estado en mi vida. Tengo un grupo increíble de amigas, pero me conocen desde siempre. Para mí, dejar entrar a alguien es doloroso. Siempre estoy esperando que me decepcionen porque es lo que siempre he tenido. Si tu chica es algo como yo, necesita mucha seguridad de que no te vas a ir a ningún lado.

WOODY

¡Te quiero! Eres tan inteligente, y sé que tienes razón. Gracias. De verdad. Gracias.

Sonreí y guardé el teléfono. Mi corazón dio un salto con sus palabras, pero sabía que no las decía de la manera en que yo quería que fueran dichas. La mujer que él amaba tenía suerte. Tenía un hombre increíble esperando para amarla. Yo quería eso. Hablaba mucho y me decía a mí misma, y a mis amigas, que no sabía si el amor existía, pero la verdad es que quería que existiera. Lo veía en otras personas, y realmente quería pensar que podría sucederme a mí.

Pero decirme a mí misma que no podía o no sucedería era más fácil que tener esperanzas que se destruían cada vez que las dejaba florecer.

Miré de nuevo la pared y sonreí. Georgia siempre nos sonreía desde arriba. Sabía eso sin ninguna duda. Y tenía el maravilloso honor de darle vida para que pudiera sonreír a cientos, si no miles, de otras personas. Estaba lista para hacerlo realidad.

Me ajusté el arnés y subí al andamio. Había decidido pintar primero a la señora Georgia y luego trabajar en el resto del mural. Me dejé llevar por el día, dando vida lentamente a parte de su rostro. Estaba tan concentrada en lo que estaba haciendo, que apenas noté el mundo exterior hasta que el sol descendió y las sombras crecieron sobre la señora Georgia.

—¿Tienes hambre? —escuché desde abajo. Me asomé por el borde del andamio y sonreí. Ian estaba de pie en la acera frente a mí sosteniendo una bolsa de comida de Cracked.

—Siempre —le respondí.

—Entonces baja ese lindo trasero tuyo aquí y cena conmigo —dijo.

Mis mejillas se calentaron con sus palabras, pero al igual que con Woody, sabía que no las decía de la manera en que yo quería interpretarlas.

Mis manos eran un desastre, y solo podía imaginar cuánto peor estaba el resto de mí. Mi estómago me dijo que no me importara y bajé. Tiré de las correas de mi arnés para liberarme, pero una de las correas estaba atascada.

—¿Necesitas ayuda? —preguntó Ian, su voz ronca enviando un escalofrío por mi columna.

—Um, sí. Creo que por llevarlo puesto tanto tiempo sin aflojarlo, apreté demasiado algo.

Pasó un dedo a lo largo de la correa entre mis pechos y metió su dedo bajo el anillo en D justo allí. Tiró, atrayéndome hacia él. —Estoy muy contento de que mi tienda no dé a la plaza. No haría nada si pudiera verte todo el día. Atada en esta cosa de manera que tus pechos sobresalen y tu trasero se destaca. Voy a tener fantasías contigo usando solo esto.

Entrecerré los ojos y me reí. —Creo que eso provocaría rozaduras.

Me sonrió. —Te frotaría con loción y lo haría todo mejor.

Me reí de nuevo, preguntándome qué demonios estaba pasando. Intentaba actuar como si nada hubiera cambiado con Ian, pero en mi mente, todo había cambiado. Él había estado dentro de mí. Me había besado y tocado y hecho gritar su nombre. Nunca había gritado durante el sexo antes, pero con Ian, no pude evitarlo.

Pero era Ian. Mi amigo. El hermano de mi mejor amiga. Un tipo que siguió adelante después de una noche. Y habían pasado once días desde que dormimos juntos.

—Por muy divertido que seguramente sería eso, prefiero no sufrir primero las rozaduras. Y me muero de hambre.

Tiré del arnés de nuevo, y él deslizó su mano por mi costado y luego entre mis muslos. Mi respiración se entrecortó al sentirlo allí. El calor se acumuló en mi vientre, y la necesidad se avivó en mis venas. Cada noche desde que estuvimos juntos había pensado en la forma en que me tocaba. Y cada noche me había decepcionado que no pudiera ni acercarme a hacerme sentir como él lo hizo.

Estaba sexualmente frustrada de una manera que nunca había estado en mi vida. Pasé cinco años con William y fui indiferente al sexo todo ese tiempo. Una vez con Ian y me moría por otra noche con él. Una noche que sabía que nunca sucedería.

—Separa los muslos para mí, Blake —dijo Ian, el ronroneo grave de su voz solo haciendo toda la situación más insoportable.

Hice lo que me pidió y los apreté de nuevo cuando su mano rozó el interior de mi muslo, a un centímetro de donde me dolía que me tocara.

Se rió. —No puedo aflojar la correa si mi mano está atrapada entre tus piernas.

Tomé aire y separé las piernas de nuevo. Conté hasta diez y cerré los ojos, rezando para que fuera rápido. No podría contener un gemido si sus dedos se demoraban demasiado.

—Ahí —dijo triunfalmente.

Las correas se soltaron de mis muslos, y todo el arnés se aflojó, permitiéndome pasarlo por encima de mi cabeza y liberarme. —Gracias.

Ian asintió pero se mantuvo cerca de mí, lo suficientemente cerca como para que todavía pudiera sentir su calor mientras doblaba mi arnés y lo metía en mi bolsa.

—Ven y come, nena —dijo cuando cerré la bolsa con cremallera. Tomó la bolsa y me agarró la mano con la otra.

¿Cuántas veces Ian me había tomado de la mano y nunca pensé nada al respecto? ¿Cuántas veces me había llamado "nena" y no me había afectado? ¿Cuántas veces me había comprado la cena o algo y habíamos comido juntos?

Lo que debería haber sido normal ahora estaba contaminado. Nada entre nosotros se sentía natural. No para mí. Seguía recordando cómo se sentían sus manos sosteniendo mis pechos. Cómo se sentía su lengua dentro de mí. Cómo se sentía *él* dentro de mí.

—Siéntate —dijo con firmeza cuando llegamos a las dos sillas con nuestra comida y su sudadera—. Has estado aquí fuera durante horas. Debes estar hambrienta.

Asentí. —Lo estoy. No me di cuenta de lo tarde que se había hecho.

—Menos mal que he venido, ¿eh?

Le sonreí. —Como siempre.

Mantuvo mi mirada durante un largo minuto, ambos perdidos el uno en el otro. Quería inclinarme hacia adelante y besarlo de nuevo, pero no estábamos en su tienda. No estábamos en privado. Y él no era mío para besarlo en público. Era mi amigo. Nada más.

—Entonces, ¿qué has traído?

Sacudió ligeramente la cabeza, recostándose. Apartó la mirada y se concentró en la bolsa en su regazo. —De todo. Tortilla de brócoli y cheddar, patatas, tostadas francesas, tocino y batidos.

Mis ojos se abrieron. —¿Batidos?

Asintió y sacó uno de la bolsa. —De chocolate. Por supuesto. Sé lo que te gusta, Blake.

Ahora, ¿por qué sonó tan sucio? ¿Y por qué pensé que realmente lo decía de esa manera?

14

IAN

Intenté con todas mis fuerzas no ir directamente al sexo con ella, pero era casi imposible. Después de contenerme durante tantos años, poder decirle cosas sobre lo hermosa que era y hacerle saber que pensaba que era asombrosa resultaba realmente difícil.

¿Ves? Sucio, muy sucio. Justo como quería a mi chica.

Sus pupilas se dilataron cuando le dije que sabía lo que le gustaba. No podía sacarme de la cabeza exactamente lo que le gustaba desde que dejó mi cama. Me ponía duro cada vez que entraba a mi habitación porque todavía olía a ella, y estaba más que listo para tenerla de vuelta en mi cama.

—Bueno, he estado bebiendo batidos de chocolate desde que descubrí lo que era el chocolate —dijo, nuevamente evadiendo el punto.

Me incliné más cerca. —No es a eso a lo que me refería, y lo sabes, Blake. —El rubor escarlata en sus mejillas fue suficiente reconocimiento para mí. Señalé hacia la pared—. Se ve bien.

Ella bufó. —Es un poco de marrón en una pared de ladrillos.

Me encogí de hombros. —Sí, pero puedo verlo. Creo que es bueno que estés empezando con la Sra. Georgia. Ella es el punto central, y todo gira a su alrededor.

Me miró con sorpresa. —Yo pensaba lo mismo.

Sonreí. —Te conozco, Blake. Un poco mejor que hace unas semanas, pero eso no cambia el hecho de que sé quién eres.

Sonrió y bajó la barbilla. Blake no le gustaba hablar de sí misma. Nunca le había gustado. No era el tipo de persona que presumía de lo que hacía, incluso cuando tenía todo el derecho de hacerlo. Siempre me había preguntado por qué, pero después de enterarme de su situación con su madre, no podía evitar pensar que era una cosa más que Nadine le había arrebatado.

—Come —dije suavemente, señalando hacia su comida. Solo había dado un bocado, y sabía que debía estar muriéndose de hambre.

—Quizás pierda algo de peso trabajando en esta pintura. Olvidarme de comer y estar de pie trabajando todo el día podría ser bueno para el tamaño de mi trasero —dijo poniendo los ojos en blanco.

Le gruñí. —¿Qué te dije sobre decir cosas así?

Me miró, con la boca llena y ojos confundidos. No lo recordaba.

—Que si seguías así tendría que silenciarte. Tus curvas son ardientes, nena. No deberías querer cambiar nada.

Se encogió de hombros y masticó lentamente.

—Estás pensando en ello, ¿verdad, Blake? —pregunté, bajando la voz para que mis palabras apenas quedaran suspendidas entre nosotros—. En todas las formas en que puedo silenciarte. Y en todas las formas en que puedo hacerte gritar de nuevo.

Inhaló entrecortadamente, sus pechos subiendo y estirando su camiseta. La tenue línea de sus pezones se destacaba.

—Estás excitada, ¿verdad, nena? Me deseas tanto como yo a ti.

—¿Por qué? —suspiró.

—No vamos a hacer esto de nuevo, Blake. Te dije que te deseo. ¿Por qué sigues pidiéndome una razón? Eres preciosa y estar dentro de ti fue como... todo, Blake. Quiero follarte. Quiero hacerte el amor. Quiero lamerte hasta que no puedas respirar y lo único que puedas hacer sea suplicarme más. Te deseo, Blake. ¿Por qué tiene que haber otra razón?

Su pulso revoloteaba en su cuello, pero había algo en sus ojos que decía que no le gustaba mi respuesta. Algo que me indicaba que me equivocaba, otra vez, al reducirlo todo a sexo. Me dijo que no lo hiciera. Me dijo que le contara lo que sentía. Y aun así, la mantenía a distancia. No confiaba en que ella me correspondiera.

—¿Qué haces esta noche? —preguntó después de un minuto.

—Bueno, llegué hasta comprarte la cena, pero no iba a tener esperanzas de nada más que eso.

Sonrió. —¿Quieres venir? No tenemos que tener sexo ni nada. Quiero decir, seguimos siendo amigos, ¿verdad? ¿Podemos simplemente pasar el rato?

—Siempre, nena. ¿Qué necesitas hacer antes de irte? —pregunté, odiando que pusiera una barrera entre nosotros. Sabía que no debía acostarme con ella otra vez, pero tampoco quería que volviéramos a ser solo amigos.

Miró hacia el mural, con emoción y alegría en sus ojos. —Necesito guardar las pinturas y meter todo adentro. El andamio se queda, pero todos mis materiales irán a la oficina.

Asentí. —Empezaré con eso mientras terminas de comer. ¿Algo especial que deba hacer con los pinceles?

—Yo los limpiaré. Si quieres meterlos, tengo un cubo para lavarlos.

—Entendido. Relájate y disfruta de tu cena. Haré lo que pueda.

Me sonrió mientras me levantaba y corría. Necesitaba unos minutos lejos de ella. Para aclarar mi mente. No quería ser solo amigo de Blake, pero si eso era todo lo que ella quería, no tendría más remedio que aceptarlo. Sin importar qué, la quería en mi vida, así que iba a dejar que ella diera el siguiente paso. Y si no lo hacía, tendría mi respuesta.

Limpié sus materiales y me dije a mí mismo que había pasado años manteniendo mis manos alejadas de ella y que podría hacerlo una noche más. Le traje la cena con la intención de verla, no de acostarme con ella, así que mantener mis manos quietas debería haber sido fácil por unas horas. Para siempre no iba a ser tan simple, pero una vez que encontrara a alguien más, yo me alejaría. Lo había hecho cuando estaba con Willie. Quería que fuera feliz, y si eso significaba que no estuviera conmigo, lo aceptaría.

Y odiaría cada maldito segundo.

—Maldición —juré en el fregadero.

—Vaya —dijo ella justo detrás de mí—. No mates mis pinceles. ¿Qué pasa? Tengo más si algo ha ocurrido.

Negué con la cabeza. —Están bien.

—¿Estás bien? —preguntó, repitiendo la pregunta que yo le había hecho tantas veces. Siempre esperaba que se abriera conmigo cuando le hacía esa pregunta, pero al igual que ella, yo me cerraba.

—Estoy bien. Casi he terminado aquí. —Forcé una sonrisa para ella y me hice a un lado cuando me empujó para apartarme.

Puse las latas donde me indicó y me mantuve fuera de su camino mientras terminaba de limpiar los pinceles, luego salí con ella.

Estaba callada mientras caminábamos por las calles de nuestro pueblo. Podía ver los engranajes girando en su cabeza, pero dejé que giraran ya que los míos estaban fuera de control.

—¡Ian! —gritó alguien desde detrás de nosotros. Una mujer.

Me giré y apenas pude atrapar a Beth antes de que saltara a mis brazos. Tropecé pero sonreí ante su risa feliz.

—¿Adónde vas? —preguntó cuando se apartó. Sus piernas estaban envueltas alrededor de mi cintura, sus grandes pechos tocando mi pecho incluso mientras se posicionaba lejos de mí.

Habíamos estado exactamente en la misma posición cuando nos acostamos. Había sido hace más de un año, pero Beth era divertida. Era genial en la cama. Pero no era Blake. Ni siquiera se comparaba con Blake.

Señalé hacia Blake e intenté bajar a Beth con mis manos en sus caderas. Ella se negó a desenredar sus fuertes piernas mientras yo decía: —Blake y yo vamos a pasar el rato.

Beth hizo un mohín y sacó su labio inferior. Era una de esas mujeres que usaban su sexualidad para conseguir lo que querían. —Deberías venir a pasar el rato conmigo. No te he visto en una eternidad.

Intenté de nuevo empujarla, pero ella seguía sin moverse. —Esta noche no, Beth. Quizás en otra ocasión.

—No pasa nada —dijo Blake con una sonrisa forzada—. No me importa.

—¿Ves? —dijo Beth—. A ella no le importa. Ven a pasar el rato conmigo. Estamos bebiendo chupitos. Quizás si eres realmente bueno, te dejaré tomar uno sobre mí. —Miró hacia sus pechos, con el escote completamente a la vista.

Sí, había tomado más de un par de chupitos entre sus tetas. Y algunos chupitos de su ombligo. Y le había lamido el cuello una o dos veces. Beth era divertida. Pero no quería sexo sin sentido. Lo que quería se estaba alejando de mí a paso rápido.

—¡Blake! —la llamé.

Sólo agitó la mano y siguió caminando.

—No te preocupes por ella —dijo Beth—. Estoy soltera de nuevo, y podemos enrollarnos.

Miré a Beth y apreté la mandíbula. No era tonta ni mala persona. Pero cuando la miraba, podía ver el dolor en sus ojos.

—Deberías ir a ver a Ricky.

Ella palideció y se apartó de mí.

—Escuché que está hecho un desastre sin ti, y creo que tú te sientes igual, Beth. No tires a la basura lo que tenías por una noche conmigo o con algún otro tipo que no sea digno de ti. Arregla las cosas con el chico que amas.

Inhaló profundamente y finalmente desenredó sus piernas. Sus ojos estaban vidriosos mientras los apartaba de mí. —Yo...

—Inténtalo, Beth. Serás más feliz.

Me miró de nuevo y asintió. —Gracias, Ian. Y lo siento.

Me encogí de hombros. —Todavía puedo alcanzarla.

Beth miró calle abajo tras Blake y luego a mí. —Creo que será buena para ti. Espero que funcione.

Asentí, odiando lo transparente que era para todos menos para Blake. —Yo también.

Esperé hasta que Beth se dio la vuelta antes de salir tras Blake. Ya había girado en la calle, lo que significaba que estaba casi en casa. Entrar por una puerta cerrada era más difícil que entrar con ella.

No podía verla cuando me acerqué a su casa, y casi me rendí. Pero era Blake. Y si iba a averiguar si podía haber algo entre nosotros, tenía que seguir intentándolo.

Toqué el timbre y esperé. Quería golpear la puerta, pero ella estaba al mando. Tenía que recordar eso.

Toqué el timbre nuevamente, y finalmente abrió la puerta. Se había cambiado a pantalones de pijama y una camiseta sin mangas, una que se ajustaba sobre sus pechos y resaltaba sus pezones. Jesús, esta mujer iba a matarme.

—¿Dónde está Beth? —preguntó.

Negué con la cabeza. —No me quería a mí. Solo quería borrar a Ricky.

Sus cejas saltaron por un segundo. Sus labios se fruncieron. Asintió una vez. —Ya veo. Bueno, hay muchas otras opciones para ti.

—¿Qué dije?

Forzó una sonrisa. —Nada, Ian. Estoy cansada. Me voy a la cama.

—Blake, habla conmigo. ¿Qué dije?

Empezó a cerrar la puerta sin otra palabra, pero metí mi pie. Dolió como el demonio cuando la pesada puerta golpeó mi pie, pero no iba a moverlo hasta que me dejara entrar.

—Por favor, Ian. Estoy exhausta. No tengo tiempo para ser una de tus mujeres. No tengo la energía.

—¿De qué estás hablando? —pregunté.

Suspiró. —Coleccionas mujeres, Ian. Estaría dispuesta a apostar que has estado con al menos una o dos mujeres desde que nos acostamos. Sé quién eres, y no voy a pedirte que cambies, pero no tengo energía para discutir contigo sobre eso esta noche. Ni para tener sexo contigo sabiendo que la única razón por la que no estás con Beth es porque ella cambió de opinión.

Apreté la mandíbula tan fuerte que crujió. Estaba muy cabreado. Ella no tenía idea, y la única manera de hacérselo entender era diciéndole la verdad. Joder.

—Beth cambió de opinión porque yo le *dije* que fuera a ver a Ricky. Porque prefiero estar aquí contigo que con ella. Así que, en primer lugar, aclaremos eso. No soy el tipo de hombre que piensa en una mujer mientras está dentro de otra. Eso es una mierda. Y no he estado con nadie más desde ti. No he estado con nadie más desde Hawái porque tú eres a quien quiero, Blake. No sé qué tengo que hacer para que te entre en la cabeza, pero eres tú la que está en mi puerta, suplicándome que entre. Eres tú en quien pienso cuando me envuelvo la mano alrededor. Eres tú en quien estaba pensando cuando me sorprendiste en Hawái. Y la única razón por la que no te pedí que te unieras a mí entonces fue porque estabas en una relación. He intentado darte la oportunidad de superar a Willie, pero estoy jodidamente harto de esperar, Blake. Te quiero. Te quiero en mi cama. Te quiero en mi vida. Y si no sientes lo mismo, sácame de mi miseria y dímelo ahora.

La respiración entraba y salía pesadamente de mí, haciendo que mi pecho subiera y bajara. Blake solo me miraba fijamente. Su boca se abrió en algún momento durante mi discurso. Su mirada estaba fija en mí. Pero no tenía idea de lo que significaba.

Entonces abrió la puerta y saltó hacia mí. Gemí mientras la atrapaba, deslizando mis manos sobre su trasero y entrando. Cerré la puerta de una patada detrás de nosotros y caminé directamente hacia el sofá, besándola todo el tiempo.

Me senté con ella en mi regazo y pasé mis manos por su cuerpo. Me encantaba tocarla. Sus curvas me volvían loco, y poder sentirlas a través de su diminuta camiseta sin mangas hacía aún más difícil mantener el control. Pasé mis pulgares sobre sus duros pezones y me gané un gemido. Le tiré del pelo para girar su cabeza donde yo quería y ella suspiró en mi boca.

Besar a Blake era una experiencia de cuerpo completo. Ella se metía tanto en ello como yo, sus manos bajando por mi pecho, luego deslizándose hacia arriba y agarrando mi pelo. Gemí y la acerqué más, necesitando sentir cada centímetro de ella presionado contra mí.

Gimió de nuevo y deslizó sus caderas hacia atrás, frotando su centro sobre mí. Sentí su calor pulsando a través de mí, y cada célula de mi cuerpo anhelaba llenarla.

Deslicé las diminutas tiras de su camiseta por sus brazos hasta que quedaron atrapadas en sus codos. Tiré de su camiseta hacia abajo, exponiendo sus pechos, y arrastré mi lengua por su cuello hasta poder lamer un pezón. Ella mantuvo mi cabeza en su lugar, meciéndose suavemente sobre mí mientras yo disfrutaba de la sensación de ella.

Mi pulgar rozó la piel desnuda en su cintura y se deslizó bajo su camiseta. Su piel era suave, lisa y cálida. Atraje su pezón a mi boca, metiendo casi todo su pecho dentro, y extendí mis dedos en su espalda para que no pudiera moverse.

Gimoteó y empujó contra mí. —Ian —gritó.

La ignoré y cambié al otro pezón. Mordisqueé el costado de su pecho en el camino y pasé la punta de mi lengua sobre su pezón erecto. Ella jadeó y se echó hacia atrás, dejándome soportar su peso mientras yo hacía lo que quería con ella.

—Ian —gimió suavemente.

Mi polla palpitó. La forma en que decía mi nombre hacía imposible resistirse a tocarla. Quería sentirla. Hacerla tan loca como ella me volvía a mí.

—Tan hermosa —murmuré contra su piel.

Resopló.

La mordisqueé.

—¡Ay!

—Eres hermosa, Blake. La mujer más hermosa que he visto jamás.

Negó con la cabeza. —Beth y cada otra mujer con la que te has acostado...

—Ni se te ocurra decirme que no eres tan sexy como todas ellas juntas —le gruñí—. No te permitiré hablar así de ti misma. Las superas a todas por mucho, Blake.

Puso los ojos en blanco rápidamente, como si pensara que no me daría cuenta.

La mordí de nuevo.

—¡Deja de hacer eso!

—Deja de actuar como si no fueras preciosa, nena. Estoy aquí contigo porque quiero estar. Porque creo que eres increíble. Porque eres la única con quien quiero estar. Sé que todo lo que ves son lo que tú crees que son defectos, pero yo veo a una mujer fuerte, sexy e inteligente que me vuelve loco y me hace olvidar todo lo que hay fuera de nosotros.

—¿Cómo haces eso? —suspiró.

—¿Hacer qué?

—Hacerme olvidar que no soy perfecta. También lo hiciste cuando estábamos en tu casa. No me siento como si fuera... la misma Blake cuando estoy contigo. Me siento como si fuera otra persona. Alguien diferente.

Negué con la cabeza. —Sigues siendo la misma Blake. Solo que te estás permitiendo ver a la mujer que yo veo en lugar de la mujer que siempre ves tú. Mírate a través de mis ojos, Blake.

Deslicé la mirada por su cuerpo y dejé que todas las formas en que me excitaba se mostraran en mi rostro. Darle ese vistazo dentro de mi cabeza era aterrador, pero valió la pena cuando la piel de gallina se extendió por su piel desnuda y un rubor rojo se deslizó desde su garganta hasta sus pezones. Sus pechos perfectos subían y bajaban rápidamente con sus respiraciones aceleradas. Sus dedos se tensaron en mi pelo, tirando de los mechones cortos, pero no me importaba. Todo lo que me importaba era la mirada en sus ojos. La que decía que entendía cuánto la deseaba y que no iba a huir de ello.

Hasta que se echó hacia atrás, alejándose de mí y haciéndome dudar de todo.

15

La observé, con la respiración congelada en mis pulmones, mientras se alejaba de mí. Quería alcanzarla, arrastrarla de vuelta hacia mí, pero no iba a obligarla a estar conmigo.

Solté mis manos de su espalda y la dejé escabullirse. Se hundió en el suelo frente a mí y levantó la mirada, y mi cerebro finalmente reaccionó con un sonoro *joder, sí.*

Sus manos fueron hacia mis pantalones cortos y forcejearon con el botón. Contuve la respiración, anhelando su contacto. Finalmente liberó el botón y bajó la cremallera, luego metió la mano en mis calzoncillos y envolvió mi miembro con su mano.

—Jesús —suspiré, estremeciéndome ante su contacto.

Me acarició lentamente, apretando en la punta y arrastrando su mano hacia abajo hasta la base. Levanté mis caderas y empujé mis pantalones cortos y calzoncillos hasta los tobillos, muriendo por ver su mano sobre mí.

Sus uñas cortas estaban moteadas con pintura marrón. Su pequeña mano apenas envolvía todo mi contorno. Me lamí los labios cuando llevó su mano hasta la punta, y luego gemí cuando extendió mi líquido preseminal con su pulgar. Me miró y mantuvo mi mirada mientras acercaba sus labios a mí.

—Blake —gemí—. Joder, Blake.

Se lamió los labios un segundo antes de separarlos. Observé cómo mi miembro desaparecía en su boca cálida y húmeda. Chupó fuerte y luego rodeó mi punta con su lengua. Después me tomó hasta tocar el fondo de su garganta, se retiró y lo hizo de nuevo.

Entrelacé mis dedos en su cabello y aparté sus mechones castaños de su rostro para poder mirarla. Dentro y fuera, mi miembro se deslizaba, y la mujer era una maestra. Con cada movimiento de su boca, lamía, chupaba e incluso arrastraba los dientes. Quería explotar en su boca, pero quería, no, necesitaba sentirla palpitar a mi alrededor con su propio orgasmo antes de hacerlo.

—Blake, nena. Tienes que parar. Estoy casi ahí.

Ella negó con la cabeza.

—Blake —gemí.

—Déjame saborearte —murmuró alrededor de mi eje—. Por favor, Ian.

Renovó sus esfuerzos, moviendo su cabeza más y más rápido hasta que no pude contenerme. Bombeé mis caderas y follé su boca. Nada se había sentido tan bien como Blake. Nada.

—Blake —gemí—. Joder, Blake. Sí, nena. Chúpame. Fuerte. Tómame todo. Ah, joder, nena. Dios, me encanta tu boca. ¡Aargh!

Sus uñas se clavaron en mis muslos cuando me corrí en su boca. Dejé de respirar y me desmayé por un segundo, sabiendo que estaba tan cerca del cielo como podría estar en la tierra. Blake. Todo Blake.

Liberé el agarre que tenía en su cabello y la miré. Ella me estaba observando. Jesús, la mirada en sus ojos hizo que mi miembro volviera a palpitar.

Se retiró lentamente y tragó, luego se sentó sobre sus talones. No podía soportar que estuviera tan lejos. La alcancé, levantándola sobre mi regazo y abrazándola. Enterré mi rostro en su cuello y la respiré, memorizando su olor y su tacto. Blake. Mi Blake.

—Eso fue increíble —dije finalmente contra su cuello.

Se estremeció y besó mi mejilla. —Gracias.

Me reí. —Yo debería ser quien te agradezca. Por favor, no me digas dónde aprendiste a hacer eso. Puede que tenga que golpear a Willie en su maldito trasero la próxima vez que lo vea. O besarlo por ser tan idiota como para dejarte ir.

Ella negó con la cabeza. —No éramos el uno para el otro.

—No —dije, apartándome para encontrarme con sus ojos —. No lo erais. Para nada.

Me sonrió suavemente, y no pude resistirme a besarla. El sabor salado de mi semen todavía estaba en su lengua, y me hizo estar listo para ella nuevamente.

Jugueteé con sus pezones, pellizcando uno y rozando el otro. Ella se sacudía, temblaba y gemía todo el tiempo. La perseguía con besos, trayendo sus labios de vuelta a los míos cada vez que se alejaba para gemir.

Con mis pantalones en el suelo, lo único que nos separaba eran sus delgados pantalones de pijama y sus bragas. El calor de su cuerpo envolvía el mío. La necesitaba. Otra vez.

—Llevas demasiada ropa —le dije con una sonrisa—. Creo que es hora de quitarte algo.

Ella negó con la cabeza. —No tengo condones.

Sonreí. —Bueno, tenemos que cambiar eso, pero por ahora, yo tengo uno.

Ella no se veía tan feliz como pensé que estaría. Tomó aire, luego me dio una sonrisa forzada. —Tienes que decirme qué tipo te gusta. Sé que hay muchos.

Levanté su barbilla y besé su nariz. —No me importa mientras pueda usarlos contigo.

Sonrió, pero esa mirada seguía en sus ojos. Como si no me creyera del todo. O no estuviera segura de que yo hablara en serio.

Estiré mi brazo alrededor de ella para agarrar mi cartera y saqué el condón que había guardado allí antes. No tenía muchas esperanzas, pero siempre iba a estar preparado. Especialmente cuando se trataba de Blake.

Ella se puso de pie mientras me ponía el condón, con sus ojos fijos en mí.

—No sé por qué eso es tan excitante.

Le sonreí y la alcancé. Lentamente, bajé sus pantalones y bragas por sus caderas, exponiendo poco a poco su piel. La oscura masa de rizos en la V entre sus muslos. Sus muslos y pantorrillas gruesos, y luego salió de los pantalones.

Aparté los míos junto con los suyos, dejándonos a ambos sin ropa de la cintura para abajo. Me alcancé la espalda y me quité la camiseta, luego tiré de la suya dejándonos completamente desnudos. Y simplemente me quedé mirándola.

Cruzó las piernas, ocultándose de mí. Envolvió una mano sobre su cintura y la otra sobre su pecho. Ocultó cada centímetro de su cuerpo.

La miré. —Te deseo, Blake. Quiero verte por completo. Ver cómo pierdes la cabeza. Saber que soy yo quien te lo está haciendo.

Ella respiró profundamente y sus músculos se relajaron ligeramente.

—Mírate a través de mis ojos, Blake. Mírate como yo lo hago. Déjame verte.

Se mordió el labio mientras la observaba. Sus piernas se separaron primero. Sus muslos se rozaban entre sí, como siempre hacían. Me encantaba que fuera tan exuberante, tan curvilínea. Cuando me dejaba estar entre ellos, sabía que era porque me quería allí. Me daba la bienvenida.

Rocé sus muslos con mis nudillos. Se estremeció y separó

más sus muslos. Desde mi asiento, casi podía ver su clítoris. Deslicé mis manos más arriba y la animé a separar más los muslos.

—No te has afeitado —dije suavemente.

—Lo siento. No pensé que esto volvería a suceder.

La miré y sonreí. —Prefiero tenerte así. Justo como estás destinada a ser. Como te sientes cómoda.

—Bueno, William...

—Soy Ian —gruñí—. No digas el nombre de otro hombre cuando estás desnuda frente a mí.

Ella sonrió, luego soltó una risita.

—¿Por qué te ríes?

—Porque suenas como si estuvieras celoso. —Volvió a reír.

—Tengo todo el derecho a estar celoso. Te tuvo durante cinco años y no te complació. No voy a cometer el mismo error. Voy a asegurarme de que cada onza de placer sea exprimida de ti cada vez que me lo permitas, Blake. Hasta que termines conmigo.

—Tú terminarás conmigo antes de que yo termine contigo —dijo en voz baja.

—No es probable, nena —admití, besando su muslo mientras decía las palabras.

Estaba seguro de que tendría una pregunta o una réplica, así que antes de que dijera algo, le metí dos dedos.

Gritó ante la intrusión, luego gimió y separó sus muslos. —Más —suplicó—. Por favor, Ian.

La follé con mi mano mientras me recostaba en el sofá y la veía deshacerse. Las manos que cubrían su cuerpo levantaron sus senos y provocaron sus pezones, arrancándolos y pellizcándolos mientras la follaba con mis dedos.

Se sacudió, gimió y se dejó llevar. —Ian, voy a caerme.

—No, no lo harás. Párate ahí y córrete para mí. Quiero verte. Quiero ver tu corrida bajar por tus muslos. Ver tu cuerpo estremecerse justo antes de perder todo el control. Concéntrate en mantenerte de pie, Blake. Mantente en pie y córrete para mí.

Con la otra mano, expuse su clítoris y lo pellizqué. Más y más fuerte, empujé dentro de ella con mis dedos, pellizcando y provocando su clítoris con la otra hasta que hizo exactamente lo que le dije y se corrió con un grito largo y fuerte.

—¡Ian! Oh, Dios. ¡Ian! Sí, sí. Ian. ¡Me estoy corriendo, Ian! ¡Corriéndome!

Esperé hasta que sus rodillas cedieron, luego la atrapé y la bajé al sofá encima de mí. Quería hundirme en ella, pero quería mirarla a los ojos cuando lo hiciera. Necesitaba verla, saber que estaba conmigo cuando la llenaba.

Resopló y se estremeció mientras se recuperaba. Finalmente, respiró profundamente y se apartó de mí. —Tienes manos mágicas.

Deslicé mis manos por su espalda y la besé suavemente. Cuando nuestras miradas se encontraron de nuevo, las palabras que ansiaba decirle casi se me escaparon. Hacía años que sabía que la amaba, pero nunca pensé que tendría la oportunidad de decírselo. Sentados allí, abrazados en su sofá, segundos después de su orgasmo, casi lo digo. Quería hacerlo. El momento era perfecto y ella estaba feliz.

Pero algo susurró en mi cabeza que no estaba lista. Tal vez yo tampoco lo estaba. Lo que teníamos era divertido. Era fácil. Era un sexo increíble y una conexión que nunca había sentido con nadie más, pero había mucho más en el amor que eso. Y si me precipitaba con Blake, podría perderla para siempre. No solo como mi amante, sino como mi amiga.

—Gracias —dijo después de un largo minuto.

Tragué mis palabras y la besé de nuevo. Me dejé caer en el beso, absorbido por todo lo que era Blake. La sensación de sus muslos alrededor de los míos. La sensación de sus pezones tensos contra mi pecho. El sabor de sus labios en los míos. Todo con ella era nuevo, especial y asombroso, incluso si ya habíamos estado allí antes.

Movió sus caderas e intentó alinearnos. Cuando me coloqué dentro de ella, empujé hacia arriba, y ella se apartó de nuestro beso con un suspiro feliz.

—Dios, simplemente... se siente tan bien dentro de mí —dijo—. Grande. Y grueso. E increíble.

Sonreí con suficiencia. No pude evitarlo. ¿A qué hombre no le encantaba escuchar que tenía un miembro más grande que el último con el que una mujer se había acostado?

—Cállate —dijo con una ligera palmada.

—No dije nada —argumenté.

—Tu cara lo hizo —respondió con un mohín en su rostro.

Empujé con fuerza dentro de ella y borré esa expresión. Sus labios se separaron y sus ojos se pusieron en blanco. Eso era mejor.

—Dios, se siente tan bien.

—Te necesito, Blake. Tan bueno —murmuré, abrazándola con fuerza.

Sentada en su sofá, ella tenía más impulso que en mi futón, y podía levantar sus caderas y deslizarse hacia abajo. La encontré embestida tras embestida, apenas conteniendo la necesidad de darla vuelta y penetrarla con fuerza.

—No... te detengas —jadeó—. Por favor, Ian. Estoy tan cerca.

—¿Más fuerte? —pregunté, apretando los dientes.

—Sí, oh, por favor, sí.

La empujé fuera de mi regazo y ella gritó. —No, no te detengas. Por favor.

—Acuéstate —le ordené, poniéndome de pie con ella.

Se acostó rápidamente, separando sus muslos para recibirme. Casi me perdí cuando hizo eso. Sin vacilación, sin reticencia, sin miedo.

Me estrellé contra ella con fuerza, y ella gimió. —Oh, sí.

Lo hice de nuevo, levantando su pierna y colocándola sobre el respaldo de su sofá, separando sus muslos para poder hundirme más profundamente.

—Sí, Ian. Oh, Dios mío. Sí. Estoy tan cerca.

Bombeé dentro de ella más y más fuerte. Cada célula de mi cuerpo anhelaba correrse. Mis testículos se tensaron. Mi columna hormigueaba. Mi visión se oscureció en los bordes. Pero por encima de todo estaba Blakc. Blake extendida debajo de mí y rogándome que la hiciera correrse.

Me incorporé y cambié el ángulo. Mi pantorrilla se acalambró por la posición en la que estaba, apenas llegando al suelo. Pero no me importaba. Era Blake.

—Ian —gimió—. Por favor.

Reprimí hasta el último rastro de necesidad y me propuse hacerla gritar. Me moví de nuevo y ella jadeó.

—Oh, sí, justo ahí. No te detengas.

—Mi nombre. Dilo, Blake.

—¡Ian! Fóllame, Ian. Más fuerte, Ian. Más, Ian. Amo... ¡Sí!

Su canal me apretó. Una embestida más y la seguí, dejando que su cuerpo me atrajera y tomara lo que necesitaba de mí.

Me desplomé sobre ella, ambos respirando pesadamente. Nuestros cuerpos sudorosos se enfriaron mientras nuestra respiración se ralentizaba, pero no quería levantarme. Quería permanecer envuelto alrededor de Blake para siempre.

Ella empujó mis hombros y finalmente me moví. —Lo siento. No pensé en lo pesado que era encima de ti.

Negó con la cabeza. —No lo eres. Solo necesito ir al baño.

Asentí y me levanté para que pudiera ir por el pasillo. Tiré el condón a la basura y me puse los calzoncillos y los pantalones cortos. Cuando Blake regresó, llevaba una bata.

—¿Para qué es esto? —le pregunté.

—Mi ropa estaba aquí afuera.

—¿Y?

Se rió. —No voy a caminar desnuda.

—Totalmente deberías. Hacer que todas las otras mujeres en la ciudad estén celosas. Espera, no. Pensándolo bien, no lo hagas, porque entonces todos los hombres de la ciudad te verán, y quiero mantenerte solo para mí.

Puso los ojos en blanco, pero no dijo nada. Mujer inteligente.

—Gracias por la cena. Y... um...

—¿El postre? —dije con una sonrisa.

Una risa brotó de ella. —Sí, eso también.

—¿Y ahora me estás echando?

Dudó por un segundo y luego asintió. —Sí. Tengo que levantarme temprano para ir a trabajar.

—Un día podré pasar toda la noche contigo.

Sonrió. —No te quedas a dormir. Nunca lo has hecho.

Me puse la camisa y me acerqué a su espacio personal. Esperé hasta que me miró para decir: —Lo haría contigo, Blake.

Sonrió de nuevo, luego me empujó hacia la puerta. —Esta noche no, Romeo.

—Como desees —dije automáticamente.

Ella jadeó, y recordé que La Princesa Prometida era su libro favorito. El mío también, si soy honesto. Pero también era probablemente la razón por la que nos habían emparejado en la aplicación de Karissa. Lo cual ella todavía no sabía, y yo no podía decírselo.

—Buenas noches, Blake —dije, besándola hasta dejarla sin aliento, y con suerte, olvidando mi desliz.

Se quedó en la puerta mirándome hasta que estuve frente a la casa de su vecino. Cuando su puerta se cerró, traté de decirme a mí mismo que no era con finalidad.

AMOR VERDADERO ERA un nombre estúpido para el barco, pero eso era lo que Robert quería que dijera. Probablemente porque el barco era lo único que realmente amaba. Era una oportunidad para mostrarle al mundo cuánto dinero tenía y qué imbécil era. Por supuesto, él no veía la segunda parte. Solo veía la oportunidad de presumir.

Finalmente estaba casi terminando con el barco, y esa era una buena noticia para mí. Tenía más clientes de los que podía atender, y hacer un barco personalizado como True Love, con cambios semanales y retrasos debido a ello, me agotaba por completo. Por supuesto, también le cobraba extra a Robert por los cambios, lo cual él discutía, pero estaba en el contrato que firmó, así que no tenía manera de evitar pagarlo.

Estaba soñando despierto sobre formas de celebrar con Blake cuando la puerta se abrió. Durante medio segundo, esperé que fuera ella, pero los pasos no eran suyos. Sin embargo, eran familiares.

Finley silbó antes de caminar hasta el extremo del barco. —Buen trabajo, hermano mayor. Este es elegante.

—Con un precio elegante y un dueño que es un dolor en el trasero.

—Auch —dijo—. ¿Es por eso que no me has dicho que tú y Blake fueron emparejados en Se Buscan Novios Literarios? ¿Porque has estado demasiado concentrado en el barco?

Mi sonrisa se desvaneció, y me alejé de ella para concentrarme en el barco. —No sé de qué estás hablando.

Pude sentir cómo ponía los ojos en blanco. —No me vengas con eso. Ella me dijo que fueron emparejados.

—¿Blake lo sabe? —jadeé.

Finley sonrió con suficiencia y negó con la cabeza. —No, no sabe que eres tú. Pero mencionó que la emparejaron con un tipo llamado Woody. Yo configuré tu perfil. ¿Realmente pensaste que no sabía tu nombre?

—Mierda —respiré—. ¿Qué vas a hacer?

Finley cruzó los brazos y me estudió. Nos habíamos llevado bastante bien desde que nos convertimos en adultos. ¿Como niños, sin embargo? Ella era mi molesta hermana pequeña, y la odiaba. Todas las veces que la molesté regresaron a mí, y comencé a sudar.

—Hay tantas opciones. Podría hacerte limpiar mi tienda. O limpiar mi apartamento. Podría pedirte que me construyas mi propio barco. O tal vez podría simplemente decirte que te mataré si lastimas a mi mejor amiga.

Di un paso atrás. —Sí, claro. ¿Qué vas a hacer realmente?

Dio un paso adelante y palmeó mi pecho. —Creo que voy a esperar que todo salga bien. Porque Blake merece una buena relación. Debería tener a alguien en su vida que la ame.

—Yo...

Finley me sonrió. —Blake ha sido mi hermana en mi corazón desde siempre.

—Ella no me ama —solté.

Finley se rio. —No confía en ti, Ian. Hay una diferencia. Si cree que puede confiar en ti, estará abierta a amarte. En este momento, piensa que solo estás jugando.

—¿Ella te contó sobre nosotros?

Finley asintió. —Todos los vimos irse juntos. Y después de eso, sí. Mencionó que estaban juntos. Si realmente solo están durmiendo juntos, no la ilusiones. No es el tipo de mujer que puede manejar una aventura.

—No lo estoy —dije con firmeza.

—Bien. Entonces asegúrate de que sepa que puede confiar en que no le romperás el corazón. Si sabe eso, creo que te lo dará.

—No quiero que me lo dé porque soy seguro, Fin —dije con dureza—. No quiero que se conforme conmigo.

Sonrió de nuevo. —No hay nada seguro en ti, Ian. No

para Blake. Nunca me lo dijo, pero creo que iba a romper con William por ti. Creo que le gustabas mucho antes de todo esto. Se quedó con William durante cinco años porque él era seguro. Si se permite enamorarse de ti, la asustará muchísimo.

Finley comenzó a alejarse, pero necesitaba saber una cosa más.

—¿Sabes lo de su madre? —pregunté antes de pensarlo mejor.

Finley se dio la vuelta y caminó lentamente de regreso hacia mí. —¿Qué pasa con su madre?

—¿Sobre su bebida? —dije suavemente.

—¿Blake te lo contó?

Negué con la cabeza. —Apareció después de la fiesta de Georgia cuando yo estaba allí.

—Blake no habla de eso. Nunca. Lo esconde de todos, pero creo que todos lo saben. Es por eso que siempre la invitaba a quedarse los fines de semana cuando éramos niños. Incluso ahora, trato de hacer que se quede conmigo a veces, pero nunca lo hace.

—No debería tener que lidiar con eso —dije.

Finley negó con la cabeza. —No, no debería, pero es Blake. Blake ama a su madre tanto como la odia, y para ella, las dos emociones se superponen. Por eso lo seguro funciona para ella. Seguro significa que no ama, y eso significa que no odia. Pero también significa que no es realmente feliz. Creo que tú la haces feliz, Ian. Pero si lo arruinas, yo misma te mataré.

Finley se alejó con esa despedida.

—¡Gracias, hermana!

Saludó por encima del borde del barco, y tenía que admitir que me sentía mejor.

16

BLAKE

Las siguientes semanas pasaron en un suspiro. Dedicaba mis mañanas en Cracked sirviendo desayunos a los lugareños y a los pocos turistas madrugadores. MacKellar Cove comenzaba a animarse con la llegada de junio y la cercanía del verano. Para julio, todos los hoteles locales estarían repletos de turistas escapando de sus vidas y disfrutando de la belleza y serenidad del lugar que yo llamaba hogar.

Mis tardes eran igual de ajetreadas pintando a la Sra. Georgia y el resto del mural. Día tras día, ella cobraba vida ante mis ojos. Su sonrisa me daba la bienvenida después de mi descanso para comer, y quería hacerle justicia. Le debía hacer que realmente resplandeciera.

Para mi sorpresa, muchas de mis noches incluían a Ian. No esperaba que siguiera volviendo. Cada vez que aparecía en mi puerta con la cena, cerveza o un chiste, lo consideraba un regalo.

Cuando no estaba con Ian o trabajando, me dedicaba a conocer a Woody. Él seguía contándome sobre su amiga de quien estaba enamorado, y una parte de mí se sentía cada vez más celosa. No podía entender por qué esta mujer no veía lo que tenía. Un hombre maravilloso la amaba y ella lo mantenía a distancia, mientras yo me estaba enamorando de un chico que sabía que no se quedaría mucho tiempo. Lástima que no pudiéramos intercambiar lugares.

Earl quería que el mural estuviera terminado para el Festival del 4 de julio, así que tuve que acelerar el ritmo un poco. Los días se estaban alargando, por lo que decidí trabajar hasta tarde un par de días durante la semana y levantarme temprano los sábados por la mañana. La procrastinadora que llevaba dentro me decía que lo terminaría, pero no podía contar con un clima perfecto o con que todo saliera según lo planeado.

Aunque estaba agotada, Finley me convenció para reunirme con ella, Karissa y Trinity en O'Kelley's el viernes por la noche. No había pasado suficiente tiempo con mis amigas últimamente, así que acepté. Me puse unos shorts morados y una blusa suelta con estampado geométrico que hacía que mis pechos parecieran más grandes y mi cintura más estrecha. Dejé mi cabello suelto, pero lo sequé para darle un poco de volumen, y me puse rímel y brillo labial. Me até mis sandalias favoritas, esas con correas que se entrecruzaban por mis pantorrillas y me hacían sentir sexy.

Una parte de mí esperaba que Ian estuviera allí, pero no tenía ni idea. Nunca sabía cuándo iba a aparecer en mi casa o qué estaba haciendo. Pasábamos el rato y dormíamos juntos, pero estaba claro que no estaba interesado en construir una relación. No cuando tenía más conversaciones con un extraño que con el hombre con quien compartía mi cuerpo varias veces a la semana.

Mientras caminaba por MacKellar Cove hacia O'Kelley's, me dije a mí misma que no importaba si Ian estaba allí o no. Iba a ver a mis amigas, y si por casualidad él estaba allí, estaba bien. Pero si no, no iba a estresarme por ello.

Cuando llegué, Trinity estaba sentada sola en una mesa con una jarra de cerveza y seis vasos. Me saludó con la mano y sonrió. Ella encajaba perfectamente en nuestro grupo, lo cual era agradable. Sabía que la Sra. Georgia no la orientaría mal.

—¡Hola! Estaba muy emocionada cuando Finley dijo que vendrías esta noche —me saludó Trinity.

Asentí. —Me he perdido demasiado últimamente.

—Con buena razón. Parece que las cosas van bien con Ian.

Me encogí de hombros. —No lo sé. Supongo. Tal vez.

—Um, eso no suena bien —dijo Trinity. Su masa de rizos se movió cuando inclinó la cabeza. Ojalá tuviera un pelo como el suyo. Hermoso, abundante y rizado. Mis mechones castaños descoloridos eran completamente lisos y sin vida. Pero todo en Trinity decía *mírame*. Su figura curvilínea tenía esa forma de reloj de arena perfecta que todas deseábamos. Llevaba una blusa gris escotada con uno de sus coloridos collares anidado entre sus pechos. La blusa estaba atada sobre sus hombros con pequeñas tiras que decían que llevaba un sujetador sin tirantes o directamente no llevaba ninguno. Yo no tenía el valor para ninguna de las dos opciones, aunque mis pechos fueran mucho más pequeños. Trinity era el tipo de mujer que envidiaba por su confianza, pero se la había ganado. Y eso hacía que fuera más fácil que me cayera bien porque no era maliciosa ni sarcástica. Realmente me caía bien.

Por eso fue una de las razones por las que le conté sobre mi relación con Ian. —Es solo que es difícil. Casi desearía que nunca nos hubiéramos involucrado. Y no porque no sea genial, sino porque yo... no quiero que sea solo sexo.

—¿Cómo sabes que es solo sexo? —preguntó Trinity.

Sonreí. —Porque es Ian. Es increíble, pero no se involucra.

—Entiendo eso. Lo mencionaste antes. Pero, ¿cómo sabes que esto no es diferente para él? Has dicho que sabes que un día dejará de aparecer, pero aún no lo ha hecho. Han pasado, ¿qué, un mes?

Asentí. —Seis semanas.

—Tal vez la razón por la que no ha tenido una relación en el pasado es porque no estaba en una contigo.

Negué con la cabeza. —Conozco a Ian desde siempre. Simplemente no es alguien a quien le guste estar involucrado con una mujer por mucho tiempo. Quiero decir, tienes razón en que nunca lo he conocido estar con la misma persona tanto tiempo como lo hemos estado nosotros, pero no hablamos de cosas. O pasamos el rato como amigos, o tenemos sexo. No salimos en citas. No me invita a su casa. Simplemente actuamos con normalidad.

—Excepto que a veces duermen juntos —dijo Trinity con una sonrisa maliciosa.

—Sí, excepto eso —acepté.

Karissa y Finley se sentaron mientras yo hablaba. Karissa inmediatamente se sirvió una cerveza y se bebió la mitad de un trago.

—Vaya —dijo Trinity—. ¿Día duro?

Karissa asintió. —Sí. Habladme de algo. Distraedme. ¿De qué estabais hablando?

—De Blake e Ian —dijo Trinity sin dudar.

Miré a Finley. Hablamos hace semanas sobre Ian y yo, pero todavía me preocupaba que no le gustara la idea de que estuviéramos juntos. Ella me sonrió. —¿Cómo van las cosas?

Me encogí de hombros. —Bien. Bien. Nada de qué quejarme.

—Ella piensa que solo están teniendo sexo, no construyendo realmente una relación porque Ian nunca ha estado con nadie más durante tanto tiempo, así que está esperando a que simplemente deje de aparecer en su casa —dijo Trinity en su lugar.

Las cejas de Finley se juntaron. —¿No os habéis visto esta semana?

Asentí. —Sí. Lo veo tres o cuatro veces por semana, pero simplemente... no va a durar.

—¿No quieres que dure? —preguntó Finley.

Negué con la cabeza. —No, no es eso lo que estoy diciendo. Solo sé que no durará.

—La pesimista golpea de nuevo —dijo Karissa.

La fulminé con la mirada.

Karissa levantó una ceja y me sonrió con suficiencia. —Tienes un chico guapo que pasa tiempo contigo, y en lugar de esforzarte por construir algo, te quedas sentada quejándote de que no va a durar. ¿Por qué iba a durar? Todos sabemos que Ian nunca se ha quedado, pero se está quedando contigo. Vosotros dos habéis estado juntos más de un mes. Y admitiste la semana pasada que él es siempre el que aparece. Él es el que viene a ti. Tú te quedas sentada y lo dejas en lugar de hacer algún esfuerzo tú misma. —Karissa se inclinó hacia adelante. Sus ojos se suavizaron—. Tienes un chico que está haciendo todas las cosas correctas, y en lugar de encontrarte con él a mitad de camino, estás esperando a que se vaya. Si eso sucede, va a ser por ti, Blake. No por él.

—Pero yo...

—Blake —dijo Trinity—, creo que tiene razón. No os conozco a ninguno de los dos tan bien como Karissa, pero escuchándote hablar de él me dice que te importa. Y por la forma en que todas habláis de Ian, no creo que esto sea algo simple para él.

Quería creerles, pero Finley no estaba diciendo nada. Quería preguntarle, pero no estaba segura de poder manejar que me confirmara lo que ya sabía que era verdad. Que eventualmente Ian dejaría de aparecer.

—Gracias, chicas. Ya veremos —dije en voz baja, forzando una sonrisa para ellas.

Afortunadamente, cambiaron de tema y pasaron a algo que no fuera mi vida amorosa. Participé donde pude, pero principalmente me senté y escuché. Me sentía desorientada. Una parte de mí quería creer todo lo que Karissa y Trinity estaban diciendo. Que Ian podría estar esperando a que yo le mostrara que quería algo más. Nunca había sido la agresora en ninguna relación que hubiera tenido. Nunca había sido la que pedía una cita o presionaba por algo. Incluso con Ian, dejé que él tomara la iniciativa desde la primera vez que me besó. Siempre me consideré afortunada si un chico estaba interesado en mí.

Pero Ian me decía una y otra vez cuánto me deseaba. Si eso no eran solo palabras vacías, entonces tal vez tuvieran razón.

Pero si ese era el caso, ¿por qué Finley no decía nada? ¿Por qué se quedaba al margen? ¿Sabía algo? Si lo sabía, ¿me dejaría entrar en algo sabiendo que me lastimaría?

También me costaba creer eso.

Por eso salir con William era tan fácil. No había nada de este lío emocional y confuso. Todo era seguro. Me importaba, pero no lo suficiente como para quedar destrozada cuando las cosas terminaron. O para molestarme cuando los planes cambiaban y él no podía venir a algo. William era seguro. William era fácil. William era...

Aburrido como la mierda.

Estar con Ian era todo lo que estar con William no era. Solo tenía que decidir si los riesgos valían la pena.

DE CAMINO a la salida de O'Kelley's, Finley me apartó a un lado.

—Si mi hermano te hace daño, lo mataré. Lo sabes, ¿verdad?

Me reí. —Es tu hermano.

—Y tú eres mi hermana —dijo ella con fiereza.

Sonreí y la abracé. —Te preguntaría qué me harías si yo le hiciera daño, pero sabemos que eso nunca sucederá.

Ella se apartó y evitó mi mirada por un segundo. Casi le pregunté qué significaba esa expresión, pero luego dijo: —Dale una oportunidad a Ian, Blake. Amo a mi hermano, pero es un idiota.

Asentí, preguntándome de qué estaba hablando. *Dale una oportunidad* resonó en mi cabeza durante todo mi camino a casa. Ian no estaba en O'Kelley's, y mi teléfono no tenía ni un mensaje de texto suyo. Quería darle una oportunidad, pero la idea me asustaba. Me aterrorizaba. Sentía que le estaba dando una oportunidad. Muchas de ellas. Pero él no me pedía más que sexo. Estaba bien con eso, hasta cierto punto, pero me estaba encariñando. Estaba empezando a enamorarme de él.

Oh, diablos. ¿A quién estaba engañando? Ya me había enamorado de Ian. Pero no estaba lista para admitirlo ante nadie. Porque decirlo lo hacía real, y si era real, dolería mucho más cuando terminara. Y definitivamente iba a terminar.

Debatí enviarle un mensaje de texto a Ian una vez que estuve en casa y cambiada a mi pijama, pero era tarde y no quería molestarlo si estaba durmiendo. Estaba casi terminando *Amor verdadero* y dijo que esperaba entregarlo a principios de la próxima semana, así que no iba a arriesgarme a despertarlo y alterar su horario. Y yo me estaba levantando temprano para trabajar en el mural, así que necesitaba dormir también.

Justo había terminado de preparar mi cafetera para la mañana y estaba apagando las luces cuando sonó el timbre.

Grité y salté, poniéndome la mano sobre el pecho para evitar que mi corazón saliera disparado.

Fui a la puerta y miré por la mirilla. No podía ver a la persona del otro lado de la puerta, pero ella se apoyaba contra el poste como si fuera lo único que la separaba del suelo, y supe que era mi madre otra vez.

Cerré los ojos y respiré hondo, luego abrí la puerta para dejarla entrar.

—Voy a vomitar —dijo mientras se volvía hacia mí.

—El baño está por aquí —le dije con tono tranquilizador, rodeándola con mi brazo por los hombros.

Entró y se apoyó en mi sofá. Me detuve para cerrar y asegurar la puerta, y cuando me di la vuelta de nuevo, ella se estaba agarrando al borde de mi sofá. Grité: —¡Espera! — pero era demasiado tarde.

Mi madre vomitó por todo mi sofá.

Casi lloré. O grité. O vomité yo misma. Quería echarla a patadas ahí mismo.

Cuando terminó, se incorporó y me miró. —Te ves terrible, Blake. Realmente necesitas dormir más.

Todo lo que pude hacer fue quedarme ahí parada. Estaba tan conmocionada y enojada que no podía hacer nada más que mirarla.

—¿Qué? ¿Por qué me miras así?

No le respondí porque sabía que si abría la boca iba a gritarle.

Ella se volvió al sofá y arrugó la nariz. —Qué asco, Blake. No puedo dormir ahí. Estoy exhausta. Voy a dormir en tu habitación esta noche. Realmente necesitas conseguirme una cama. Tengo una extra para ti. ¿Por qué no tienes una cama para mí?

Su voz se fue desvaneciendo mientras caminaba por el pasillo hasta mi dormitorio. Apreté y desapreté los puños. Mi pulso rugía en mis oídos y la rabia llenaba mis venas.

Ella era la madre, pero yo era la que constantemente limpiaba tras ella. Miré mi sofá arruinado hasta que las lágrimas nublaron mi visión. No podía hacerlo. No podía seguir cuidando de ella. Estaba cansada y harta de todo.

Dejé que las lágrimas cayeran por un minuto, luego respiré profundamente, e inmediatamente me arrepentí. Encendí las luces e intenté averiguar si podía salvar mi sofá. No era nuevo, pero era mío. Fue una de las primeras cosas que compré cuando me mudé a mi casa. Era cómodo y perfecto, y lo amaba.

Agarré mis productos de limpieza y un bote de basura y me puse a trabajar. Estuve fregando durante horas, con la esperanza de que el olor eventualmente desapareciera. Como mi sofá era gris oscuro, no podía usar lejía, pero usé todo lo demás que se me ocurrió.

Cuando el sol se asomó por mis ventanas delanteras, acepté que no podía hacer nada más. El sofá tenía que irse, y yo no iba a poder trabajar. Necesitaba una ducha, unas horas de sueño, y un día libre.

Ni siquiera intenté ser respetuosa cuando entré a mi baño y encendí las luces. Me metí en la ducha y me lavé el día y la noche. Me dolía querer llorar, pero no iba a darle esa satisfacción.

Ella tropezó al entrar al baño mientras yo todavía estaba en la ducha. —¿Qué demonios, Blake? Estaba durmiendo.

—En mi cama, mamá. Porque vomitaste por todo mi sofá.

—Nunca vomito, Blake.

Resoplé. —Sí, bueno, díselo a mi sofá.

Ella suspiró como si yo fuera una niña petulante. Cerré los ojos y conté hasta diez.

—Debería irme. De todos modos estoy despierta. Me quitaré de tu camino.

—Eso sería agradable —dije, sin molestarme en ocultar mi enojo.

Pude sentir que se quedó ahí otro minuto más. Eventualmente sus pasos la alejaron de mí. Solo cuando supe que estaba completamente sola apagué la ducha y salí. Me puse una camiseta de tirantes y unas bragas y caí en mi cama, agotada, enfadada y herida.

Todavía era antes del mediodía cuando me desperté. Me dolía el estómago por la ansiedad, y tenía hambre. Me puse unos shorts y me cambié a una cómoda camiseta de MacKellar Cove que tenía desde la secundaria. Fui a hacerme mi café y prepararme el desayuno, pero el olor me golpeó.

MacKellar Cove era el tipo de pueblo donde podías dejar la puerta de entrada sin llave y no preocuparte de que alguien robara algo. La gente era amable y buenos vecinos y siempre se cuidaban unos a otros. Esa era la única razón por la que sabía que podía abrir todas las ventanas de mi casa e irme. No podía estar allí, y hasta que pudiera deshacerme del sofá, tenía que ventilarlo.

Vertí mi café en un vaso de viaje y me fui. Necesitaba caminar, alejarme de mi madre. Tomaba sorbos de mi café mientras caminaba por el pueblo, sin importarme ni prestar atención a dónde estaba.

Hasta que me encontré frente a Jameson Wooden Boats.

17

Debería haberme dado la vuelta y marcharme, pero en lugar de eso, mis pies me llevaron directamente hasta la puerta. Tiré de la manija y me sorprendió cuando la puerta se abrió.

Entré sigilosamente, aunque sabía que Ian estaba despierto. No abría la puerta a menos que estuviera levantado. A menos que Devon estuviera allí.

El suave murmullo de dos voces finalmente llegó a mis oídos. Las seguí hasta que di la vuelta al extremo del barco. Ian y Devon estaban acurrucados juntos mirando algo.

—Creo que funcionará —dijo finalmente Ian—. Buen plan.

—Gracias —dijo Devon, radiante. Parecía un buen chico, pero era joven. Todavía le quedaba un año de universidad, y aunque tenía talento, no había razón para pensar que regresaría a MacKellar Cove—. Eh, jefe? —dijo Devon, señalándome con la cabeza cuando me vio.

Ian se dio la vuelta y sonrió lentamente.

—Hola. No te esperaba esta mañana.

Asentí.

—¿Tienes un barco que pueda pedir prestado? —pregunté, sin molestarme con cortesías.

Ian asintió lentamente y extendió la mano hacia mí. Dejé que me tomara del codo y me apartara de Devon.

—¿Estás bien?

Quería mentirle, pero me encontré negando con la cabeza.

—Realmente quiero ir a pescar.

—Vale. No hay problema. Déjame coger las llaves. Quédate aquí.

Asentí y crucé los brazos. Él mantuvo mi mirada por un segundo, como si pensara que iba a huir en cuanto se fuera, luego se dio la vuelta y se marchó corriendo. Le dijo algo a Devon, y regresó en pocos minutos haciendo balancear unas llaves en sus dedos.

—Vamos.

Negué con la cabeza.

—Estás ocupado. No quería estropearte el día.

Sonrió y me rodeó la cintura con un brazo.

—Estoy bien. Devon tiene todo bajo control. Me vendrían bien unas horas de pesca.

Me resistí, pero la idea de tenerlo allí conmigo era más atractiva que ir sola.

Crecer junto al río San Lorenzo significaba aprender a pescar, nadar y bucear desde muy pequeña. No era gran fan del buceo, pero pescar se había convertido en mi refugio. Una oportunidad para escapar. Subirme a un barco y salir al agua. El río no era lo suficientemente ancho donde vivíamos para alejarnos realmente, pero no hacía falta mucho para sentirnos aislados.

Me senté en el suave asiento de cuero del barco más preciado de Ian y dejé que el rugido del motor y el golpeteo del viento me llenaran. Condujo más allá de las islas más grandes cercanas a la Cove y continuó hacia el norte donde el río se estrechaba nuevamente. No había muchas islas en esa parte de las Mil Islas, pero el agua era poco profunda en algunas zonas y a los peces les gustaba frecuentar ese lugar. Ian y yo habíamos ido a pescar a esa zona con Finley desde que ella y yo estábamos en el instituto.

Ian me entregó una de las cañas de pescar y abrió la caja de aparejos. Esperó a que eligiera uno de los señuelos y lo atara a mi línea antes de elegir el suyo y cerrar la caja. Nos quedamos uno al lado del otro en la parte trasera del barco, lanzando hacia las aguas poco profundas y observando los flotadores.

Nos sentamos a esperar y observar, con el pasillo entre nosotros sintiéndose más ancho que el río que nos rodeaba. Me sentía sola.

Entonces Ian alcanzó mi mano a través del pasillo. No dijo nada, simplemente entrelazó sus dedos con los míos y se aferró.

Me quedé allí, mirando la línea e intentando no llorar, pero aguanté lo suficiente.

Mis hombros se sacudieron con mi sollozo silencioso, e Ian me atrajo a través del pasillo hasta su regazo. Me acurruqué con él y dejé que me abrazara mientras lloraba. No dijo nada. Una mano se deslizaba arriba y abajo por mi espalda y la otra me mantenía cerca de él. Y simplemente dejé salir todas las emociones que me atormentaban desde que mi madre apareció en mi puerta horas antes.

No sabía cuánto tiempo estuvimos sentados allí, y realmente no me importaba. Cuando finalmente me calmé lo suficiente para mirarlo, tenía las cejas fruncidas y sus ojos color avellana mostraban preocupación. Limpió las lágrimas de mis mejillas y llevó mi mano a sus labios.

—¿Estás bien?

Negué con la cabeza.

Me atrajo hacia él nuevamente y metió mi cabeza bajo su

barbilla, abrazándome con fuerza. Me sentía segura y amada y como si nada malo pudiera suceder mientras estuviera con Ian.

—Puedes hablar conmigo si quieres, pero si solo quieres sentarte aquí, también estoy bien con eso.

—No quiero hablar todavía.

Asintió.

—De acuerdo.

Nos quedamos allí, con él acunándome y yo mirando el agua. Nuestros flotadores se sumergieron por debajo de la superficie, pero ninguno de los dos se movió para revisar las líneas.

El sol subió más alto en el cielo, y finalmente pensé que debería darle un descanso a sus piernas. Me bajé de él y volví al asiento donde había empezado.

—Lo siento —dije.

Sus cejas se fruncieron de nuevo.

—¿Por qué?

Hice un gesto hacia su camisa manchada de lágrimas.

—Por llorar encima de ti.

Negó con la cabeza.

—No me importa la camisa. Solo me importas tú. ¿Estás bien?

Respiré temblorosamente y me encogí de hombros.

—No realmente, supongo.

—¿Quieres que te lleve de vuelta? ¿Puedes hablar con Fin o con alguna de las chicas?

Negué con la cabeza.

—No. No quiero ver a ninguna de ellas.

—¿Pero querías verme a mí? —preguntó, claramente sorprendido.

—Yo... —No tenía respuesta. Acabé en su lugar porque él siempre me hacía sentir bien. Como si yo fuera más para él.

—Gracias —dijo después de un segundo—. Por confiar lo

suficiente en mí como para venir conmigo. Siempre estoy aquí para ti, Blake. No importa lo que necesites.

Me reí sin alegría.

—¿Como mover mi sofá?

Asintió.

—Cualquier cosa, nena. Todo. Lo que sea que necesites.

Asentí, emocionándome por una razón diferente.

Me subió a su regazo de nuevo y me besó suavemente.

—Háblame, Blake. ¿Qué pasó?

Respiré hondo y dejé que su contacto me envolviera.

—Mi madre. Excepto que esta vez pensó que mi sofá era el inodoro.

Su agarre se tensó.

—Mierda.

Asentí.

—Sí. Traté de limpiarlo, pero todavía huele. Necesito un sofá nuevo. Mi casa apesta. Dejé todas las ventanas abiertas, pero mi casa va a oler por un tiempo.

—Lo sacaremos hoy —dijo él.

Negué con la cabeza.

—Tengo que llamar y programar una recogida especial.

—Lo llevaré a un contenedor si es necesario. No vas a vivir con eso en tu casa. Y puedes quedarte conmigo si lo necesitas. Si el olor es demasiado malo.

Negué con la cabeza.

—Estoy segura de que puedo quedarme con Fin y Rissa si lo necesito. Espero que no sea tan malo, de todos modos.

Asintió una vez.

—Lo que quieras, nena.

Suspiré.

—Quiero que deje de beber. Tal vez eso me haga infantil, pero ya estoy harta de esto.

—No te hace infantil. Si no puede manejarlo, debería

parar. No está siendo justa contigo. Y no deberías tener que lidiar con eso.

Me encogí de hombros.

—Es mi madre. No hay nadie más que se ocupe de ella.

Me abrazó más fuerte y respiró en mi pelo.

—Lo siento, Blake. Ojalá pudiera hacer algo.

Negué con la cabeza.

—Lo estás haciendo, Ian. Solo estar contigo me hace sentir mejor.

Sonrió y apartó mi pelo salvaje de mis labios.

—Bien.

Me besó suavemente, apenas un beso. Una parte de mí quería perderme en él, pero no era justo para Ian. Si lo hacía, lo estaría utilizando para olvidarme de mi madre. No quería que las cosas fueran así entre nosotros.

Se apartó y me abrazó. Me pregunté si estaba pensando lo mismo. Habíamos sido amigos durante años, pero nunca había acudido a él cuando estaba disgustada por algo. Tal vez Karissa y Trinity tenían razón y necesitaba abrirme a él. Confiar en él. Dejarle entrar.

Nos quedamos en el agua durante unas horas. Lanzamos nuestras líneas de pesca al agua, pero realmente no lo intentamos. Para cuando Ian nos llevó de vuelta a Jameson Wooden Boats, me moría de hambre.

—¿Quieres ir a cenar? —le pregunté.

Pareció sorprendido por mi pregunta. Cuando negó con la cabeza, me sentí más que un poco decepcionada.

—¿Qué te parece si cocino para nosotros? —dijo.

—No tienes que hacer eso —protesté.

Volvió a negar con la cabeza.

—No dije que tuviera que hacerlo. Solo pensé que sería agradable si no tuviéramos que salir. Puedes relajarte y no preocuparte por ver a otras personas.

Mis hombros cayeron. Tenía razón. La idea de salir y

tener que fingir que estaba bien resultaba agotadora sin ni siquiera pensarlo. Una noche en casa sonaba perfecta.

—Tienes razón. Pero me siento mal pidiéndote que lo hagas todo.

Sonrió y me guiñó un ojo.

—Yo lo ofrecí, nena. Quédate aquí un rato. Voy a salir a buscar algunas cosas que necesito para hacer la cena, pero no tardaré mucho.

—Puedo ir contigo.

Me besó entonces. Un beso completo donde lo sentí hasta los dedos de los pies. Sus manos me rodearon y me sujetaron con fuerza. Su lengua se deslizó en mi boca y acarició mi lengua con movimientos apasionados. Su pecho subía y bajaba con el mío, nuestras respiraciones mezclándose mientras me hacía olvidar todo lo que me había llevado a su puerta para empezar.

—Quédate aquí —dijo suavemente—. No tardaré mucho. Y cuando regrese, puedes ayudarme a cocinar si quieres. O puedes relajarte y ver Netflix o algo así.

Asentí, enamorándome un poco más profundamente de él. Sabía exactamente lo que necesitaba. ¿Alguien más me había visto tan bien alguna vez? ¿A alguien más le había importado?

El único televisor estaba en el dormitorio de Ian, así que entré allí y me estiré en su futón. Apoyé la cabeza y pasé por las opciones hasta que encontré una película que sonaba linda. Una película sobre una chica que se enamora del hermano mayor de su mejor amiga.

Definitivamente podía identificarme con ella.

Mis párpados se cerraron mientras veía la película. Era divertida y linda, pero estaba agotada. Intenté mantenerme despierta, pero no pude hacerlo.

Lo siguiente que supe fue que Ian me estaba besando. Gemí contra sus labios y susurré su nombre.

—¿Estás lista para comer? —preguntó.

—¿A ti? Dios, sí —dije con una sonrisa.

Se rió, pero no era un sueño como yo pensaba.

Abrí los ojos y lo encontré sentado junto a mí, sonriendo.

—Acabo de decir eso en voz alta, ¿verdad?

Sonrió con picardía.

—Tal vez pueda ser tu postre.

Lo empujé, y él solo se rió.

—Vamos, Bella Durmiente. Necesitas algo de comida.

—No sé si tengo energía para cocinar ahora mismo —me quejé.

—No hay necesidad —dijo, poniéndome de pie—. Ya cociné. Estabas bastante dormida, pero no quería dejarte dormir toda la noche sin comer algo.

—¿Ya cocinaste?

Asintió.

—Lo hice. Ven y come.

Dejé que me llevara hasta su área de cocina y me detuve en seco cuando vi la mesa iluminada con velas y olí la increíble comida que había sobre ella.

—Ian —dije interrogante.

—Pensé que las luces superiores podrían ser demasiado cuando acabas de despertar —dijo, arrastrando los pies y evitando mi mirada.

Caminé hacia él y me paré frente a él hasta que me miró.

—Gracias por esto. Nunca he tenido una cena a la luz de las velas.

Sonrió.

—Yo tampoco. Parece que los dos nos la merecíamos hace tiempo.

Sostuvo mi silla mientras me sentaba, luego la acomodó. Tenía mi cerveza favorita y había preparado filete a la parrilla, macarrones con queso y judías verdes. Había un pastel de queso de Cove Bakery en la encimera.

—¿Hiciste todo esto por mí? —respiré.

Asintió.

—Haría cualquier cosa por ti, Blake. Mereces ser tratada así todos los días.

—Ian —dije en voz baja.

Sostuvo mi mirada durante un largo minuto. Sus ojos color avellana ardían con algo que parecía aterradoramente como amor, pero Ian Jameson no amaba. Ian Jameson tampoco hacía cenas a la luz de las velas y romance, pero estaba disfrutando de ambas cosas en ese momento.

Hablamos sobre el verano y todos los eventos que se avecinaban mientras comíamos. El Festival del 4 de julio realmente daba el pistoletazo de salida a MacKellar Cove. Faltaban tres semanas y todo el pueblo se estaba preparando para ello.

—¿Cuál es tu parte favorita del Festival? —me preguntó.

Me encogí de hombros. Los últimos cinco años había ido al Festival con William. A él no le gustaba la mayor parte, lo que significaba que no lo había disfrutado durante demasiado tiempo. Una parte de mí ni siquiera podía recordar todo lo que sucedía.

—Mi favorito es el baile de los fuegos artificiales —dijo Ian cuando no respondí—. Realmente espero tener una cita para eso.

Me reí.

—Normalmente prefieres estar soltero para cosas como esa.

Negó con la cabeza.

—Ya no, Blake. Te quiero conmigo. Si estás interesada.

Asentí.

—Suena divertido. He extrañado mucho en los últimos años.

—Quédate conmigo —dijo con una sonrisa—. Me aseguraré de que no te pierdas nada de la diversión.

Le sonreí y supe que era cierto. Ian no era el tipo de persona que animaba las fiestas, pero siempre sabía dónde estaba la diversión y nunca se la perdía. Definitivamente necesitaba más de eso en mi vida. Más de Ian.

Una vez que terminamos de cenar y limpiamos, dije que necesitaba ir a casa y ocuparme de mi sofá.

—¿Por qué no te quedas? —preguntó.

Negué con la cabeza.

—No. No voy a pedirte eso.

—Blake, te quiero aquí. Quiero que te quedes.

Mi corazón saltó ante sus palabras. Su tono, sus ojos, todo decía que lo decía en serio. Pero no podía sacarme de la mente al Ian Jameson que había conocido siempre. El tipo que nunca pasaba la noche. El tipo que nunca se quedaba. El tipo que nunca se involucraba.

—Blake —dijo bruscamente, tragando y luego dando un paso hacia mí—. Nena, tú eres diferente para mí. Sé que tienes miedo por mi pasado, pero no quiero que lo tengas. No he sido digno de ti, y todavía no lo soy, pero quiero que sepas que no me estoy conteniendo en lo que quiero contigo. No voy a dejar que pienses que esto es otra aventura para mí. Porque no lo es, Blake. Tú no lo eres. Yo... me importas. Mucho. Y que te quedes aquí no es porque sea conveniente o porque tu sofá huela mal. Es porque quiero despertar contigo en mis brazos. Quiero ir a dormir con tu pelo en mi cara. Quiero sentir tu cuerpo contra el mío toda la noche. No tenemos que tener sexo. No tenemos que hacer nada. Solo quiero estar contigo, Blake.

—Ian —respiré—. No...

Su esperanzada sonrisa cayó, y dio un paso atrás.

—Oh. Ya veo.

Me reí y entré en su espacio, esperando hasta que me miró.

—Iba a decir que no sé qué decir. Siento todas las mismas

cosas, Ian. Simplemente nunca pensé que tendría la oportunidad de decírtelo. Pero eso de no tener sexo es definitivamente algo sobre lo que necesito discutir contigo.

Su sonrisa pasó de alegre a puro pecado en un instante. Me levantó y me besó, su lengua empujando entre mis labios mientras nos llevaba hacia su cama.

Y cuando cerró la puerta de una patada y nos desnudó a ambos, Ian no se contuvo en nada. Tal como lo prometió. Me amó toda la noche hasta que ambos nos quedamos dormidos con el cielo nocturno vigilándonos.

No importa lo que me dijera a mí misma, no podía convencer a ninguna parte de mí de que no estaba perdidamente enamorada de Ian Jameson. Pero por primera vez en mi vida, la idea no me hizo levantarme y salir corriendo a esconderme.

18

IAN

Despertar con Blake en mis brazos era la mejor clase de tortura. Nunca había sido muy madrugador, pero estaba despierto con el sol contemplándola dormir a pesar de mi severa falta de sueño. Había valido completamente la pena pasar la noche mostrándole cuánto la amaba y poder observarla mientras dormía.

Cuando finalmente se movió, su trasero rozó contra mí primero. Se quedó inmóvil por un segundo y sus ojos se abrieron de golpe. Luego una hermosa sonrisa curvó sus labios y sus ojos se cerraron de nuevo. Se estiró y presionó su trasero contra mí otra vez, y no pude contener mi gemido de necesidad.

Deslicé mi mano más firme alrededor de su vientre y me desvié para acariciar su pecho. Un suspiro tembloroso la recorrió cuando rocé su pezón con mi pulgar.

—Ian —susurró.

Me encantaba jodidamente la forma en que decía mi nombre. Ese tono entrecortado y sensual que decía que estaba tan perdida como yo se estaba convirtiendo rápidamente en algo tan adictivo como la mujer que no quería dejar salir nunca de mi cama.

Besé su hombro y pasé mi lengua por su espalda. Mordisqueé los hoyuelos justo encima de sus nalgas y la insté a ponerse de espaldas para poder tenerla de desayuno.

Ya estaba húmeda y lista cuando di mi primera pasada con la lengua. Gimió y empujó sus caderas contra mi cara. Mi chica necesitaba correrse a primera hora de la mañana. Me gustaba eso.

La lamí y succioné hasta que sus gemidos llenaron el aire a nuestro alrededor. Luego empujé dos dedos dentro de ella y se deshizo para mí, gritando mi nombre mientras alcanzaba un intenso orgasmo.

Me equivocaba. Esa era mi forma favorita en que decía mi nombre. Pero la entrecortada estaba en un cercano segundo lugar. Porque ambas eran solo para mí. Nadie más iba a escucharla decir mi nombre así.

Besé mi camino de regreso por su cuerpo, dejando que se calmara antes de alcanzar un condón y deslizarme dentro de ella. Jadeó, luego suspiró y envolvió sus piernas alrededor de mis caderas.

—Necesitamos hacer esto más a menudo —dijo con una sonrisa dichosa.

—¿Hacer qué? —gemí, encontrando difícil mantener una conversación cuando estaba completamente dentro de la mujer que amaba.

—Tener pijamadas. Especialmente si son como esta. —Gimió larga y profundamente y extendió sus muslos para que pudiera hundirme más adentro.

Gemí con ella y apreté los dientes—. Definitivamente más pijamadas —concordé con ella—. Todas como esta.

Me sonrió y me atrajo hacia ella. Me acercó a ella y me besó, su suave lengua deslizándose junto a la mía. Entraba y salía de ella, cada embestida acercándome más a la meta, pero no tenía prisa por llegar allí.

Siempre pensé que las personas que decían que algo trataba sobre el viaje, no el destino, estaban locas. ¿Por qué irías a algún lugar si no quieres estar allí lo más rápido posible y pasar tanto tiempo como puedas? Pero hacer el amor con Blake era exactamente eso. Era el viaje. Era el deslizamiento dentro de ella. Era el olor de nuestros cuerpos. Era el sabor de su orgasmo y la sensación de verla perder la cabeza. Era el éxtasis prolongado y la conciencia intensificada que venía de estar con Blake. Ella era el viaje. Era mi viaje. Y estar en él era mejor que cualquier destino posible.

No me contuve con Blake y la besé como siempre había soñado. Dejé que sintiera todo lo que yo sentía, todo lo que siempre había sentido. Cuando se estremeció debajo de mí y llegó al clímax con un grito, no pude evitar que mi propio orgasmo siguiera al suyo y nos enviara juntos al olvido.

Me derrumbé sobre ella, pero rápidamente me moví para quitarme de encima. Ella apretó su agarre sobre mí y no me dejó moverme. No luché contra ella. La sostuve mientras ella me sostenía a mí, ambos entrelazados mientras nuestros cuerpos se enfriaban.

Su agarre finalmente se aflojó y rodé hacia un lado, girándola conmigo para que quedáramos frente a frente. La besé, sin buscar más que un simple beso, pero incluso eso hizo que mi corazón latiera en mi pecho. Era Blake. Todo era Blake.

Me deshice del condón y volví directo a la cama para atraerla hacia mí. Ambos nos quedamos dormidos de nuevo, pero desperté cuando ella intentaba escabullirse de la cama.

—¿Adónde vas?

Hizo una mueca—. Lo siento. Estaba tratando de no despertarte.

—Prefiero que lo hagas. ¿Está todo bien?

Se volvió hacia mí y asintió—. Solo tengo hambre. Iba a

irme. Has sido increíble. Y necesito ocuparme del sofá hoy. Y debería hacer algo de trabajo.

—Blake —dije con firmeza—. ¿Es solo eso?

El destello en sus ojos decía que no era así, pero sonrió y asintió—. Sí, por supuesto.

Salté de la cama y tuve que ocultar mi sonrisa cuando su mirada se deslizó hacia mi pene. Este saltó, y sus ojos se ensancharon. Dios, quería arrastrarla de vuelta a la cama y poseerla durante unas horas más, o vidas enteras, pero yo también estaba hambriento. Hacer el amor con la mujer de mis sueños toda la noche definitivamente me había agotado.

—Vayamos a Cracked a desayunar, luego te ayudaré a pintar hoy —sugerí.

Ella negó con la cabeza—. No puedo pedirte que hagas eso.

—Sigues diciendo eso, Blake, pero no estás pidiendo. Quiero pasar el día contigo. Quiero estar contigo. Y si estás trabajando, quiero estar ahí. Aunque sea solo para sentarme en la plaza y verte trabajar. Puedo traerte suministros y asegurarme de que tomes descansos y te alimente.

—Ian —dijo suavemente en ese tono que usaba cuando estaba cerca de ceder.

Me acerqué a ella y lentamente deslicé mi brazo alrededor de su cintura para atraerla hacia mí—. Blake —dije en el mismo tono que ella usó.

Se rió y puso sus manos en mi pecho—. Tal vez necesites ponerte algo de ropa.

Me encogí de hombros—. O podría simplemente arrastrarte de vuelta a mi cama y quitarte toda la tuya otra vez — bromeé.

Su rostro se puso serio, y trató de alejarse de mí—. No puedo. Lo siento.

—Estaba bromeando —dije.

Suspiró—. Lo sé. Pero solo me recuerda que terminé aquí

ayer por culpa de mi madre. Y se suponía que debía trabajar ayer. Y si lo hubiera hecho, podría quedarme aquí contigo. Es solo una cosa más que ella arruinó.

La atraje de nuevo y la sostuve hasta que sentí que su furia se desvanecía.

—Lo siento —dijo en voz baja.

—Nunca tienes que disculparte conmigo. Por nada. Tienes todo el derecho a estar enojada con tu madre. Pero no pienses que tu trabajo de hoy ha arruinado algo. Me gusta verte trabajar, y quiero pasar tiempo contigo como sea posible. Dame un minuto para vestirme, e iremos.

Respiró hondo y asintió—. Necesito ir a casa a cambiarme. Y si todavía estás dispuesto, podemos intentar hacer algo con mi sofá. Tal vez debería irme ya.

Negué con la cabeza—. Solo tardaré un segundo, Blake. No te vayas a ninguna parte.

Esperé hasta que asintiera antes de alejarme de ella y tomar ropa. Estaba vestido en menos de treinta segundos, y con su mano de vuelta en la mía nos dirigimos a su casa.

Caminamos en un silencio agradable, sin sentir ninguno la necesidad de llenar el silencio. Disfruté la sensación de su mano en la mía, y las sonrisas en los rostros de las personas que pasábamos cuando nos veían juntos. Una de las mejores y peores cosas de crecer en MacKellar Cove era conocer a todos en el pueblo. Y tomar de la mano a una de las camareras del restaurante más popular llamaba la atención. Especialmente porque yo no tenía reputación de mantener a una mujer.

Estábamos casi en casa de Blake cuando pasamos junto a unos amigos de mis padres. Vivían en su calle, y ella los saludó e intentó soltar mi mano. La sostuve más fuerte y dejé claro que estábamos juntos.

—Vaya, hola a los dos —dijo la Sra. McGraw.

—Buenos días. ¿Cómo están hoy? —pregunté.

La Sra. McGraw sonrió y dejó que su mirada se desviara hacia donde nuestras manos estaban enlazadas—. Estamos bien. Es un día hermoso para caminar, ¿verdad?

Asentí y llevé la mano de Blake a mis labios para un beso —. Lo es. Justo estábamos hablando de cómo vamos a pasar el día. Blake está trabajando en su mural, pero quería cambiarse primero y no trajo ropa limpia cuando vino ayer.

La amplia sonrisa de la Sra. McGraw valió la pena por el intenso rubor en las mejillas de Blake.

—Saluden a sus padres de nuestra parte —dijo el Sr. McGraw, alejando a la Sra. McGraw antes de que pudiera entrometerse.

—Lo haré —les dije alegremente, y seguí caminando con Blake.

—¿Qué demonios fue eso? —susurró.

Me encogí de hombros—. Ser amable con los vecinos.

—¿Por qué les dijiste a los mejores amigos de tus padres que pasé la noche en tu casa?

—Porque lo hiciste —dije simplemente, deteniéndola—. ¿No quieres que nadie sepa de nosotros?

—Yo... No. No es eso. Pensé que tú no querrías que nadie supiera.

Me incliné y la besé. A plena luz del día a la vista de quien estuviera fuera o mirando por sus ventanas. Quería gritar al mundo que Blake durmió en mi cama toda la noche. Que despertó en mis brazos. Que yo era quien la hacía gritar toda la noche.

Bueno, tal vez mantendría la última parte para mí, pero el resto, definitivamente quería contárselo al mundo.

—Ian —susurró en ese tono entrecortado cuando finalmente me aparté.

Me incliné y la besé de nuevo, incapaz de resistir su atracción—. Mejor vamos a tu casa o voy a avergonzarme aquí mismo en la calle.

Sonrió y echó sus brazos alrededor de mi cuello, provocándome con un contoneo de sus caderas. Mi miembro se irguió para la ocasión y presionó contra su vientre.

—Eres peligrosa.

Sonrió—. Sí, bueno, acabas de decirles a mis vecinos que tuvimos sexo. Pensé que podría decírselo al resto de ellos.

Agarré su trasero y la atraje más cerca, empujando mi lengua profundamente en su boca y frotando mi polla contra ella. No me importaba que estuviéramos en público o que cualquiera pudiera mirar y verme manoseándola. Solo me importaba la forma en que Blake gemía en mi boca y el movimiento de sus caderas para alinearnos.

—Ian —gimió—. Necesitamos entrar. Ahora.

A regañadientes, la solté y agarré su mano de nuevo. Caminamos medio corriendo, medio caminando el resto del camino hasta su casa. Ella desbloqueó la puerta principal y me atrajo para un beso, pero se detuvo en seco.

—¿Qué diablos? Cerré las ventanas. Espera. —Respiró profundamente—. No huele. —Se volvió hacia donde solía estar su sofá y jadeó—. ¿Dónde está mi sofá?

—Dijiste que querías que desapareciera. Cuando salí anoche, hice que Ramsey me ayudara a deshacernos de él. No quería que tuvieras que preocuparte por eso. Iba a decírtelo cuando llegara a casa, pero estabas durmiendo y para cuando te desperté, lo había olvidado.

Las lágrimas se deslizaron silenciosamente por sus mejillas. Mierda. Pensé que estaba haciendo lo correcto. ¿Tal vez ella quería el sofá? No estaba seguro de poder recuperarlo. O de que ella lo quisiera de vuelta. Estaba mal.

—Blake, lo siento. Tú dijiste...

—Gracias —dijo suavemente, extendiendo la mano para acariciar mi mejilla—. Yo... gracias. Odiaba pedirte que te ocuparas de eso, pero nunca pensé que lo harías sin que realmente te molestara. William... era casi imposible conseguir que me ayudara con cosas así. Lo habría soportado durante una semana o más, especialmente si él estaba trabajando o algo. Pero tú simplemente te ocupaste de ello.

Me encogí de hombros, queriendo matar a Willie de nuevo por no ser mejor con ella y queriendo agradecerle por ser un idiota. Significaba que el listón estaba bajo en lo que respecta a Blake, pero ella merecía el mundo.

—Te mereces algo mejor que eso. Deberías haberme llamado. Incluso cuando estabas con él. Sabes que haré cualquier cosa por ti, Blake. Ya sea que estemos juntos o no, siempre voy a estar aquí para ti.

Ella se acercó a mis brazos y apoyó su cabeza en mi pecho —. Gracias, Ian. No puedo decirte cuánto lo aprecio.

Besé la parte superior de su cabeza y sonreí cuando su estómago gruñó de nuevo—. Ve a cambiarte para que pueda alimentarte, preciosa. ¿Necesitas algo para el mural?

Negó con la cabeza y se alejó—. Solo tardaré un minuto.

Asentí y le guiñé un ojo. Sus mejillas se sonrojaron y presionó sus labios en una sonrisa feliz.

Era cada vez más difícil no decirle cómo me sentía. Decir *Te amo* parecía tan fácil. Nunca había estado tentado con otras mujeres, pero con Blake, era casi una compulsión. Como si no pudiera sobrevivir si no se lo decía.

Regresó un minuto después vistiendo unos shorts negros ajustados y una camiseta blanca suelta que le llegaba a medio muslo. Su camiseta tenía salpicaduras de pintura por todas partes, dándole una verdadera sensación de artista. Su cabello estaba recogido en una cola de caballo con un pañuelo envuelto alrededor de su cabeza. El pequeño bolso negro que normalmente llevaba estaba cruzado sobre su cuerpo, separando sus pechos y resaltando ambos.

Se me hizo agua la boca al verla. Esta era la mujer de la que me enamoré. La mujer desordenada, desaliñada y sexy que no pensaba dos veces en cómo se veía. Era ella misma, sin disculparse por ser Blake. Nunca me pareció más ardiente que cuando dejaba de lado todas sus preocupaciones sobre lo que todos los demás pensaban y era ella misma.

Crucé la habitación ahora ampliamente abierta hacia ella y la atraje contra mí. Ella jadeó cuando me incliné para besarla, y aproveché la oportunidad, hundiendo mi lengua en su boca y tomando lo que quería de ella.

Me besó de vuelta, llevando sus manos inmediatamente alrededor de mi cuello y jugueteando con el cabello de mi nuca. Incliné mi cabeza y empujé mi lengua más profundamente en su boca, ganándome un gemido de ella que fue directo a mi polla.

Deslicé una mano por su espalda y apreté su trasero. Ella se retorció contra mí y levantó su pierna, permitiéndome deslizarme entre sus deliciosos muslos.

—Oh, Dios —gimió, apartándose de nuestro beso—. Pensé que íbamos a desayunar.

Me aparté, dejando que el aire espeso de deseo llenara el espacio entre nosotros—. Así es. —Me dirigí a la puerta, sin mirar atrás hasta que giré el picaporte—. ¿Vienes?

Sus ojos se ensancharon—. Bueno, pensé que lo haría, pero supongo que no.

Sonreí con suficiencia—. Hacerte esperar solo te hará más voraz más tarde. No puedo esperar a verte perder el control completamente.

—¿Crees que todavía no lo he hecho?

Negué con la cabeza—. Sé que te has estado conteniendo conmigo. Pero la próxima vez que te tenga desnuda, no lo harás.

—¿Qué te hace estar tan seguro? —preguntó, finalmente uniéndose a mí en la puerta.

La abrí y me hice a un lado para que ella pasara. Cuando pasó junto a mí, le di una palmada en el trasero. Ella jadeó y saltó—. Porque si estás la mitad de loca cuando lleguemos a casa de lo que estoy yo ahora, no podrás contenerte. Me estarás rogando que te deje correrte, que te haga correrte. Que te folle duro, y luego te estire con embestidas lentas y profundas. Que te bese hasta que no puedas respirar, y luego ponga mi boca a buen uso en otras partes de tu cuerpo.

—Ian —susurró en ese maldito tono.

—Me encanta jodidamente cuando dices mi nombre así —le dije—. Me pone tan jodidamente duro.

—No necesitamos ir a desayunar todavía —intentó.

Negué con la cabeza—. Sí necesitamos. Porque la próxima vez que te meta en una cama, no te voy a dejar salir por un tiempo. Me he vuelto adicto a ti, Blake. Y no estoy seguro de poder dormir sin ti a mi lado otra vez.

—Pero tengo que trabajar por la mañana —dijo en voz baja.

Me encogí de hombros—. ¿Y? Prometo que te dejaré dormir un poco. Después de una docena de orgasmos más o menos.

—¿Una docena?

—¿Dos docenas?

Ella se rió—. Estás loco.

—Y tú eres increíble, Blake. Ahora, vamos para que podamos comer y tú puedas trabajar. Tengo grandes planes para nuestra tarde. Que involucran a ti, a mí, una cama y cero ropa. ¿Suena bien?

—Sí —susurró, y esa única palabra fue casi tan buena como mi nombre. Casi.

Observaba a Blake trabajar desde el césped de la plaza. Estaba tan concentrada y tan hermosa. Me miró un par de veces, pero no pasó mucho tiempo antes de que se olvidara por completo de mí y se perdiera en su trabajo.

Me recosté en el césped y observé a mi mujer hacer lo suyo. Se veía adorable cuando movía la cadera y se daba golpecitos en el labio con la punta del pincel. Estaba sonriendo mientras miraba su espalda cuando Ramsey se dejó caer en el suelo junto a mí.

—Tu chica tiene un talento increíble —dijo.

Asentí. —Diablos, sí que lo tiene.

—¿Sabe que la estás mirando embobado?

Lo empujé pero me reí. No sería la primera vez que me quedaba mirando a Blake cuando ella no era consciente de mi existencia. —Sí, imbécil. Vine aquí con ella.

Sus cejas oscuras se elevaron y sonrió. —Vaya, vaya. Me alegro por ti.

Puse los ojos en blanco.

—¿Siguen juntos desde anoche?

Asentí e intenté no sonreír, pero maldita sea, estaba feliz como nunca.

—Me alegro por ti, amigo. Me alegra oír que la vida amorosa de alguien va bien. —Ramsey sacudió la cabeza y miró hacia el agua.

—¿Dónde está Melody hoy? —pregunté.

Ramsey se encogió de hombros. —Ni idea. No volvió a casa anoche.

—¿Qué? ¿Está bien?

Ramsey se encogió de hombros. —Creo que sí. Me dijo que iba a salir anoche y que no la esperara. Me envió un mensaje diciendo que se quedaría con su hermana.

—A Willow nunca le caíste bien —dije.

—Ni que lo digas.

Se quedó callado por un minuto, y me encontré haciéndole la pregunta que había querido hacerle desde hace tiempo. —¿Crees que pueden arreglarlo?

No respondió de inmediato, y me pregunté si realmente me había escuchado. Iba a dejarlo pasar, pero entonces se movió y se recostó en el césped conmigo.

—La amo. Creo que eso es lo más importante. Para mí al menos. No puedo imaginar mi vida sin ella. No quiero hacerlo. Pero tampoco puedo vivir con ella como estaban las cosas antes. Perder al bebé y casi perderla a ella fue demasiado duro. Casi no lo sobrevivo.

Asentí. Apenas vi a Ramsey durante ese tiempo. Cuando lo hice, estaba vacío. Obviamente deprimido y simplemente miserable. Intenté que saliera de vez en cuando, pero nunca aceptó. Pasó casi un año antes de que comenzara a reintegrarse a la sociedad. Las cosas estuvieron bien entre él y Melody por un tiempo, pero definitivamente ese ya no era el caso.

—¿Cómo sigues adelante? —le pregunté, realmente con curiosidad. No era tan ingenuo como para pensar que las relaciones eran fáciles. Solo unas pocas semanas con Blake me decían que cualquier cosa a largo plazo con ella iba a ser un desafío constante. Especialmente convencerla de que lo decía en serio cuando le decía que la encontraba hermosa o que la deseaba. Ni siquiera podía imaginar lo difícil que iba a ser convencerla de que la amaba.

Sonrió y me dio una palmada en el hombro. —El amor, amigo. Quizás suene cursi o lo que sea, pero la amo. Ella es la indicada para mí. Si realmente quiere un hijo, probablemente cederé. Odiaré cada maldito segundo y tendré miedo por el resto de mi vida, pero la tendré a ella, así que me adaptaré.

Respiré hondo y miré a Blake otra vez. Seguía pintando, perdida en su propio mundo mientras el resto del pueblo existía a su alrededor. Me dolía el pecho cuando pensaba en perder a Blake. Verla alejarse y nunca regresar. No creía que pudiera soportarlo. Solo habíamos estado juntos unas semanas, pero no estar con ella estaba más allá de mi comprensión.

—¿Las cosas van bien? —preguntó Ramsey, asintiendo hacia Blake.

Asentí. —Sí, así es. Tiene mucho trabajo, pero estoy tratando de estar ahí cuando no está trabajando.

—O cuando lo está —dijo con una risa.

Me reí. —Cierto. Gracias de nuevo por ayudarme a mover el sofá.

Asintió y mantuvo mi mirada por un minuto. —¿Me vas a decir qué pasó con el sofá?

Lo pensé. Cuando le pedí que me encontrara en casa de ella, sabía que querría saber. También sabía que si le decía que no podía hablar de ello, no insistiría. No preguntó mientras tratábamos de no vomitar sobre el sofá con olor a vómito, pero no me sorprendió que preguntara después.

—Una de las muchas cosas que tiene entre manos Blake.

Ramsey asintió y no preguntó nada más al respecto.

Nos sentamos y observamos el pueblo por un rato, dejando que el silencio entre nosotros fuera cómodo. Después de unos minutos, Ramsey me dio una palmada en la pierna y se levantó.

—Necesito irme. Si me quedo aquí más tiempo, me voy a quedar dormido. Te veré pronto.

Asentí y saludé con la mano mientras se alejaba. La caída en sus hombros me molestaba, pero hasta que las cosas volvieran a estar bien con Melody, esa caída se mantendría.

Estaba prestando tanta atención a Ramsey que no noté a Blake hasta que estuvo justo frente a mí. Me puse de pie de un salto.

—Hola. ¿Ya terminaste?

Negó con la cabeza. —Todavía no. No tienes que quedarte aquí todo el día. Puedes ir con Ramsey o lo que sea.

Sonreí y la besé suavemente. —No quiero ir a ningún otro lugar.

Me devolvió la sonrisa. Su mirada siguió a Ramsey, luego su sonrisa desapareció. —¿Cómo van las cosas entre él y Melody?

—No muy bien —admití. Finley y Melody nunca se llevaron bien, pero no estaba seguro de cómo se sentía Blake respecto a ella—. Ella quiere intentar tener hijos de nuevo.

Blake contuvo la respiración. —Vaya. No soy amiga de ellos, pero incluso yo pude ver lo difícil que fue eso. No creo que tendría el valor suficiente para intentarlo de nuevo si fuera ellos. Claro, eso significa que tendría que intentarlo en primer lugar.

Me sorprendió bastante. —¿No quieres tener hijos?

Se encogió de hombros. —No realmente. Tal vez algún día, pero tendría que encontrar a alguien... —Apretó los labios.

—¿Alguien qué? —la insté.

Sonrió y me miró. —El alguien correcto. Realmente

nunca me he permitido pensar en ello. Con William, una parte de mí siempre supo que no íbamos a estar juntos para siempre. Me importaba, y quería amarlo, pero las cosas con él eran fáciles. Nunca me cuestionó por no dejarlo quedarse a dormir porque él no quería. No insistió en involucrarse más en mi vida, y yo no insistí en involucrarme en la suya. Simplemente existimos juntos durante años, y no estoy buscando algo más. Especialmente no algo como lo que tuve con él.

—¿Qué estás buscando? —pregunté, con el aliento atascado en la garganta. Quería que me sonriera y dijera que me estaba buscando a mí. Que lo que teníamos era lo que siempre había querido. Pero en cambio, se encogió de hombros.

—No lo sé. Supongo que alguien que me sorprenda. Que me haga querer cosas nuevas. Que me ame. —Me miró como si hubiera olvidado que yo estaba allí y sonrió—. Sé que no lo entiendes, pero hay una gran parte de mí que todavía mantiene la esperanza de que el amor existe, y que tal vez podría estar ahí fuera para mí.

—¿Por qué crees que no lo entiendo? —pregunté.

Se rio. —Porque eso no es lo que eres, Ian. No te preocupes. No tengo ilusiones de que voy a atraparte en nada a largo plazo. Me estoy divirtiendo, pero prometo que te dejaré ir cuando hayamos terminado. No voy a retenerte con un embarazo falso o algo así.

—O uno real —bromeé, sabiendo que tenía que decir algo o vomitaría.

Blake se rio y se estremeció. —Dios, espero que no.

Sonreí con ella, pero por dentro quería gritar. Le había dicho una y otra vez cuánto la deseaba. Que no me iba a ninguna parte. Pero ella seguía convencida de que estábamos en una cuenta regresiva. Estaba esperando a que se nos acabara el tiempo.

Blake se rio de nuevo, luego me dio una palmadita en el pecho. —Bien, necesito volver al trabajo. Si tienes algo que hacer, no te preocupes por quedarte aquí todo el día.

Asentí pero no pude decir nada. No se inclinó para besarme ni me tocó ni nada antes de alejarse, revisando la calle antes de cruzar y subir a su andamio nuevamente.

Me senté de nuevo e intenté descubrir qué diablos iba a hacer. Y pensar que me compadecía de Ramsey. Al menos él podía ir a casa y decirle a la mujer que amaba cómo se sentía. Yo no podía hacer eso. No podía decir las palabras.

Me quedé allí el resto del día y cuando Blake terminó, tuvo que correr a casa y ducharse antes de la noche de chicas. Quería verla, pero agradecí el respiro. No estaba seguro de poder pasar otra noche con ella sin decirle lo que sentía.

Pasé los días siguientes trabajando como loco para terminar el *True Love*. Cuando Robert apareció a primera hora del miércoles por la mañana, me di cuenta de que no había hablado con Blake desde el domingo.

—Vaya, qué belleza —dijo Robert cuando entró en mi taller por su cuenta—. Es hermosa.

Asentí porque lo era. El barco era impresionante con una pequeña cabina y suficientes asientos para al menos seis personas en la cubierta. Robert quería algo que tuviera una sensación de lujo, así que además de los asientos y la cabina, el barco tenía un diseño elegante y estrecho y un trabajo de pintura personalizado que cubría la impresionante teca que usé para su barco. No podía entender por qué quería un barco de madera si iba a ocultar el hecho de que era de madera, pero el cliente siempre tenía la razón.

—Así que es tal como hablamos. La cabina tiene una cama en la parte trasera y una pequeña cocina. Hay una mesa ahí abajo. Y, por supuesto, arriba puedes sentar a seis personas. Creo que es perfecto para ti.

Robert me dio una mirada que prometía que encontraría

algo mal. Criticó el color de las líneas en los asientos aunque él lo había elegido. Señaló la estrecha apertura de la cabina. Incluso dijo que la pintura del barco estaba un tono desviada.

Él había elegido específicamente todo, hasta el diseño exacto, aunque le dije que la entrada a la cabina era estrecha debido al diseño del barco, pero insistió en ello. Vaya que estaba feliz de terminar con él.

Lo escuché quejarse durante casi treinta minutos, pero cuando me entregó el saldo que debía y lo cambié por las llaves y lo ayudé a enganchar el remolque, finalmente sonreí.

Lo primero que quería hacer era llamar a Blake. Llevarla a salir. Celebrar. Verla. Amarla.

Me dije a mí mismo que retrocediera, pero retroceder no me llevaría a ninguna parte. No con Blake. Ella tenía que saber que yo estaba allí y que no iba a ninguna parte.

Finalmente le envié un mensaje preguntándole qué iba a hacer más tarde.

Comprar un sofá.

¿Quieres compañía?

¡Jajaja! ¿Por qué querrías ir de compras conmigo?

Porque no te he visto. Esperaba llevarte a salir esta noche.

Lo siento. Realmente necesito un sofá nuevo y es mi única noche libre esta semana.

¿Adónde vas a ir?

Por aquí cerca. Si necesito ir a la ciudad, iré este fin de semana.

Tengo una camioneta. Si encuentras algo, podemos llevarlo a casa. Déjame ir contigo.

Vale.

¿Cena antes o después?

Definitivamente antes.

¿Te veo a las 6?

Estaré lista.

Sonreí y finalmente respiré profundamente. No me rechazó. Comprar un sofá no era lo que tenía en mente, pero tal vez si encontraba uno que le gustara, podríamos estrenarlo.

Tenía mucho trabajo que hacer el resto del día, pero mi mente divagaba en Blake todo el tiempo. No me gustaba pasar más de un día sin verla. Incluso cuando estaba con Willie, siempre me aseguraba de verla. Apareciendo en el desayuno de vez en cuando o encontrándome con ella por el pueblo. No es que la estuviera acosando, pero sentía que podía respirar mejor cuando Blake estaba en mi vida.

Estaba en su casa justo antes de las seis, pero no tuve oportunidad de salir de mi camioneta antes de que ella saliera corriendo por la puerta.

—Iba a ir a buscarte —dije una vez que subió a mi camioneta. Llevaba unos vaqueros y una camiseta negra. Su cabello estaba recogido en una cola de caballo suelta, mostrando su cuello. Me incliné y la besé, deteniéndome en su cuello por un minuto hasta que ella se retorció.

—Eso se siente bien —dijo con voz ronca.

—Entonces vuelve aquí para que pueda hacerlo de nuevo.

Se rio cuando me incliné y me empujó. —Eres malo. Pero vamos. El lugar que realmente quiero ver cierra a las siete.

—Probablemente deberíamos ir allí antes de comer entonces.

Asintió. —Sí, eso creo. ¿Estás bien con eso?

Puse la camioneta en marcha y salí de su entrada. —Por supuesto. Lo que tú quieras hacer.

Giré hacia el sur hacia la primera tienda que Blake quería ver. Vivir en un pueblo pequeño significaba que la mayoría de la gente cerraba temprano. Blake tenía dos lugares más en su lista para revisar, pero parecía esperanzada de que el primer lugar fuera el ganador.

Llegamos al estacionamiento y entramos. Seguí a Blake por la tienda, sonriendo cuando pasaba las manos sobre algunas telas y se frotaba los dedos para borrar la sensación. Finalmente le pregunté qué estaba buscando, y ella suspiró.

—No lo sé. Ese es parte del problema. He tenido ese sofá por años, y lo amaba. No había planeado comprar algo nuevo por un tiempo, así que hacer esto me está estresando.

—¿Quieres algo como lo que tenías? —pregunté, esperando ayudarla a reducir las opciones.

Asintió y luego se encogió de hombros. —Tal vez. Me encantaba ese sofá, pero me encantaba porque lo compré con mi propio dinero. No era algo que recibí de alguien, era un sofá nuevo que compré para mí misma.

—Bueno, estás comprando otro. Puedes amar a este tanto como al otro.

Asintió y siguió buscando. Vagamos durante la mayor parte de una hora antes de que se rindiera y decidiera probar en otro lugar.

La segunda tienda fue tan infructuosa como la primera. Se estaba frustrando claramente, y pensé que la cena era más importante que encontrar un sofá. Nos detuvimos en una sandwichería, aunque ella trató de convencerme de ir a una tienda más. Podía escuchar su estómago rugiendo y sabía que era lo mejor.

—Realmente no me gustas a veces —refunfuñó.

Sonreí y empujé su sándwich hacia su boca. —Come. Te gustaré más cuando no estés tan hambrienta y enfadada.

Intentó fruncirme el ceño, pero comió. Estuve en silencio por unos minutos, dejando que la comida hiciera efecto. Cuando finalmente suspiró y cerró los ojos, supe que se sentía mejor.

—Lo siento.

Sonreí. —No hay problema. ¿Te sientes mejor?

Se encogió de hombros. —Todo esto simplemente me enfada. No quiero estar comprando un sofá porque quiero mi viejo sofá. No debería estar gastando mi dinero en un sofá cuando tenía uno perfectamente bueno hasta que mi madre decidió arruinarlo. Estoy muy cabreada, ¿sabes?

Asentí porque no había nada que pudiera decir. Me sentía igual que ella. No era justo, y no estaba bien. Tenía todo el derecho de estar enfadada con su madre, y Nadine debería ser la que estaba desembolsando el dinero para el nuevo sofá de Blake, no Blake. Pero tenía que ser el amigo solidario que quería escuchar, no el tipo que tenía que solucionar todos sus problemas.

Sí, a veces escuchaba.

—Realmente me gustaba ese sofá.

Asentí. A mí también. Había pasado muchas noches sentado en ese sofá viendo películas con ella, y recientemente, besándola. Tenía muchos recuerdos de Blake en ese sofá. Se quedó dormida en mi hombro una vez, y la sostuve durante horas. Cuando despertó, estaba desorientada y tan sexy que casi le dije que dejara a Willie en ese momento y fuera mía.

—No puedo seguir permitiendo que ella haga esto.

—¿Qué vas a hacer? —pregunté, esperando que estuviera bien que lo preguntara.

Se encogió de hombros y terminó su sándwich. —No lo sé. Solo sé que esto ha durado lo suficiente.

Asentí en acuerdo.

Blake estaba demasiado cansada para revisar el último

lugar. De todos modos, no habría tenido mucho tiempo allí, así que optó por saltárselo. Me ofrecí a ir con ella durante el fin de semana para comprar, y dijo que le gustaría.

Le tomé la mano en el camino a su casa. Realmente comenzaba a sentirse como si estuviéramos construyendo algo. Casi la llamé mi novia en la tienda de sofás, y para cuando llegamos frente a su casa, me convencí de que tal vez no se habría molestado si lo hubiera hecho.

Luego salimos de la camioneta y notamos que tenía una visita.

20

BLAKE

—¿*Mamá?* ¿Qué haces aquí? —pregunté. No estaba apoyada contra el poste, pero eso no significaba que no estuviera borracha. Normalmente no se emborrachaba durante la semana, pero tampoco había garantías de eso. Usualmente no vomitaba en mi sofá, así que ya no podía confiar en nada cuando se trataba de mi madre.

—Quería hablar contigo. Hola, Ian. ¿Cómo estás?

—Estoy bien, señora Dewitt. ¿Cómo está usted?

Ella le sonrió y notó su brazo alrededor de mi cintura. Me había acostumbrado tanto a que Ian me tocara que ni siquiera me di cuenta hasta que mi madre lo notó. Pensé en alejarme de él, pero su contacto me reconfortaba. No estaba evitando a mi madre ni las partes complicadas de mi vida. Se mantenía firme a mi lado.

—Estoy mejor que la última vez que nos vimos. Lamento la forma en que te hablé. Fue inapropiado.

Él asintió y me pregunté qué había pasado entre ellos. —Con todo respeto, no soy yo a quien le debe una disculpa.

Ella sostuvo su mirada por un segundo, luego asintió y encontró la mía. —Tiene razón, y es por eso que estoy aquí.

Lo que acababan de decirse finalmente encajó en mi cabeza. Ian la estaba reprendiendo por coquetear con él y por decirme que debería acostarme con él la primera noche que vino. Casi había olvidado esa humillación. Casi.

—Mamá, no tienes que decir nada.

—¿Por qué no la escuchas de todos modos? —sugirió Ian —. Les prepararé un té. O puedo irme si prefieres.

Levantó las cejas, dándome la oportunidad de decidir. Si quería que se quedara, estaba dispuesto a hacerlo. Si no, se iría.

Le sonreí. —Gracias, pero nosotras nos encargamos. Realmente aprecio tu ayuda esta noche.

Asintió y me besó la frente. —Buenas noches, señora Dewitt.

—Buenas noches, Ian.

Ambas lo observamos hasta que salió de mi entrada y se alejó conduciendo. Solo cuando el rugido de su camioneta se desvaneció, me volví hacia mi madre y la invité a entrar.

—Eso sería agradable.

Abrí la puerta y casi me reí cuando me di cuenta de que la última vez que mi madre entró a mi casa por su propio pie fue cuando me mudé. Cerré la puerta detrás de nosotras y al darme la vuelta, la encontré mordisqueándose la uña y mirando mi sala vacía.

—Pensé que había sido un sueño —dijo en voz baja—. Luego alguien me preguntó por qué te estabas deshaciendo de tu sofá. Vieron a Ian y Ramsey sacándolo de aquí.

Me encogí de hombros. —Intenté limpiarlo, pero no pude eliminar el olor.

—Te compraré un sofá nuevo —dijo mi madre.

Negué con la cabeza. No estaba interesada en sus promesas vacías ni en sus débiles disculpas. Había escuchado suficientes a lo largo de los años. —¿Qué quieres, mamá?

Miró a su alrededor, insegura. Su cabello castaño, del

mismo tono que el mío pero con reflejos rojizos, se veía más brillante de lo habitual. Su vestido estaba pulcro y modesto, casi hasta las pantorrillas. El color azul brillante y la forma ajustada del vestido resaltaban su figura esbelta. Para ser una mujer que podría jubilarse en la próxima década, fácilmente podría pasar por mi hermana en lugar de tener cincuenta y cuatro años.

—¿Podemos sentarnos? —preguntó finalmente.

Resoplé. —¿Dónde?

—¿Qué tal en tu cocina?

Suspiré y extendí mi mano para que pasara delante de mí. Sonrió y fue directamente al armario donde guardaba el té.

—Ian mencionó té, y ahora me apetece. ¿No te importa?

Negué con la cabeza.

Mamá se ocupó del té, llenando la tetera y tomando dos tazas. Seleccionó dos bolsitas y esperó a que el agua hirviera.

Una vez que el té estaba preparándose, finalmente me enfrentó, llevando las tazas a la mesa donde yo estaba sentada. —Siempre pensé que Ian era un buen chico.

Solté un bufido. Lo dejó claro la noche que coqueteó con él y me dijo que debería acostarme con él.

—Lo sé. Fui horrible esa noche. Estoy intentándolo, Blake.

—Sí, pero no sé qué estás intentando hacer, mamá. Apareces en mi puerta casi todos los fines de semana, borracha como una cuba e incapaz de mantenerte en pie. Ahora, arruinas mi sofá y apareces durante la semana. ¿Qué quieres?

—Quiero disculparme. Lo siento, Blake.

Respiré hondo. Había querido que dijera esas palabras durante años, pero no estaba segura de si las había dicho a tiempo.

—Sé que tengo mucho por lo que disculparme. Años y años aprovechándome de ti. De que limpiaras tras de mí y me cuidaras cuando yo debería haber estado cuidándote. Odio admitirlo, pero hasta que me di cuenta de que vomité en tu sofá, no sabía lo grave que era mi problema con la bebida.

—¿En serio? —pregunté, luchando por creerle—. ¿De verdad esperas que me crea eso?

Ella me miró. Sus ojos avellana parecían más ámbar cuando estaba emocionada, pero oscuros y casi vacíos cuando estaba borracha. Ojos ámbar me devolvieron la mirada, suplicándome que le creyera.

—Quería divertirme. Quería disfrutar de la vida. Sin embargo, no sabía que era alcohólica. Pensé que podía controlarlo. Dejé de beber en ocasiones...

—Sí, cuando te perdías en un hombre —dije.

Dejó de hablar, con la boca abierta por la sorpresa. —¿Sabes qué, Blake? Estás siendo una cabrona.

Me reí. —¿Ah, sí? Pues acabo de pasar mi única noche libre de esta semana buscando un sofá porque eres una alcohólica y no tengo dónde sentarme para ver la televisión.

Bajó la barbilla y cerró los ojos. —Lo siento, Blake. De verdad lo siento. Y te debo más que solo una disculpa, pero me merezco un poco de respeto de tu parte.

—Mamá, lo siento, pero perdí prácticamente todo mi respeto por ti hace mucho tiempo. Cuando vivía contigo, solía rezar para que te involucraras con alguien y así no tener que limpiar tras de ti todo el fin de semana. Pero eso siempre significaba escucharte teniendo sexo todo el fin de semana. Dime qué parte de eso era bueno para alguien de veintidós años. Y ni siquiera comencemos con cómo fue cuando solo tenía dieciséis. Y quince años después, dime por qué debería seguir teniendo paciencia contigo.

—El alcoholismo es una enfermedad —argumentó ella.

Negué con la cabeza. —Lo sé, mamá. Y lo entiendo. No es algo que puedas controlar. Es algo contra lo que tienes que luchar. Pero sigo furiosa. Todavía estoy herida. Acabas de decirme que no pensabas que eras alcohólica porque podías dejar de beber por los hombres con los que te involucrabas. Pero no pudiste dejar de beber por mí. Tu única hija. No era lo suficientemente importante. Así que perdóname por no hacer una fiesta y felicitarte por estar sobria o por reconocer que tienes un problema o lo que sea que viniste a decirme cuando nunca he sido lo suficientemente importante antes.

La miré fijamente, con el pecho agitado por la ira, la decepción y la frustración. Ella no me miró, solo se quedó mirando su taza de té, hasta que una sola lágrima rodó por su mejilla. No hizo ningún movimiento para limpiarla, solo dejó que se deslizara lentamente.

Había una parte de mí que quería disculparse. Decirle que no lo decía en serio y que lo sentía. Retractarme de todo. Pero eso no nos haría ningún bien a ninguna de las dos. Ella necesitaba saber cuánto daño me había causado, y necesitaba saber que ya no iba a ser su chivo expiatorio.

—Tienes razón, Blake. Y no te culpo. —Se levantó y enjuagó su té por el desagüe. Cuando se volvió hacia mí, había más lágrimas en sus ojos—. No te detendré más. Solo quería decirte que estoy tratando de mejorar. Sé que tengo un problema y estoy buscando ayuda. No es justo pedirte más ayuda, así que no lo haré. Pero lo estoy intentando, Blake. Espero que podamos comenzar a reparar nuestra relación. Me gustaría mucho.

No pude responder, y ella no esperó a que lo hiciera.

Caminó hacia la entrada de mi cocina y se detuvo. —Avísame cuánto cuesta tu sofá cuando encuentres uno que te guste. Lo pagaré, Blake. Es lo mínimo que puedo hacer.

Asentí, y ella se fue. Me quedé sentada en mi mesa hasta que la puerta principal se abrió y cerró, y hasta que mi té se enfrió. Luego me levanté y puse las tazas en el lavavajillas y me fui a la cama.

ME DESPERTÉ con un mensaje de Ian preguntando cómo habían ido las cosas con mi madre. Era de la noche anterior. Pensé en responder, pero no quería despertarlo.

Me vestí y fui a trabajar, dejándome llevar por el ajetreo diario. Cuando terminó mi turno, tomé el almuerzo y luego subí al andamio para trabajar en el mural. Me quedaba poco más de una semana para terminar, y me estaba encantando, pero incluso eso no me trajo la misma alegría que normalmente me daba.

Cuando terminé, estaba agotada. Limpié y me fui a casa, necesitaba comida y mi cama. Pero primero, una ducha.

Estaba en pijama y mirando dentro de mi refrigerador cuando mi teléfono sonó con un mensaje.

¿Cómo estás?

Sonreí.

Estoy bien. Todavía procesándolo.

¿Tienes hambre?

Sí, pero me quedo en casa por esta noche. Estoy agotada.

Tengo pizza.

Puede que te ame.

Jajaja. Conozco el sentimiento, nena. Estoy en tu puerta.

Me reí y cerré el refrigerador. Ian estaba efectivamente fuera de mi puerta sosteniendo una pizza grande que olía a gloria.

—Hola —dijo suavemente, robándome un beso al pasar—. También te traje cerveza.

—Gracias —dije, sintiéndome más conmovida de lo que debería.

Ian se dirigió directamente a la cocina y colocó la pizza en el mostrador. Puso la cerveza en mi refrigerador y sacó una para mí, abriéndola antes de entregármela. Fue al armario y tomó platos, sabiendo dónde estaba todo sin que yo tuviera que decir nada.

Me senté a la mesa, observándolo en mi cocina de la misma manera que había observado a mi madre la noche anterior. En lugar de resentir su presencia como hice con la de ella, estaba feliz de que estuviera allí. Ella también conocía mi cocina, pero de manera torpe ya que era similar a la suya y estaba organizada igual. Ian no dudaba ni pensaba dónde estaban las cosas, simplemente lo sabía. Había estado allí. Había pasado tiempo conmigo. Había prestado atención. Estaba ahí para mí de una manera que mi madre nunca lo había estado.

De repente, todo lo que había estado tratando de enterrar durante veinticuatro horas salió a la superficie. Un hombre con el que me acostaba me cuidaba mejor que mi propia madre. Ella aparecía con disculpas vacías, y él aparecía con pizza. Ella vomitaba en mi sofá, y él me llevaba a comprar uno nuevo, después de deshacerse del viejo para que yo no tuviera que hacerlo. Nada era como debería ser.

Un sollozo salió de mi pecho y resonó en la cocina. Ian se dio la vuelta, su rostro una máscara de miedo y preocupación. Estuvo frente a mí, de rodillas en el suelo, en menos de un segundo.

—Blake, ¿qué pasa, cariño? ¿Estás bien?

Negué con la cabeza y lloré. No podía decir nada, solo sollozaba, tratando de tomar una respiración profunda que no lograba llenar mis pulmones.

Ian simplemente se quedó ahí, frotándome la espalda y atrayéndome a sus brazos. Después de un minuto, me sacó de la silla y me sentó en su regazo, meciéndome hasta que mis lágrimas disminuyeron y finalmente pude respirar de nuevo.

Ian me besó el costado de la cabeza y me abrazó con más fuerza. No dijo nada, solo me dejó estar ahí sentada.

Cuando me aparté de Ian, él me dejó ir. Esperó hasta que me puse de pie, luego se levantó justo a mi lado. Me levantó la barbilla y me besó suavemente. Quiso que el beso fuera reconfortante, suave. Con todo lo que estaba sintiendo, era un salvavidas. Una conexión con alguien. Era todo en ese momento, y lo necesitaba.

Empujé mi lengua dentro de su boca, separando sus labios. No le tomó mucho tiempo dejar de resistirse y ceder. Y cuando lo hizo, me robó el aliento.

Me empujó hacia atrás hasta que choqué contra el borde de la encimera. Todo mi aliento se escapó, e Ian estaba justo ahí, llenándome con él en su lugar. Inclinó la cabeza y tomó el control de nuestro beso, metiendo y sacando su lengua de mi boca hasta que gemí y lo arañé pidiendo más.

Sin decir palabra, Ian me levantó. Me colocó en el borde de la encimera y se situó entre mis muslos. Estaba duro contra el calor de mi centro, y no podía esperar a sentirlo dentro de mí. Tiré de su camisa hasta que él se estiró y se la quitó, arrojándola detrás de sí antes de volver a lanzarse y besarme de nuevo.

Sentía que no podía acercarme lo suficiente a él. Como si no pudiera tener suficiente de él. Lo atraje más cerca con cada segundo que nos besábamos y gruñí de frustración porque no podía simplemente meterme dentro de Ian y hacer que me mantuviera a salvo.

Deslizó su mano bajo mi camisa y bajó las copas de mi sujetador. Sus pulgares rozaron mis pezones, y gemí. Se alejó de nuestro beso y reemplazó sus pulgares con sus labios. Lo mantuve en su lugar y me recliné, dejando que amara mi cuerpo.

Saboreó y provocó mis pezones hasta que no pude conformarme solo con eso. Lo necesitaba dentro de mí, y se lo dije.

No dijo nada, solo se echó hacia atrás lo suficiente para levantarme y me besó mientras me llevaba por mi casa hasta mi dormitorio. Encendió las luces y me quitó la ropa, luego se encargó de la suya.

Lo miré, maravillándome por millonésima vez de que un hombre como él tuviera algún interés en mí. Él era duro donde yo era suave. Sus músculos se tensaban con cada uno de sus movimientos, mientras que mis rollos se movían. Pero la mirada en nuestros ojos era la misma. Necesidad. Deseo. Pasión. Todas las cosas que habían faltado en mi vida antes de Ian.

Separó ampliamente mis muslos y pasó un dedo por encima de mí. Me estremecí ante su contacto y jadeé cuando metió su dedo en mí. Ian gimió, pero no habló. Su mirada recorrió mi cuerpo, deteniéndose en mi rostro cada vez que empujaba dentro de mí. Mantuve su mirada, necesitando verlo mientras me deshacía con su mano. Sus caricias se volvieron más rápidas y profundas, y cuando deslizó su pulgar sobre mi clítoris, no pude contenerme y me desmoroné para él, gritando su nombre mientras lo hacía.

No me dejó bajar antes de empujarme hacia otro borde más alto. Una y otra vez, empujó hasta que todo lo que pude hacer fue suplicarle que me follara. Lo necesitaba. Lo necesitaba a él.

Se enfundó mientras yo miraba. No podía moverme ni siquiera hablar. Me había agotado, pero no había terminado. Tenía que tenerlo.

Mantuvo mi mirada mientras empujaba dentro de mí. El fuego brilló en sus ojos, y los cerró una vez que estuvo completamente dentro. Deslicé mi muslo por su cadera y sonreí cuando él frotó su mano sobre mi piel. Cada vez que estaba con Ian era como una experiencia de cuerpo completo. Me tocaba en todas partes a la vez y hacía que sintiera que me rodeaba.

Estaba lista para algo rápido y duro, pero las embestidas de Ian eran lentas y profundas. Gruñí de frustración, pero él no cambió. Solo me sostuvo y me observó. Sus ojos brillaban con pasión, pero había algo más allí. Algo más profundo. Levanté la mano y toqué su rostro, y él suspiró como si eso fuera lo que necesitaba. Inclinó la cabeza para atrapar mi mano entre su mejilla y su hombro, y la mantuvo allí por un minuto.

No estábamos teniendo sexo. No estábamos follando. Estábamos haciendo el amor. Yo quería algo rápido, apasionado y sin esfuerzo, pero como todo lo demás que Ian había hecho, me estaba demostrando que le importaba. Y como todo lo demás, me estaba demostrando que nunca me habían cuidado de verdad. No como él lo hacía. Ian iba más allá en todo. Ya fuera pasando el día conmigo, teniendo sexo o apareciendo con una pizza cuando sabía que había tenido un mal día, Ian me mostraba lo que realmente significaba tener a alguien en tu vida con quien pudieras contar.

Toda esa emoción que enterré cuando me besó volvió a la superficie. Ian no era mío para siempre. Lo sabía de la misma manera que sabía que nunca podría recuperarme de estar con él. Ian no era el tipo de chico que se apegaba, pero definitivamente era el tipo de chico que dejaba corazones rotos a su paso. No había forma de que cada mujer con la que había estado no se hubiera enamorado de él. No si era la mitad de atento y dulce con ellas.

En cuanto a mí, si creyera en encontrar el amor para mí misma, admitiría que estar con Ian era como debería sentirse el amor. Reconfortante, apasionado, y como si todo fuera a estar bien simplemente porque no estabas sola.

Las profundas embestidas de Ian me llevaron al límite repentinamente, sin previo aviso de que iba a caer. Él me siguió, temblando dentro y alrededor de mí mientras se corría. Y cuando bajó su peso sobre mí, me pregunté cómo iba a seguir adelante después de Ian Jameson.

21

Ian y yo compartimos pizza fría en la cama. Encendimos la televisión y nos perdimos en el programa. Apenas hablamos, pero cuando se acomodó bajo mis sábanas con su brazo alrededor de mí, ambos desnudos, no protesté.

No pasó mucho tiempo antes de que su respiración se volviera más profunda y su brazo se hiciera más pesado sobre mí. Me quedé allí, mirando la oscuridad de la habitación. Nunca imaginé estar con un chico como Ian. Claro, siempre pensé que era guapísimo, pero permitirme encariñarme con él solo me llevaría al dolor. Él no iba a quedarse para siempre. Quería pensar que quizá yo podría ser diferente, pero lo de "para siempre" nunca funcionaba para mí. Mi padre se fue mucho antes de que yo naciera. A mi madre le preocupaba más ella misma que yo. Todos los novios que había tenido decían que simplemente no éramos el uno para el otro. Que sentían que yo no me involucraba lo suficiente.

Todo se reducía a mí. Yo era el denominador común. Yo era lo que llevaba a que ninguno me quisiera en sus vidas. No pasaría mucho tiempo antes de que Ian me dijera lo mismo que todos los demás.

Estuve inquieta toda la noche, tratando de decidir qué iba a hacer. Me estaba encariñando demasiado con Ian, lo sabía, y si me quedaba con él aún más tiempo, solo iba a empeorar cuando termináramos.

A la mañana siguiente, ya me había levantado y me había ido antes de que Ian despertara. Pasé el día aturdida, agotada por no dormir y perdida en mis pensamientos. Cuando llegué a casa esa noche, me desplomé en la cama y dormí hasta que sonó la alarma a la mañana siguiente.

Pasé el resto de la semana evitando a Ian y pensando en mi madre. Quería ayudarla, si podía, pero no estaba segura de cómo. Y con Ian... no estaba segura de cómo iba a dejar ir lo que teníamos, pero sabía que tenía que hacerlo.

Esperé el viernes y el sábado por la noche a que mi madre apareciera en mi puerta, pero no lo hizo. No sonó el timbre. No hubo golpes en la puerta. Ni mensajes diciendo que necesitaba entrar. Nada.

El domingo por la mañana, compré dos cafés y fui a verla. Se sorprendió y se mostró un poco escéptica cuando abrió la puerta y me vio.

—Blake. Hola. ¿Qué haces aquí? Es decir, ¿cómo estás? Pasa —retrocedió y me dejó entrar. Su sonrisa era tentativa mientras me guiaba a la cocina y me indicaba que me sentara.

—Te traje un café.

Lo tomó y sonrió de nuevo. —Gracias. Lo aprecio.

Bebí un sorbo del mío y jugué con el papel. —No apareciste este fin de semana.

Ella asintió. —Te dije que he dejado de beber, Blake. Lo dije en serio.

Respiré hondo e intenté averiguar cómo iba a decir las cosas que quería decir. Bebí mi café para retrasar la conversación.

—Pasé la noche de ayer viendo televisión —dijo, llenando el silencio—. Quería salir. Fue difícil. Pero sé que es la decisión correcta. Tengo que hacer esto por mí esta vez.

—Definitivamente no por mí —solté—. Lo siento. Eso no fue justo.

—De hecho, creo que sí lo fue. Todo lo que dijiste el otro día era cierto. No he sido la madre que necesitas. La madre que te mereces. Ojalá hubiera podido ver lo que te estaba haciendo, pero no pude. O tal vez no quería.

—Han sido quince años, mamá.

Ella asintió. —Lo sé. Y como te dije, cuando dejaba de beber, me convencía a mí misma de que era porque no tenía un problema. Pero cuando cada relación terminaba, volvía a caer en lo mismo. Beber me hacía sentir bien. Tenía amigos. Le caía bien a la gente. Era divertido. Yo era divertida.

—No tienes que beber para ser divertida —le respondí.

Sonrió con tristeza. —Ahora lo sé, pero no fue fácil aceptarlo. Pasé la mayor parte de mi vida cuidándote. Criándote. No te culpo, y no cambiaría nada de eso, pero ser madre soltera no es fácil. Estaba aislada.

—No tenías por qué estarlo. Los padres de Finley querían conocerte.

—Lo sé. Dejé que ser madre soltera se convirtiera en una excusa para no conocer a otras personas. La gente de mi edad se estaba divirtiendo y emborrachando cuando yo tenía una niña pequeña en casa. Se estaban casando cuando yo te enviaba a la escuela. Me perdí esa parte de mi vida. Dejé que eso me definiera, y alejé a todos porque no creía que fuera lo suficientemente buena para ellos.

—¿Por qué?

Se encogió de hombros. —Pensé que la única manera de demostrar que podía manejarlo todo era hacerlo yo misma. Cuando creciste, sentí que lo había logrado. Te había criado y podía relajarme un poco. La primera vez que salí a beber, la gente hablaba conmigo. Descubrí este otro lado de MacKellar Cove lleno de gente que no conocía. Me gustaba. No me sentía como un fracaso a su alrededor. Sentía que era una de ellos.

—¿Así que seguiste bebiendo? ¿Porque tenías amigos? ¿Porque podías olvidar lo mucho que odiabas ser madre cuando estabas con tus amigos?

Negó con la cabeza. —No. No fue así. Nunca te odié, Blake, y nunca me arrepentí de tenerte. Te amaba, pero te estabas convirtiendo en adulta. Ya no me necesitabas. Lo echaba de menos. Pero nada de eso fue tu culpa —hizo una pausa y suspiró—. No quiero que pienses que te culpo. Cada trago que tomé fue culpa mía. Nadie me obligó a beber. Nadie. Lo hice yo. Cada vez, lo hice yo.

—Pero lo hiciste por mí.

Se inclinó sobre la mesa y apoyó su mano sobre la mía. —No, Blake. No. Lo hice por mí. Lo hice porque necesitaba que alguien más me hiciera sentir bien. Gente que me hiciera sentir que era alguien importante.

—Tú eras importante para mí —dije suavemente.

Respiró con sorpresa y asintió lentamente. —Tú eras importante para mí. Todavía lo eres. Por eso he terminado con esto. Porque sé que estoy destruyendo todas las posibilidades de tener una relación contigo. Quiero que volvamos a conocernos. Pero no te voy a presionar. Si no estás lista, lo entiendo. Todo esto es nuevo, y no he estado ahí para ti en años.

Respiré hondo e intenté creer en sus palabras. Quería creerle. Era mi madre, y era la única que tendría. Había cometido errores, pero todos cometíamos errores. No podía reprochárselo para siempre.

—No puedo ir y venir contigo, mamá. Quizás no sea

justo, pero si me dices que vas a hacer esto y luego cambias de opinión, no sé si puedo quedarme y ver cómo sucede.

Ella asintió. —Entiendo. Y no te culpo. Pero me hice una promesa a mí misma igual que te hice una promesa a ti. Si hago todo esto por ti, no va a durar. También tiene que ser por mí.

—Espero que lo hagas entonces. Por las dos —le dije.

Me miró con una sonrisa. —Gracias, Blake. Por acercarte. Estoy muy feliz de que hayas venido.

Asentí. —Yo también, mamá.

Terminamos nuestros cafés y mamá me acompañó a la puerta. Se detuvo antes de abrirla y se mordió el labio.

—¿Qué pasa?

Arrugó la cara y negó con la cabeza. —No es nada.

—Solo dímelo. Sé que hay algo que quieres decir.

Inclinó la cabeza hacia un lado y preguntó: —¿Estás enamorada de Ian Jameson?

Me reí. —No, claro que no. ¿Por qué me preguntas eso?

Se encogió de hombros. —Eres más parecida a mí de lo que crees, Blake. Siempre te ha preocupado lo que la gente piensa de ti. No creo que Ian sea bueno para ti. Me encantaría que lo fuera, pero no es el tipo de chico que estará ahí para ti cuando necesites a alguien.

—No conoces a Ian, mamá, pero realmente no importa. Solo nos estamos divirtiendo.

Asintió lentamente. —Me he divertido con muchos hombres, Blake, y cuando terminan las cosas, no duele menos —me abrazó—. Solo ten cuidado.

Asentí, sintiéndome entumecida y confundida. Me soltó, y salí a la brillante luz del sol. Me siguió hasta casa, confundiendo mi mente y jugando conmigo. Quería meterme bajo mis sábanas y esconderme del mundo, pero el sol brillaba y era un hermoso día. Iba a ver a mis amigos. Todo estaba bien.

Excepto que no lo estaba. Porque mi madre hacía eco de

lo mismo que yo había estado pensando desde la primera noche que besé a Ian. Las cosas iban a terminar con él. Era solo cuestión de tiempo.

EL 4 de julio estaba a menos de una semana. El mural estaba terminado, y a Earl le encantó. Eddie y Karissa también eran fans, elogiando la sensación acogedora que Georgia le daba a Cracked.

Habían pasado casi dos semanas desde que vi a Ian. Me enviaba algunos mensajes todos los días, pero no nos habíamos visto. No sabía qué decirle. Nunca había roto con alguien antes.

Pero eso no era realmente lo que estaba haciendo. Nuestra relación había llegado a su fin. Habíamos terminado, y eso no era algo que cambiaría por aguantar más tiempo.

Había hablado con mi madre todos los días desde que dejé su casa, y le estaba yendo bien. Los fines de semana eran los más difíciles para ella, pero encontraba otras cosas que hacer para no pensar en salir. Hasta ahora, estaba funcionando y no había salido todavía.

Estaba caminando a casa y pensando en mi madre cuando Ian apareció a mi lado. —Hola —dijo, deslizando su brazo alrededor de mi cintura.

—Hola —respondí. No había preparado lo que haría cuando lo viera de nuevo, y que me sorprendiera nunca era bueno para mí.

—Te he echado de menos. ¿Está todo bien?

Asentí. —Sí, bien. Solo ocupada. Con el festival el próximo fin de semana, todo está más loco.

—El mural se ve genial —dijo con una sonrisa.

Le devolví la sonrisa, pero la suya no llegó a sus ojos.

Estaba cauteloso y tratando de actuar como si nada estuviera mal cuando ambos sabíamos que todo estaba mal.

—Gracias. A Earl, Eddie y Karissa les encantó.

Asintió. —Deberían. Se parece mucho a la Sra. Georgia. Como si nos estuviera vigilando a todos e invitándonos a entrar. Eres increíble.

Sonreí y me detuve frente a mi puerta. Él me miró, esperando a que dijera algo para invitarlo a entrar o despedirlo. No era tan fría.

—¿Quieres entrar un momento?

Asintió y me dejó caminar delante. Fui directamente al sofá sin pensar, luego intenté desviarme hacia la cocina antes de que lo notara.

—¿Compraste un sofá nuevo? ¿Cuándo fuiste?

—Oh, sí. Tuve el martes libre y decidí ir a Syracuse y lo encontré. Lo entregaron el viernes por la tarde.

—Podría haber ido contigo —dijo—. Podrías haberme pedido que te acompañara.

Suspiré. No iba a hacérmelo fácil. —¿Qué somos, Ian?

—¿Qué?

Encontré su mirada. —¿Qué somos? ¿Somos pareja? ¿Somos amigos con beneficios? ¿Solo nos acostamos juntos? ¿Qué somos?

Se encogió de hombros. —Yo... ¿Qué quieres que seamos?

Suspiré y luché contra el dolor que crecía en mi pecho. —Hemos sido amigos durante mucho tiempo. Te conozco, y sé cómo eres con las mujeres. Es solo cuestión de tiempo antes de que te canses de mí.

Negó con la cabeza y se acercó. Buscó mi mano y la agarró en la suya, suplicándome con los ojos. —Blake, no estoy cansado de ti. No voy a cansarme de ti. No sé a dónde va esto, pero no quiero que termine —hizo una pausa y me miró—. Te amo, Blake.

Casi me río. ¿Me amaba? No. Ian no me amaba. Tal vez

pensaba que sí, pero no. No de esa manera. Me amaba como amiga, como hermana, pero no como yo quería ser amada.

Miré nuestras manos unidas. ¿Cuántas veces había pensado en cómo se veían sus manos sobre mí? Deslizándose sobre mi piel. Volteándome del revés. Haciéndome suplicar por más. Me encantaba su toque, igual que lo amaba a él. No podía continuar, sin embargo. No cuando él realmente no sentía lo mismo. Si podía decir esas palabras tan fácilmente, tenía que liberarme de él.

Di un paso atrás y liberé mi mano de la suya. Él miró su mano como si no pudiera creer que la mía ya no estaba allí.

—No sé qué está pasando, Ian, pero sé que esto terminará. No quieres decir "te amo" de la manera que yo quiero. No eres el tipo de chico que quiere para siempre. Quieres algo casual, divertido y relajado. Estaba bien con eso, pero sé que voy a querer más. Y eso no es justo para ti. Sé quién eres y no quiero cambiarte, pero también sé quién soy yo y tampoco puedo cambiarme.

—¿Por qué sigues asumiendo que me conoces mejor de lo que me conozco a mí mismo? ¿Que sabes lo que estoy pensando y lo que quiero? —preguntó, con la mirada tan afilada como sus palabras.

—No estoy asumiendo, Ian. Te conozco. ¿Recuerdas cómo sigues diciendo que me conoces? Bueno, yo también te conozco. No me amas realmente. Te he visto con otras mujeres durante años. No te quedas, Ian. No te interesa hacerlo. Y pensé que podría manejarlo, pero tengo demasiadas cosas pasando ahora mismo. Mi madre está tratando de mantenerse sobria, y necesito ayudarla, y el trabajo siempre está loco durante el verano...

—No rompiste con Willie porque venía el verano —escupió Ian.

Respiré hondo y negué con la cabeza. —No, no lo hice.

Las cosas eran diferentes con William. No era como es con nosotros.

—¿Qué quieres decir?

Me encogí de hombros. No podía decirle toda la verdad. Que con William, no me importaba si no lo veía durante unas semanas, pero con Ian, no estaba segura de que sobreviviría sin él. En su lugar, dije: —William era fácil. Siempre sabía qué obtendría de él y podía contar con que estaría ahí cuando yo estuviera ocupada.

Respiró hondo y cruzó los brazos sobre su pecho. —¿Qué estás diciendo, Blake? Di las palabras. Explícamelo claramente.

Respiré hondo con un dolor en el pecho que me rompió el corazón. Lo miré y mantuve su mirada. Sus ojos color avellana me devolvieron la mirada con un dolor similar. Él me superaría. Ian estaría de vuelta en O'Kelley's el fin de semana, yéndose a casa con alguien nuevo. Ian Jameson nunca permanecía célibe por mucho tiempo.

—Se acabó, Ian.

IAN SE FUE sin decir una palabra. Me salté la noche de chicas porque no estaba de humor para contarles a todas lo que había pasado. Él seguía siendo un amigo, y no había hecho nada malo. Todos me advirtieron que tuviera cuidado con él porque Ian no era el tipo de persona que se encariñaría. Todos tenían razón.

No luchó por nosotros. Simplemente se fue. Demostró que no me quería, y eso lo hizo un poco más fácil. Sabía que había tomado la decisión correcta.

Entré a Cracked temprano el lunes por la mañana sintiéndome como si me faltara una parte de mí. Seguía tratando de averiguar qué había olvidado hacer, pero no se me ocurría nada.

Jean me detuvo mientras llenaba las cafeteras para preguntarme qué me pasaba. Le aseguré que no era nada. Earl me gritó que estaba aturdida, y me disculpé y me puse las pilas. Incluso algunos clientes me preguntaron si estaba bien.

Cuando tomé mi descanso, Jean se acercó y me preguntó si estaba bien.

—Estoy bien. ¿Por qué?

Negó con la cabeza. —Pareces como si alguien hubiera pateado a tu cachorro. ¿Qué pasó? ¿Finley? ¿Karissa?

Negué con la cabeza.

—¿Tu madre? ¿Ian?

Forcé una sonrisa y volví a negar con la cabeza.

—¿Ian? ¿Rompió contigo?

—No, y no hay nada mal con Ian.

Jean me examinó de cerca. —Algo pasó. Sé que no fuiste lo suficientemente loca como para romper con él.

—¿Por qué sería eso una locura? —solté.

—Oh, Blake, no lo hiciste.

—Sí lo hice, pero no estoy segura de por qué es tan loco, Jean. Tú y todos los demás me dijeron que las cosas terminarían entre nosotros. Solo decidí hacerlo antes de que él lo hiciera.

—¿Por qué?

Me encogí de hombros y fruncí los labios. No quería hablar de ello. Ni siquiera quería pensar en ello. Alejarme de Ian fue imposible, pero era lo correcto.

—Él te ama, Blake.

Me reí abiertamente de eso. —No, no me ama. Ian ama a Ian —hice una pausa—. Eso fue cruel. No quise que sonara como si no le importaran los demás, pero Ian no se encariña. No quiere una relación. Le gusta estar soltero.

Jean asintió. —Sí, le gustaba. Siempre estuvo soltero porque quería estar disponible cuando tú finalmente también lo estuvieras. Confía en mí, Blake, él te ama.

Puse los ojos en blanco y descarté lo que dijo. Ian no me amaba. Apenas dijo algo cuando terminé las cosas. Si me quisiera tanto, habría luchado por mí, no se habría ido sin decir palabra.

No. Jean estaba equivocada. Lo sabía.

22

—¿**C**ómo van las cosas con tu chico? —me envió Woody al día siguiente.

Suspiré. Woody entendería. Él también estaba en una relación inestable. Aunque, realmente esperaba que la suya sobreviviera.

COVEMOUSE

Terminamos. Rompimos este fin de semana. ¿Y tú? ¿Siguen juntos?

WOODY

No. Me dejó. Debe estar de moda. Todavía no entiendo por qué.

COVEMOUSE

¿Qué te dijo?

WOODY

No cree que quiera estar con ella.

COVEMOUSE

¿Alguna vez le has dicho que la amas?

WOODY

Lo intenté. Igual me dejó. No quiere escuchar
que la amo.

COVEMOUSE

Quizás quería que lucharas por ella. Mi chico
simplemente se marchó. Sin decir palabra.
Sé que tomé la decisión correcta aunque
doliera como el demonio.

WOODY

¿Cómo sabes que no quería luchar pero
sentía que no lo escucharías? Tal vez te está
dando tiempo.

Me encogí de hombros. Ojalá fuera tan simple. Ian y yo
queríamos cosas diferentes de nuestra relación. Él quería
buen sexo, y yo también, pero yo quería más. Tenía que
admitirlo.

COVEMOUSE

No es ese tipo de chico. Si quiere algo, nada
lo detiene. No me quiere a mí.

WOODY

Sigo pensando que deberías darle una
oportunidad. Quizás está intentando elaborar
un nuevo plan.

COVEMOUSE

¿Es eso lo que estás haciendo tú?

WOODY

Absolutamente.

COVEMOUSE

Bueno, buena suerte. Espero que te acepte
de vuelta y se enamore locamente de ti.

WOODY

Yo también.

Estaba sentada en la plaza, disfrutando del sol antes de que llegara la lluvia esa tarde. Era la primera prueba de mi mural y las pinturas que usé. No estaba preocupada, pero sí lo estaba, así que me senté afuera mirando a la Sra. Georgia y esperando que mañana se viera igual que hoy.

—Hola —dijo Melody en voz baja, sentándose junto a mí en la silla Adirondack rosa. El resto de las sillas estaban ocupadas, pero aun así me alegré de que me saludara.

—Hola. ¿Cómo estás? Oh, qué bonito —dije, señalando su collar.

—Gracias. Acabo de comprarlo en Island Designs. Olive me dijo que tu amiga es la diseñadora.

—Trinity, sí. Se mudó aquí hace poco. Tiene mucho talento.

Melody asintió. —Lo tiene. Me encanta.

Sonreí e intenté pensar en algo que decirle. No conocía bien a Melody, pero Finley no era muy fan suya. Ian había mencionado que Melody y Ramsey no iban bien. Entre los dos, no tenía nada de qué hablar con Melody.

—¿Cómo está Amber? —pregunté finalmente, justo antes de recordar que quería otro hijo.

Melody sonrió cálidamente y señaló con la cabeza hacia la niña pelirroja que corría por la plaza, persiguiendo mariposas. —Está genial. No puede esperar a que empiece el jardín de infancia. Hemos estado tratando de reunirnos con otros niños de su edad para que conozca a más.

—Es buena idea.

Asintió. Estuvimos en silencio un minuto, luego dijo: —Sé que Ian te contó que Ramsey y yo tenemos problemas.

—Oh, um... —intenté encontrar algo que decir, pero no se me ocurrió nada—. Sí. Lo siento. Sé que no es asunto mío. No se lo he dicho a nadie.

Melody asintió. —Te lo agradezco. Me alegra que Ramsey lo tenga a él para hablar. Necesita un amigo.

—Tienes suerte porque tú tienes a Willow.

Melody resopló. —Willow no es precisamente la mayor fan de Ramsey. Si fuera por ella, ya lo habría dejado.

—¿Por qué? —solté.

Melody se encogió de hombros. —No estoy muy segura.

Volvimos a quedarnos en silencio por un minuto.

—¿Puedo hacerte una pregunta?

Asentí.

—¿Qué tan difícil fue darle una oportunidad a Ian?

Aspiré aire ante su pregunta, más que un poco sorprendida por ella.

—Lo siento. Eso fue muy personal. No debería haberte preguntado sobre Ian.

Negué con la cabeza. —No, está bien. De hecho, acabo de terminar las cosas con él.

—¿Lo hiciste? Lo siento. No lo sabía. ¿Puedo preguntar por qué?

Suspiré. No estaba lista para hablar con mis amigas sobre Ian, pero hablar con Melody era más seguro. Ella no era tan cercana. Estaba segura de que le caía bien Ian, pero con sus propios problemas de relación, quizás entendería cómo me sentía.

Tomé aire y miré fijamente a la Sra. Georgia. Si ella todavía estuviera aquí, sabría qué decirme. Podría ofrecerme consejos para superar a Ian. No tenía idea de cómo lo haría, pero necesitaba intentarlo. No, necesitaba hacerlo.

—Me apegué demasiado.

—¿A Ian?

Asentí. —Es un coqueto. Todo el mundo lo sabe. Mucha gente me ha advertido sobre involucrarme con él, y pensé que podría manejarlo. Pero he llegado al punto en que no es solo sexo para mí. Me estoy enamorando de él, y no puedo.

—¿Por qué no?

Resoplé. —Porque él no siente lo mismo, y nunca lo hará. Lo sé, y todos los demás también.

Melody asintió. —Ian siempre ha sido un coqueto. Coqueteó conmigo cuando estábamos en el instituto. Casi me enrollo con él en lugar de con Ramsey. Durante años, me dije a mí misma que había sido lo mejor. Pero ahora...

—¿Desearías estar con Ian? —pregunté, dolida y sorprendida.

Melody se rió. —Dios, no. Ian es genial, no me malinterpretes, pero te entiendo completamente. No es un chico para siempre. Solo quería decir que juntarme con Ramsey fue... pensé que él era el definitivo para mí. Realmente pensé que estaríamos juntos para siempre. Nunca me arrepentí de casarme con él. Pero últimamente me he estado preguntando si estuve equivocada desde el principio.

Me dolía escucharla hablar así. Melody y Ramsey siempre habían sido sólidos. Eran la pareja que caminaba por el pueblo tomados de la mano, la gente que podías ver haciendo lo mismo cuando llevaran casados cincuenta o sesenta años. En cambio, no llevaban ni quince años casados y ella estaba hablando de terminarlo.

Una parte de mí entendía cómo se sentía. Con William, nunca imaginé nuestra vida juntos. Más o menos acepté que estaría con él para siempre, pero no podía visualizarlo. La imagen no estaba ahí. No éramos lo suficientemente cercanos para que realmente tuviera sentido, pero yo lo quería así. Quería alguien que no me hiciera olvidarme de mí misma. Alguien que fuera un compañero pero que no se apoderara de mi vida.

Ian se apoderaría de mi vida. Era el tipo de hombre por el que me perdería a mí misma. Querría hacer todo por él y olvidarme de todo lo demás.

Me pregunté si Melody se sentía igual.

—Lo siento, Melody. Siempre pensé que ustedes dos eran perfectos el uno para el otro.

Ella asintió. —Yo también. Pero todo esto con el bebé... —dejó de hablar y sonrió—. Hola, cariño. ¿Te acuerdas de la Srta. Blake?

Amber me dedicó una sonrisa y dijo hola.

—Hola, Amber. Me encanta tu top brillante.

—Gracias. Es mi favorito. Mami, ¿puedo tomar un refrigerio?

Melody sacó una bolsa de gomitas de frutas de su bolso. —Asegúrate de tirar el envoltorio cuando termines.

Amber asintió y se fue corriendo con su refrigerio.

—Lo siento —dijo Melody.

Le quité importancia con un gesto. —Está bien.

Melody sonrió mirando a su hija y respiró hondo. —Odio la idea de romper su familia.

—¿Ramsey se niega a hablar de tener más hijos? —pregunté, sabiendo que estaba presionando.

Asintió. —Dice que no puede pasar por eso otra vez. Amber quiere un hermano, y yo siempre quise más de un hijo. Esperamos unos años, pero cuando perdimos a Steven, Ramsey se negó a intentarlo de nuevo. Ni siquiera quiere hablar de ello. Siento que tengo que renunciar a lo que yo quiero por lo que él quiere.

Solté una risa.

—¿Por qué es gracioso?

Negué con la cabeza. —No lo es. Mi madre... —Respiré hondo—. Mi madre solía beber. Mucho. Y hasta hace unas semanas, se emborrachaba regularmente. Sé que tiene un problema, pero dejaba de beber cada vez que conocía a alguien nuevo. Dejaba que los hombres determinaran su valor y dictaran cómo vivía su vida. Nunca quise vivir así, por eso terminé las cosas con Ian.

—Así que lo entiendes. Ian y Ramsey son iguales. Son el

tipo de hombres que deciden cómo va a ser algo y nosotras simplemente tenemos que alinearnos.

—No, no estoy diciendo eso. Todo lo que quiero decir es que él es el tipo de hombre por el que lo dejaría todo. Es alguien a quien le permitiría tomar el control por mí. Desearía tanto su aprobación que perdería quién soy.

Melody asintió lentamente.

—Pasé muchos años queriendo la aprobación de Ramsey. Quizás no su aprobación, sino su amor. Una parte de mí siempre sintió que si no estaba de acuerdo con lo que él quería, todo se desmoronaría. Pero un bebé es demasiado importante para mí como para ceder y dejar que él se salga con la suya.

—Lo siento, Melody. De verdad. Desearía poder ofrecerte algún consejo, pero claramente no sé nada sobre cómo mantener una relación exitosa.

—Estuviste con William durante mucho tiempo.

Resoplé.

—Sí, pero él no era adecuado para mí.

—¿Cómo lo supiste?

Sonreí, pensando en Ian y en cuando lo pillé desprevenido.

—Él nunca me volvió loca. Todo era mediocre con él. Me gustaba eso hasta que supe que algo más podía ser mejor.

—¿Ian?

Me encogí de hombros.

—Si eso fuera una opción, sí, pero es Ian. Salí con William durante años porque sabía que era un buen tipo y no podía encontrar una razón para terminar las cosas. Pinto obras de arte simples y básicas porque es lo que le gusta a la gente. Soy aburrida y segura, e Ian no lo es.

Melody asintió.

—Ramsey y yo tampoco somos iguales. Era una de las

cosas que amaba de él. Me empujaba fuera de mi zona de confort.

—Ian era arriesgado y aterrador. Era alguien con quien nunca pensé que saldría. Me asustaba, y la forma en que me hacía sentir es algo que nunca olvidaré. Pero eso no significa que pueda manejarlo para siempre. No quiero pasar el resto de mi vida preocupada de que la mujer hermosa y delgada del bar pudiera llamar la atención de Ian y él decidiera que ya estaba harto de la chica gorda.

—No eres gorda —argumentó Melody—. Yo aumenté cuarenta libras con Amber, y otras diez con Steven.

—Pero apuesto a que los ojos de Ramsey aún se iluminan cuando te ve.

Ella se rio.

—Es más bien una mirada cautelosa la que recibo de él ahora. Está esperando a ver qué tipo de humor tengo antes de hablar.

—Mami, ¿podemos irnos? —preguntó Amber, corriendo hacia nosotras.

Melody asintió y se puso de pie.

—Claro, cariño. Fue agradable hablar contigo, Blake. Buena suerte.

—Igualmente, Melody.

Sonrió, tomó la mano de Amber y se alejaron hablando. Las observé irse, luego suspiré y me fui también.

ENTRE MI MADRE y Melody diciéndome que era bueno que Ian y yo hubiéramos terminado, y mis amigas diciéndome que debería hablar con él, estaba más confundida que antes de terminar las cosas con Ian. Quería creer que había hecho lo correcto, pero seguía cuestionándome a mí misma. Una parte de mí quería llamarlo y decirle que estaba equivocada, pero otra parte sabía que no podía hacerlo. Él no me quería. Durante meses, estuvo llamando, enviando mensajes y apareciendo en lugares donde yo estaba. En los últimos días, nada.

Ian había terminado conmigo.

La mañana del Cuatro de Julio, Earl estaba haciendo una promoción especial para celebrar el día festivo y a la Señorita Georgia. Se suponía que era mi día libre, pero me preguntó si podía ayudar ya que esperaba una gran multitud.

El tiempo pasó rápidamente ya que estábamos sirviendo comida constantemente. Rotamos las mesas tan rápido como pudimos para dejar entrar a la gente, pero hubo clientes que esperaron casi una hora por un asiento. Para cuando me fui, estaba muerta de cansancio y debatí si saltarme el resto del Festival.

Estaba sentada en el borde de mi cama con una toalla cuando me llegó un mensaje de Finley preguntando dónde íbamos a encontrarnos. Laura respondió primero diciendo que se dirigía a la plaza. Todos estuvieron de acuerdo en que se reunirían allí para que pudiéramos ver el desfile y luego sentarnos juntos para el baile.

FINLEY

¿Blake?

YO

No tengo muchas ganas de fiesta esta noche. Ha sido un día muy ocupado.

KARISSA

Mueve tu trasero hasta aquí o te arrastraremos nosotras.

ELISE

Tienes que venir.

LAURA

Vas a venir, sin importar qué.

Cerré los ojos y gemí. Lo último que me apetecía era una fiesta. Ian estaría allí, probablemente con alguien, y yo estaba cansada y de mal humor.

YO

No seré buena compañía.

FINLEY

No nos importa.

LAURA

De acuerdo.

ELISE

Sip.

TRINITY

Sin problema.

KARISSA

Ven de todos modos.

Gemí.

YO

Está bien. Estaré allí en 20.

FINLEY

¡Genial!

Sonreí y negué con la cabeza. Ellas podían ayudarme a superar cualquier cosa.

Busqué en mi armario y finalmente encontré un vestido que era suelto y cómodo. Me puse mis sandalias favoritas. Y me arreglé el pelo y me puse un poco de maquillaje y un collar que le compré a Trinity. Me miré en el espejo. Ciertamente no estaba espectacular para que se comiera el corazón, pero estaba mejor que mi habitual mira-lo-que-te-perdiste.

La plaza estaba llena cuando llegué. Quería encontrar a

mis amigas y evitar encontrarme con Ian, pero era un caos total. Me llevó diez minutos llegar hasta donde dijeron que estarían y otros minutos buscándolas en el área.

—El desfile está a punto de comenzar —dijo Finley cuando finalmente las encontré. Me atrajo a su asiento con ella y nos sentamos a disfrutar del desfile que habíamos visto innumerables veces.

Una vez que terminó el desfile, la música comenzó a sonar, aparecieron las mesas y sillas, y la fiesta comenzó de verdad. No pasó mucho tiempo antes de que todas estuviéramos en la pista de baile cantando junto con el resto de la multitud.

Después de una hora más o menos de bailar, me tomé un descanso y me dirigí a nuestra mesa. Necesitaba un respiro para ralentizar y tomar algo, y necesitaba respirar un minuto, especialmente cuando sonó una canción lenta y no tenía con quién bailar.

Odiaba estar soltera. No es que estar con William hubiera sido lo correcto para mí, pero no sabía lo equivocados que estábamos hasta que me permití involucrarme con Ian. Ian me mostró lo equivocados que William y yo éramos el uno para el otro, y aunque sabía que Ian y yo no estaríamos juntos para siempre, terminé siendo malcriada por él.

Toda la multitud parecía estar pasándolo bien. Mis amigas se reían y bailaban juntas y con otros amigos. Incluso mi madre parecía estar divirtiéndose. No había ido a muchos eventos del pueblo a lo largo de los años, pero estaba sonriendo y hablando con mi profesor de matemáticas de la escuela secundaria, el Sr. Peters. No había tomado ni una copa en casi dos semanas, y definitivamente no pensaba que estuviera mejor, pero era el tiempo más largo que la había visto pasar sin emborracharse, así que era un progreso.

Bebí un sorbo de mi cerveza y me dije a mí misma que me estaba divirtiendo. Sonreí y saludé a algunas personas que conocía mientras pasaban. Finley trató de hacer que me uniera al resto de ellas en la pista de baile, pero no estaba de humor.

Revisé mi teléfono, pero todos los que conocía estaban en el Baile de los Fuegos Artificiales. Excepto Ian. No había sabido nada de él desde que soltó que me amaba. ¡Ja! Me amaba. Todavía no podía entenderlo, pero sabía que no era cierto. Él no me amaba. No así. No como sus padres se amaban. No como Eddie amaba a Georgia. No como lo hizo sonar.

Busqué en la pista de baile otra vez, pero él todavía no estaba allí. Me sorprendió, pero estaba feliz. No creía que pudiera soportar verlo con alguien más. Todavía no. Ian seguiría adelante, mucho antes que yo, pero no estaba lista para eso todavía.

Dijo que el Baile de los Fuegos Artificiales era su evento favorito del festival. Ni siquiera quería venir en caso de que apareciera, pero aún no estaba allí. La noche era larga, y no pasaría mucho tiempo antes de que Ian apareciera. No podía estar allí sola. Tenía a mis chicas, pero necesitaba un amigo que estuviera allí para mí.

Saqué mi teléfono de nuevo y hice clic en la aplicación de Se Buscan Novios Literarios. Woody. Él estaba al tanto del baile. Habló de ir con la chica de la que estaba enamorado, pero ese plan se vino abajo cuando terminaron.

Le envié un mensaje preguntándole si estaba haciendo algo.

WOODY

Nada de nada.

COVEMOUSE

Ven a bailar conmigo.

WOODY

Um, ¿qué?

COVEMOUSE

Realmente necesito un amigo esta noche. Sé que es mucho pedir y puedes decir que no, pero espero que estés dispuesto a encontrarte conmigo en el Baile de Fuegos Artificiales en MacKellar Cove.

WOODY

Estaré allí en quince minutos.

Sonreí y finalmente me sentí mejor. Mantuve la mirada fija en la entrada, contando los minutos. Golpeaba el suelo con el pie e intentaba no ponerme enferma. No había pensado en contactar a Woody ya que llevábamos casi dos meses hablando, pero ahora que estaba sentada esperando que apareciera, estaba nerviosísima.

Alternaba entre mirar mi teléfono y mirar la entrada una vez pasados los diez minutos. No se me ocurrió decirle a Woody lo que llevaba puesto y él no tenía idea de cómo era yo, así que esperé y me pregunté si cada chico que entraba solo por la puerta era él.

A los dieciséis minutos, aún no había tenido noticias de él. Pensé en enviarle otro mensaje, pero entonces Ian entró.

Era increíblemente guapo sin esfuerzo alguno. Incluso desde la distancia, podía notar que tenía el pelo mojado y recordé cómo se sentía al pasar mis dedos por él en la ducha. Llevaba una camiseta azul marino con pantalones cortos caqui y chancletas rojas, pareciendo muy patriótico. Miró alrededor como si buscara a alguien, y tuve que contener un sollozo.

Me di la vuelta y respiré hondo. Woody tenía que llegar de inmediato. Tenía el teléfono agarrado con tanta fuerza en la mano que los nudillos me dolían. Respiré profundamente otra vez y di un respingo cuando mi teléfono vibró en mi mano.

WOODY

Ya estoy aquí. ¿Dónde estás?

Quería salir corriendo. Invitarlo había sido mala idea. Pero no podía hacerle eso. Quizás podría inventar una excusa para irme. Pero primero, tenía que ser honesta.

COVEMOUSE

A la izquierda de la entrada. En una mesa. Llevo un vestido azul con estrellas rojas y blancas. Pelo oscuro en cola de caballo. Voy a levantarme y buscarte.

Presioné enviar y me volví hacia la entrada para buscar a Woody. Ian seguía allí, mirando su teléfono. Genial, así que no solo tenía que verlo con alguien más, sino que era alguien con quien había planeado reunirse.

Su cabeza se levantó de golpe y sus ojos se fijaron directamente en los míos. Intenté apartar la mirada y buscar a Woody, pero Ian guardó su teléfono en el bolsillo y se dirigió directo hacia mí.

Nunca debí haberme quedado. Ni siquiera debería haber venido. Pero quería verlo aunque fuera un instante. Quería recordarme a mí misma quién era él. Iba a doler horrores verlo con otra persona, pero a la larga era más fácil arrancar la tirita de golpe.

Esperé hasta que se detuvo justo frente a mí. Respiré hondo y tragué con dificultad, rezando para que mi voz no temblara. Le había prometido que siempre seríamos amigos, pasara lo que pasara, y tenía que mantener esa promesa.

—Hola —dije, forzando una sonrisa.

—Hola. Eh, ¿cómo estás?

—Genial —dije con la voz chirriando. Me aclaré la garganta e intenté de nuevo—. Um, bien. Lo siento. Bien. ¿Cómo, um, cómo estás tú?

Se encogió de hombros. —Definitivamente he estado mejor.

—Así que, um... ¿vas a encontrarte con alguien aquí?

Asintió.

—¿Una cita a ciegas? Te vi mirando el teléfono.

Respiró hondo y se encogió de hombros. —Más o menos. Me voy a encontrar con alguien de la aplicación de Karissa. Dijo que necesitaba un amigo esta noche.

La parte posterior de mi garganta hormigueó. Tragué nuevamente, con dificultad. No. No podía ser.

—Quería decírtelo, Blake —dijo.

—¿Decirme qué? —Necesitaba que dijera las palabras. No lo creería hasta que lo hiciera.

—Yo soy Woody, Blake. Soy el chico con el que has estado hablando. El que invitaste a venir esta noche. El amigo que necesitabas.

23

IAN

Blake se quedó blanca. Sabía que sería malo si alguna vez descubría que yo era Woody, pero no sabía lo realmente malo que sería hasta que todo el color desapareció de su rostro.

—Siéntate, nena —dije, guiándola suavemente hacia la mesa que estaba justo detrás de ella. Me dejó sostenerle el codo, pero se zafó tan pronto como estuvo sentada.

—Estás mintiendo. ¿Cómo diablos te enteraste de él?

Negué con la cabeza y saqué mi teléfono. Lo desbloqueé, abrí la aplicación y se lo entregué. Me lanzó una mirada fulminante y luego miró el teléfono.

—¿Qué es esto, Ian?

—Léelos, Blake. No podría tenerlos si no fuera yo con quien estabas hablando.

Finalmente tomó mi teléfono y desplazó la pantalla por los meses de mensajes que intercambiamos. Sus manos temblaban cuando me devolvió el teléfono. —¿Por qué?

Sabía lo que preguntaba. ¿Por qué no se lo dije? ¿Por qué dejé que continuara? ¿Por qué fui tan idiota?

—Sabía que no hablarías tanto conmigo si supieras que era yo. Pensé que lo descubrirías muy rápido.

—¿Entonces es mi culpa?

—No, Blake, no —dije rápidamente, agachándome frente a ella—. Nada es tu culpa, nena. Todo es mío. Debería habértelo dicho. Aunque no habría importado.

Me miró con furia. —¿Qué significa eso?

Suspiré. Estaba cansado. Apenas había dormido toda la semana. Perderla me destruyó. Y peor que perderla fue oírla decir que pensaba que estaba mintiendo sobre estar enamorado de ella. Como si ella me conociera mejor que yo mismo.

Pensé en perderme en otra persona, pero incluso pensarlo me enfurecía. Quería a Blake. No había sustituto para ella.

—Significa que incluso si hubieras sabido quién era yo, tampoco me habrías creído el otro día. Igualmente me habrías alejado. Seguirías viéndome como alguien que no es lo suficientemente bueno para ti.

—Eso no es cierto, Ian.

Bufé. —Lo es, nena. Vine aquí esta noche sabiendo que me odiarías. No quiero una vida sin ti, pero aparecí porque necesitabas un amigo. Dije que siempre seríamos amigos. Sin importar qué. Así que estoy aquí para ti, Blake. Y siempre lo estaré, incluso si me mata.

—¿Por qué te mataría, Ian? —preguntó, como si no tuviera ni idea. O tal vez seguía sin permitirse creerlo.

Tomé aire y lo solté lentamente. Apreté los labios y me levanté. Su mirada me siguió hacia arriba.

—Te amo, Blake. Te he amado durante mucho tiempo. Nunca me involucré con otras mujeres porque ninguna de ellas era tú. Nadie ha sido nunca tú. Pero no me crees. No confías en mí. Y supongo que tengo que aceptar que quizás todo eso es simplemente porque no me quieres. Así que, sí. Me matará estar a tu lado y ser tu amigo. Ver cómo conoces a otra persona y saber que él te está tocando. Que gritas su nombre. Que te estás enamorando de él. Pero lo haré porque quiero que seas feliz, Blake. Aunque me mate.

No esperé a que respondiera. Simplemente me di la vuelta y me alejé. Haría lo que pudiera para ser su amigo, pero necesitaba un minuto. O un mes. O varios. Estaba demasiado destrozado para soportar que estuviera enojada conmigo por la aplicación cuando ya me había dicho que lo nuestro había terminado. Era demasiado para una semana.

Caminé lentamente a casa, tratando de disipar el horrible estado de ánimo en el que me encontraba. Todo lo que realmente quería hacer era destrozar algo con un bate de béisbol. ¿Mi cabeza, quizás?

Los fuegos artificiales sobre el río atravesaron el aire y me sobresaltaron. Di un salto hacia atrás y miré el cielo. La explosión fue fuerte, pero el estallido y las chispas casi me hicieron sonreír.

Debería haber seguido caminando, pero los *ooh's* y *ahh's* de los demás me atrajeron. Las puertas de O'Kelley's estaban abiertas, y la música estaba apagada para que todos pudieran ver el espectáculo. Me encontré siguiendo al resto hacia adentro y a través del bar hasta la parte trasera, donde me paré con la multitud en el Riverwalk para mirar.

Durante años soñé con ver el espectáculo con la mano de Blake en la mía. Abrazarla mientras los fuegos artificiales iluminaban el cielo nocturno. Besarla y tocarla y tener todo el derecho de hacerlo.

Estuve cerca de tenerla. Durante unas semanas, pensé que era mía. Viví todas mis fantasías excepto la que realmente importaba. La que significaba que estaríamos juntos para siempre.

Me quedé cerca de la entrada del bar y observé, en parte hipnotizado y en parte deprimido. Eventualmente cerré los ojos y consideré caminar a casa. No estaba en condiciones de estar cerca de otros. No cuando me sentía como una mierda y todos parecían tener a alguien en quien apoyarse. Una mano que sostener y labios que besar.

Una mano se posó sobre mi hombro, sobresaltándome más que los fuegos artificiales. Me di la vuelta, listo para golpear, pero me detuve cuando vi a Hudson detrás de mí.

—Déjame invitarte una copa —dijo simplemente, señalando el bar casi vacío.

Asentí y lo seguí adentro, tomando asiento frente a él en la barra.

—¿Las cosas se desmoronaron con Blake? —preguntó, sin endulzar las cosas.

—Sí —respondí, bebiendo de un trago el whisky que puso frente a mí—. Casi me había convencido de que me amaba. Qué maldita broma.

Hudson asintió. —Blake no es una mujer fácil. Es increíble, pero es un hueso duro de roer.

Lo fulminé con la mirada. —Ni se te ocurra tocarla.

Levantó las manos y negó con la cabeza. —Ni siquiera lo pensaba. Iba a preguntarte si estás bien.

Negué con la cabeza y me reí. —Ni de lejos. —Le conté toda la historia sobre la aplicación y cómo jodí una situación ya jodida.

Hudson volvió a negar con la cabeza. —Mierda, tío. Eso apesta. ¿Cómo vas a arreglarlo? —Me sirvió otro trago y me lo tomé sin pensarlo.

—No puedo. Se acabó lo de Blake. Tengo que seguir adelante. Olvidarme de tenerla en mi vida.

Dudó por un segundo, luego asintió y se frotó el cuello. —Ojalá pudiera ofrecerte algún consejo al respecto, pero desde luego no tengo ninguno. Perder a la mujer que amas te destroza.

Me reí. —Así es exactamente como me siento. Creo que habría sido menos doloroso.

Él asintió. —Cierto. Disfruta los buenos recuerdos que

tienes e intenta encontrar una manera de seguir adelante. Nunca has tenido problemas para conocer mujeres antes.

Me reí sin alegría. —Porque esas otras mujeres solo eran sexo. Eran un arreglo temporal. Nunca quise a ninguna de ellas. No como quiero a Blake. Pero lo jodí todo. —Saqué mi teléfono—. Necesito borrar esta maldita aplicación.

—¿Qué aplicación?

Le mostré Se Buscan Novios Literarios.

—¿Es una aplicación de citas?

Asentí. —Lo es. Es la que usé cuando me emparejaron con Blake. La hizo Karissa. Supongo que es buena, pero obviamente no perfecta ya que me jodió.

—¿Estás culpando a la aplicación? —preguntó Hudson con una risita.

Negué con la cabeza. —No, tienes razón. Yo soy el que la cagó. Pero no necesito otro recordatorio de cómo perdí a Blake. —Toqué la aplicación y presioné la X para eliminarla. Mi dedo dudó unos segundos. Fruncí el ceño y lo toqué, borrando un pedazo de Blake de mi vida. Tomaría un tiempo deshacerme de todo lo de ella, pero ese era un paso.

Hudson negó con la cabeza. Los clientes comenzaron a regresar y a hacerle señas para llamar su atención. —Apesta, tío. Lo siento por ti y Blake. Quédate un rato. Volveré.

Asentí y lo dejé alejarse. Nada de lo que pudiera decir me ayudaría. Blake se había ido. Traté de mostrarle lo que sentía, pero al final del día, no importó. Ella no estaba enamorada de mí, y era hora de que la dejara ir. Le prometí a Georgia que lo intentaría, y lo hice. Ahora, tenía que intentar dejar de amarla.

Preocupado de que pudiera aparecer con Finley y los demás después del baile, me fui poco después de que terminaran los fuegos artificiales. Saludé a Hudson con la mano y salí a la fresca noche, dejando que la brisa del río me guiara a casa.

Me dejé entrar, pero todo seguía oliendo a Blake. Durante toda la semana había debatido si lavar las sábanas y encender algunas velas o algo para borrar su aroma, pero no pude hacerlo. Demonios, incluso sabiendo que las cosas estaban realmente acabadas, no podía dejarla ir por completo. Todo lo que me quedaba eran mis recuerdos de ella. Necesitaba una noche más con esos recuerdos.

ME DESPERTÉ a la mañana siguiente con un dolor de cabeza terrible. Si hubiera bebido algo después de los dos tragos en O'Kelley's, podría pensar que era una resaca, pero no lo era. Era haber perdido a Blake.

Los últimos domingos los pasé viendo a Blake pintar, o simplemente pasando tiempo con ella. Su mural estaba terminado, y nosotros también, lo que significaba que tenía un día entero para hacer lo que quisiera. Excepto lo único que realmente quería hacer. Ver a Blake.

Hice café ya que Cracked ahora estaba fuera de límites para mí. Incluso si pudiera soportar verla, Jean me patearía el trasero. Todos en el pueblo iban a pensar que nuestra ruptura era mi culpa. Especialmente cuando se enteraran de la aplicación. Blake era la dulce a la que todos amaban. La gente la cuidaba y la protegía. Yo era el idiota que la lastimó. A nadie le importaría ni creería que yo era el herido. Todos me culparían a mí.

Al igual que yo lo hacía.

Quité las sábanas de mi cama y limpié mi apartamento. Consideré seriamente quemar todo el lugar hasta los cimientos, pero sabía que eso sería exagerar. Extendí sábanas limpias sobre el futón, agradecido de nunca haber comprado una cama real para ella, y limpié mi hogar hasta que lo único que podía oler era lejía.

Todavía estaba inquieto, así que fui al taller. Tenía tres barcos en proceso, y parecía un buen día para hacer algo de trabajo extra. Mis contratos incluían una bonificación si terminaba un barco antes de tiempo, y sin ninguna razón para dejar de trabajar, tenía más que suficiente tiempo para terminar los tres antes.

Fui al que estaba más cerca de estar terminado y examiné la lista de verificación. Con Devon trabajando conmigo, teníamos que tener un sistema para asegurarnos de que todo se estuviera haciendo, y haciéndose de la manera correcta. Él sugirió una lista de verificación, tanto para ayudarlo a aprender mi proceso como para monitorear el progreso que hacíamos en cada barco. Hasta ahora, estaba funcionando perfectamente.

Subí al casco del barco y tomé la lijadora, donde Devon la había dejado. Podía ver la diferencia en la madera donde él se había detenido y me dejé perder en el proceso.

En algún momento, escuché la puerta abrirse y cerrarse, pero ignoré a quien fuera. Si realmente querían hablar conmigo, podrían llamar mi atención. Si no, estaba perfectamente feliz de no hablar con nadie durante todo el día.

Podía sentir ojos sobre mí, pero alejé esa sensación espeluznante y seguí trabajando. Mi pulso latía de forma constante y rápida, alertándome, pero también ignoré eso.

Eventualmente, dos pies aterrizaron dentro del barco detrás de mí. Incluso con la espalda hacia ella, sabía que no era Blake. Lo que significaba que era la siguiente peor persona.

—¿Qué quieres, Fin? —pregunté sin darme la vuelta ni apagar la lijadora.

—Hablar contigo. Ver cómo estás.

—Estoy jodidamente fabuloso —gruñí—. Vete.

—¿Realmente vas a convertirte en uno de esos viejos de "fuera de mi césped"?

Me encogí de hombros y seguí trabajando. —Tal vez. Mantendrá a la gente alejada.

—¡Ian! —gritó.

Salté y casi dejé caer la maldita lijadora. Mi dolor en el trasero de hermana no iba a entender la indirecta. Nunca lo hacía. Desde que éramos niños, Finley hacía las cosas a su manera. Y si no la seguías, tenías que encontrar la forma de superarlo porque ella no lo haría.

Apagué la lijadora y me giré para mirar mal a mi hermana. Si hubiera estado allí con los brazos cruzados y su mejor mirada de hermana protectora, habría podido manejarlo. Ella debería proteger a Blake. Yo era el idiota que me impuse a ella en la fiesta de Georgia. Yo fui quien le dijo que me invitara a entrar. Yo fui el que siguió volviendo por más y no dejando que me alejara. Yo fui el que hizo que todo sucediera. Blake debería haber sido protegida de mí, aunque solo fuera para que yo hubiera estado protegido de ella.

—¿Qué? —gruñí. Si me hubiera mirado como si yo fuera el enemigo, habría sido más fácil. Pero no lo hizo. Me miró como si yo fuera la víctima. Yo era la parte herida. Yo era quien necesitaba consuelo.

Casi me reí. Si Finley estaba conmigo, era porque Blake estaba completamente bien. No estaba molesta. No estaba herida. Estaba bien. Porque no le importaba. Lo nuestro se había acabado, y era solo un día más para Blake.

No esperé a que Finley dijera algo. Desconecté la lijadora y la dejé en el suelo, luego salí del barco. Finley estaba justo detrás de mí, siguiendo mis pasos hasta que entré furioso en mi apartamento y decidí que necesitaba una cerveza.

Abrí la nevera y me quedé helado. Incluso mi nevera me recordaba a Blake. Media caja de seis cervezas que compré para ella porque no le gustaba mi cerveza. Jugo de naranja porque le gustaba en lugar de café las mañanas que no se levantaba con el sol. Mitad y mitad en vez de solo leche porque me convenció de que la pequeña diferencia en calorías no valía la pena para renunciar al mejor sabor.

Saqué todo y lo puse en el mostrador. Puse la cerveza en la mesa cerca de Finley y dije: —Deberías llevártelas a casa. No las voy a beber, y ya no las necesito.

No dijo nada. Simplemente se quedó allí mientras yo tiraba el jugo de naranja y la leche por el desagüe. También habría tirado la cerveza, pero deshacerme de ellas funcionaba.

—¿Qué quieres, Fin? —pregunté, apoyándome en el mostrador y mirándola.

—Lo siento —dijo.

Me encogí de hombros. —No hay nada por qué disculparse.

Ella asintió. —Tú y yo sabemos que sí lo hay.

—¿Le dijiste a Blake que no me amara? ¿Le dijiste que era un idiota y que no era digno de ella? Porque si no interfiriste, entonces no hay nada por lo que debas disculparte.

—Sabes que no hice nada de eso, pero aun así lo siento, Ian. Realmente esperaba que las cosas funcionaran. Odio verte así.

Me encogí de hombros nuevamente y llené un vaso con agua. Mi garganta estaba seca y adolorida. Bebí el agua de un trago y luego miré a mi hermana de nuevo. —Estaré bien. He pasado toda mi vida sin Blake. Puedo manejarlo.

—Ella cambiará de opinión. Está realmente molesta, y...

—No lo hagas —ladré—. Fin, simplemente no lo hagas. No puedo aferrarme a la esperanza de que tal vez algún día me quiera. Me convencí de eso durante años. Que una vez que terminara lo de Willie, ella vería que se suponía que debía estar conmigo. Pero no se supone que esté conmigo. Dejó claro que eso no es lo que quiere.

—Ian, sabes cómo es ella. El amor la asusta.

Me reí de eso. ¿Cómo no iba a hacerlo? —Fin, a mí

también me asusta el amor. Creo que asusta a todos. ¿Alguna vez has hablado con alguien que no tuviera algún tipo de miedo al hablar de la persona que ama? Pero sabes qué, la mayoría de esas personas hablan de perder a la persona que aman. Cómo ese es su mayor miedo. Yo lo estoy viviendo. Ahora mismo, lo estoy viviendo. La he perdido. Se ha ido. Y no va a volver. Tengo que aceptarlo y seguir adelante, Fin.

Encontré su mirada y vi tristeza y resignación en sus ojos. Sabía que yo tenía razón. Todas sus otras palabras eran platitudes vacías, tratando de ayudarme a sentirme mejor. Sabía que Blake no iba a cambiar de opinión sobre mí. Lo que significaba que seguir adelante era mi única opción.

—Tengo que ducharme. Puedes marcharte sola. Y no olvides la cerveza. No la quiero aquí.

24

BLAKE

No quería ir a la noche de chicas. La idea de enfrentarme a todas ellas después de la humillación de la confesión de Ian era demasiado. En cuanto Ian se alejó, Finley, Karissa y Laura estaban allí. Elise y Trinity no tardaron en aparecer. Todas exigieron saber qué había pasado.

Les conté todo lo que pude articular, y luego me marché rápidamente. No podía creer que fuera tan estúpida. Ian era Woody. Las cosas que le dije. La forma en que hablábamos. ¿Cómo no me di cuenta de que eran la misma persona?

¿Y qué se suponía que debía hacer con Ian diciéndome que me amaba? Siguió diciéndome lo mismo. Dos veces me había dicho que me amaba. Pero era Ian Jameson. Él no se enamoraba. No se quedaba.

Abrí Se Buscan Novios Literarios y fui a la función de chat. Me desplacé hasta el principio y leí todos y cada uno de los mensajes entre Woody y yo. Nuestra promesa de ser amigos. Las cosas que le conté que nunca le había contado a nadie más. Las cosas que le confesé.

Y luego releí todas sus palabras sobre estar enamorado de

su amiga. Sobre cómo se sentía por ella. Cómo quería saber lo que ella pensaba. Cómo la quería pero sabía que ella tenía miedo. Cómo había estado enamorado de ella durante mucho tiempo, pero ella no sentía lo mismo.

Releí cuando me dijo que estaban juntos. Lo feliz que estaba y lo asustado de que todo terminara.

Me quedé sentada llorando. Durante semanas me dije a mí misma que la mujer que él amaba era una tonta. Que ella no sabía lo que tenía. Que yo cambiaría de lugar con ella sin pensarlo.

Y yo era ella.

Todo lo que creía saber estaba patas arriba. Había pasado meses convenciéndome de que Ian y yo éramos algo temporal, pero él quería que fuéramos para siempre. Yo fui quien terminó las cosas. Yo fui quien lo alejó. Yo fui quien no le creyó cuando dijo que me amaba. Yo era el problema.

Decidí que me volvería loca si me quedaba en casa toda la noche, así que me obligué a darme una ducha e ir a Novios Literarios Ilimitados. Si les decía que no quería hablar, me dejarían sentarme allí. Solo necesitaba no estar sola.

Todas ya estaban allí cuando entré. Bastó una mirada a mis ojos enrojecidos y mi camiseta holgada para saber exactamente qué pasaba. Presioné mis labios en una sonrisa que no sentía. Finley me cortó un trozo de tarta de cereza, y Elise añadió una generosa cantidad de nata montada. Trinity me entregó una copa de vino llena hasta el borde.

Sonreí a mis chicas y me recosté en mi asiento. Las dejé hablar mientras comía mi tarta y bebía mi vino. Estaban hablando del libro que leímos, y me di cuenta de que no lo había leído de la misma manera que ellas.

—¿De verdad pensaste que era dulce? —solté cuando Elise dijo algo sobre el héroe siendo un buen tipo.

Todas se volvieron para mirarme. —¿Tú no? —preguntó Elise.

Me encogí de hombros. —Pensé que era un poco engreído. Como si esperara que ella simplemente lo amara solo porque él fue quien vino a rescatarla.

—Bueno, es el tipo de chico que pone a los demás primero. ¿Cuántas películas tienen al héroe salvando a la heroína? —dijo Finley.

—Sí, ¿y cuántas veces hemos dicho que es una tontería? No se puede construir una relación basada en algo así.

—Entonces, ¿sobre qué deberías construir una relación? —preguntó Laura.

Cerré la boca porque Dios sabía que no tenía ni idea.

—Sexo —dijo Elise con una sonrisa.

—Diablos, sí —asintió Karissa—. Tienes que tener buen sexo. Pero a menos que tengas sexo en la primera cita, tiene que haber algo más. Yo diría que intereses comunes.

—Sí, pero los opuestos se atraen. ¿No aprendimos todos eso en Hawái? —dijo Finley con una sonrisa.

—Cierto. Mis relaciones más exitosas han sido con hombres con los que tenía menos en común —dijo Elise.

—Eso es porque te gusta buscar peleas y tener sexo de reconciliación —bromeó Karissa.

El resto de nosotras nos reímos mientras Elise asentía en señal de acuerdo. Su sonrisa maliciosa no tenía precio. —No hay nada malo en un buen sexo de reconciliación.

—Muy cierto —acordamos todas.

Me sentía fuera de lugar en la conversación. Ninguna de nosotras había tenido muchas relaciones exitosas, pero sentía que yo era la menos exitosa de todas. Estuve con William durante cinco años, pero no teníamos ninguna de las cosas de las que estaban hablando. El sexo era mediocre, y nunca discutíamos por nada, así que el sexo de reconciliación era inexistente. Teníamos que importarnos para ser apasionados.

Pero con Ian era diferente. Cuando discutíamos, era divertido y juguetón. Y Elise tenía razón. El sexo de reconciliación era increíble cuando era con alguien con quien querías reconciliarte. Apasionado, emocional y poderoso.

—Creo que tienes que tener algunas cosas en común. Ya sea la forma de pensar, las películas que te gustan o el equipo al que animas. No importa realmente qué, pero tienes que poder estar de acuerdo de vez en cuando y compartir cosas —dijo Trinity.

Finley asintió. —Estoy de acuerdo con eso. Mis padres son así. A ambos siempre les encantó navegar, y aunque parezca tonto, siempre parecían más felices cuando regresaban de salir al agua. Ian y yo solíamos bromear diciendo que iban allí para tener sexo, pero creo que solo iban allí para hablar y escaparse un rato. Era algo que compartían y una forma de mantenerse conectados el uno con el otro.

Ian y yo íbamos a pescar. Cuando estaba estresada, siempre iba a pescar, e Ian hacía lo mismo. Ir juntos era mejor que ir sola. Todo con Ian era mejor que estar sola.

—Creo que también se trata de cómo te hace sentir —dijo Elise—. Si no te sientes segura y amada, entonces no importa cuánto tengan en común o cuán ardiente sea la pasión.

—Absolutamente —dijo Karissa, tomando la mano de Elise.

Todas sabíamos lo mala que fue la relación de Elise con su novio de la universidad, aunque no la conocíamos entonces. No había compartido mucho conmigo, pero sabía lo suficiente para saber que él hizo todo lo posible para controlarla. No estaba segura si fue abusivo o no, pero supuse que sí.

Trinity dijo: —También me gusta descubrir cosas sobre él. Alguien a quien conozco muy bien, con quien no hay ningún misterio, termino aburriéndome. El último chico con el que salí era un amigo. Hicimos esa transición bien, pero se apagó rápidamente. Conocía todas sus historias y todos sus estados de ánimo. No tenía que averiguar nada con él. Solo éramos amigos que tenían sexo, y no era suficiente para ninguno de los dos. Lo quería, pero terminó siendo incómodo y extraño.

—No todas las relaciones terminan así. Creo que los amigos pueden convertirse en amantes y puede ser realmente increíble. Eso es lo que espero encontrar algún día —dijo Finley.

—Buena suerte —murmuré.

Todas me miraron.

—¿Estás bien? —preguntó Trinity, la única lo suficientemente valiente para decirme algo.

Le di una sonrisa y negué con la cabeza. —No. No creo que lo esté.

—¿Quieres hablar de ello? —preguntó Laura.

Me encogí de hombros. —No estoy segura de que haya algo de qué hablar. Ian y yo terminamos. Me mintió sobre quién era en la aplicación. Pensé que era alguien en quien podía confiar, pero simplemente no lo sé.

—¿Cómo no sabías que era él? —preguntó Trinity, mirando alrededor. Cuando todas evitaron su mirada, añadió —: Lo siento, pero seguía preguntándome cómo no te diste cuenta.

Sonreí. —No lo sé. Las cosas de las que hablábamos eran diferentes a las que hablábamos en persona. Les conté a todas sobre Woody, y ninguna de ustedes lo descubrió. —Miré a mis amigas y las encontré apartando la mirada de mí—. ¿Lo sabían? —pregunté.

Cuando se miraron entre ellas, y luego a mí, vi la culpa en sus ojos.

—¿Lo sabían? ¿Ustedes lo sabían y no me lo dijeron?

Karissa abrió la boca y luego la cerró de golpe. Intercambió una mirada con Finley, que me lanzó una mirada de cachorro triste. Suspiró y se inclinó hacia adelante.

—Yo le ayudé a configurar su cuenta, Blake. Cuando dijiste que te habían emparejado con Woody, lo supe de inmediato, pero no pensé que fueras a ser tan abierta con él si sabías que era Ian —dijo Finley.

Gemí. —Tú y tu hermano son iguales. Esa fue su excusa también.

—Blake —dijo Karissa con dureza—. ¿Se equivocan?

Abrí la boca para discutir, pero no tenía palabras. Me desplomé en mi asiento y la miré con enfado.

—Puedes mirarme como quieras, pero tú y yo sabemos que no vas a ganar —dijo Karissa, llena de actitud. Levantó una ceja y esperó a que yo suspirara antes de continuar—. Puedes enfadarte con Ian y Fin, y conmigo, ya que estamos, pero creo que en realidad estás enfadada contigo misma. Yo sabía quién era. Tan pronto como nos hablaste de él, lo busqué. Quería asegurarme de que no te hubieran emparejado con algún tipo que pudiera hacerte daño. Aunque dijiste que solo eran amigos, podía ver que te estabas encariñando. Cuando vi que era Ian, le dije algo a Fin, pero ella ya lo sabía. Estuve de acuerdo con ella. No hubieras sido tan abierta con Ian. Lo hubieras rechazado tan rápido, y nunca te hubieras enamorado de él. Así que puedes estar enojada, pero necesitas aceptar que también estás enfadada contigo misma.

Fruncí el ceño porque tenía razón. Todo el día, había estado pensando lo mismo. No podía creer que había descartado a Ian no una, sino dos veces. Me dijo que me amaba, y no dije nada. Dejé que creyera que no me importaba.

Todas me miraron por un largo momento, luego Laura dijo: —Bueno, si me emparejan con el Dr. Allison, no quiero saberlo. Y no quiero que él lo sepa. Solo quiero que se enamore de mí sin que nadie más se involucre.

Todas nos reímos y la tensión en la habitación se disipó. Me recosté y las dejé hablar a mi alrededor de nuevo. Karissa tenía razón. Estaba enfadada conmigo misma. Estaba tan enfadada con la mujer de la que Woody estaba enamorado porque ella no lo amaba. No sabía quién era él y podía decir que era un hombre increíble. No solo eso, sino que terminé las cosas con Ian porque estaba tan segura de que él iba a terminar conmigo.

Se acercó. Las cosas cambiaron cuando hicimos el amor. Siempre fue intenso con Ian, pero esa noche, la noche después de que mi madre dijo que había dejado de beber, todo fue diferente. Podía sentirlo. Lo sabía. Y me asustó muchísimo.

Lo amaba. Tanto que me aterrorizaba. Pero cuando pensaba en lo que más me asustaba de amarlo, era la idea de perderlo. De dejarlo entrar completamente y verlo alejarse.

Pero él no se alejó. Yo lo alejé. Me quedé sentada sin hacer nada cuando el hombre que amaba dijo que me quería y me amaba. Me lo dijo una y otra vez. Durante meses me dijo cuánto me deseaba. Durante meses me mostró cuánto me amaba. Me abrazaba, me consolaba, me hacía reír y me amaba. Y yo le dije que no lo quería. Tomé esa decisión. Lo alejé. Terminé las cosas al no decirle cómo me sentía. Dejé que el miedo interfiriera en todo.

—¿Soy incapaz de amar? —solté, interrumpiendo la conversación que estaban teniendo.

—¿Qué? —dijo Elise.

—¿Amor? ¿Estoy rota? —aclaré.

—¿Por qué preguntas eso? —preguntó Finley.

Miré alrededor a las personas a las que había estado más unida que a cualquier otra en toda mi vida. Finley, a quien había conocido desde siempre y a quien consideraba como una hermana la mayor parte de mi vida. Karissa y Elise, que se convirtieron rápidamente en mis amigas y eran tan cercanas como Finley. Laura, que se unió a nuestro pequeño grupo mucho más tarde, pero que seguía siendo una parte crucial por su ingenio, su cuidado y su ocasional autoritarismo. Y Trinity, a quien solo conocíamos desde hace un par de meses, pero que sentíamos como si hubiera sido parte de nuestro grupo tanto tiempo como el resto de nosotras. Las miré a todas y vi la respuesta escrita en cada rostro de la habitación.

—Lo creen. Todas lo creen. Realmente soy Buttercup, ¿no?

—¿De dónde viene esto? —preguntó Karissa en el mismo momento en que Elise dijo—: Sí.

—¿Ven? —exclamé—. Elise tiene el valor de decírmelo. Estoy rota. Hay algo mal conmigo.

—No hay nada malo contigo —dijo Finley—. Pero cuéntanos qué pasó.

Me reí sin alegría. —No pasó nada. Ese es el problema. Ian me dijo que me ama, y no pude decirlo. Ni siquiera pude responder. Simplemente se alejó.

—¿Ian? —soltó Elise—. ¿Ian Jameson?

Asentí. —Sí. Ian Jameson, soltero perpetuo, dijo que me ama, y en lugar de repetir inmediatamente las palabras, me quedé callada.

—¿Quizás simplemente no sientes lo mismo? —sugirió Laura.

Negué con la cabeza, incapaz de encontrarme con sus miradas.

—¿Mi hermano dijo que te ama? —preguntó Finley—. ¿Anoche?

Podía escuchar la sonrisa en su voz, pero no podía encontrarme con sus ojos mientras asentía. Me había dicho que lo mataría si me hacía daño. Me reí y le pregunté qué me haría a mí, pero nunca pensé que tendría que averiguarlo. Nunca imaginé que Ian Jameson se enamoraría de mí. Nunca soñé con ello.

Pero sucedió, y lo estropeé todo porque tenía miedo. Ian no era seguro. Ian no era fácil. Ian era... todo. Amarlo me asustaba porque siempre dudaría de todo. Era el tipo de hombre que hacía que las cabezas se giraran cuando caminaba por la calle. Las únicas cabezas que yo hacía girar eran las que tenían que apartarse de la acera para dejar pasar a la carga ancha. No éramos compatibles. No encajábamos. Y si seguíamos juntos, estaría eternamente esperando a que cayera la otra ficha y que Ian se diera cuenta de que había cometido un error. Que debería haberse enamorado de otra persona. Alguien más delgada. Alguien más guapa. Alguien mejor para él.

—Está entrando en espiral —dijo Karissa. Su voz sonaba lejana, como si ya no estuviera en la misma habitación que yo.

—Oh, mierda —dijo Elise.

—¡Blake! —gritó Laura.

Me volví y la miré.

—Blake, cálmate. Respira. —Puso una bolsa de papel en mis manos y la acercó a mi cara—. Respiraciones profundas.

Seguí sus instrucciones y resoplé en la bolsa; cada respiración reducía mi pulso y me devolvía la cordura. Finalmente tomé una temblorosa bocanada de aire fresco y miré la habitación a mi alrededor. Cinco caras asustadas. Cinco personas que amaba que no me habían hecho daño. Que no me habían pedido más de lo que podía dar. Cinco personas que me devolvían tanto como yo les daba. Las amaba a todas, y ellas me amaban, y estaba bien.

—Lo arruiné todo —admití—. Tienen que ayudarme a solucionarlo.

Negaron con la cabeza y se rieron. —Sabes que lo haremos —dijo Finley—. Odiaría tener que patearte el trasero porque lastimaste a mi hermano.

Le sonreí. —Yo también.

25

IAN

El trabajo era mi único respiro. Sin Blake, trabajaba, bebía cerveza y dormía. Esa era toda mi vida. Por fin entendí cómo se sentía Ramsey. Perder a la mujer que amabas, y tenerla ahí pero inalcanzable, era casi imposible de soportar.

No salía mucho de casa porque corría el riesgo de encontrarme con Blake. Finley intentó convencerme de que saliera, pero no tenía interés. No cuando Blake estaba en cada esquina. Ni siquiera podía salir en mi propio maldito bote por culpa de Blake. Si no me arrestaran por ello, lo volaría en pedazos.

Me moría por salir. Quería tomarme un descanso de todo. Odiaba estar en el mismo pueblo que Blake. Durante años, lo mejor de mi día era encontrarme con Blake. Y ahora... no podía enfrentarme a ella.

Me senté en mi futón, feliz de nunca haber comprado una cama, y desplacé la pantalla de mi teléfono. Mis programas recientemente vistos en Netflix eran todos programas que había visto con Blake. Mis mensajes estaban llenos de Blake. Mis fotos eran de Blake. No podía escapar de ella.

Fui a la cocina y agarré una cerveza, luego regresé a mi habitación y cambié de canal. Cuando mi teléfono sonó con un mensaje, lo recogí sin pensarlo.

BLAKE

Lo siento.

Jesús. ¿Qué demonios?

La cagué. ¿Podemos hablar?

Me incorporé en la cama y sostuve mi teléfono. Quería decirle que se fuera al infierno, pero era Blake. La amaba sin importar lo que dijera o hiciera. Me dolía verla.

Estoy afuera, pero podemos vernos en otro lugar si prefieres. Pero no voy a desaparecer, Ian.

Estoy en casa. Pasa.

Me bajé de un salto de la cama y regresé a la cocina con mi cerveza. No me había afeitado en días, y mi camiseta negra y pantalones cortos grises apenas estaban limpios. Ciertamente no me estaba haciendo ningún favor ni mostrándole qué gran partido había dejado escapar.

Sus pasos resonaron por el taller mientras se acercaba. Cada paso aumentaba mi tensión y me daban ganas de vomitar. Esperé, mirando fijamente la puerta hasta que golpeó suavemente y luego giró el pomo para entrar.

Me apoyé en la encimera para sostenerme, agarrando el borde para no ir hacia ella y caer de rodillas, suplicándole que me diera otra oportunidad. Dijo que quería hablar, así que la dejaría, luego sonreiría y le diría que aún podíamos ser amigos. Joder, lo odiaba.

Lo odié aún más cuando finalmente entró en mi campo

de visión. Estaba impresionante con un vestido corto color azul piscina que abrazaba sus pechos y se ensanchaba en la cintura, terminando alto en sus muslos. Llevaba esos zapatos que me volvían loco, los que se envolvían alrededor de sus tobillos y subían por sus pantorrillas y me daban ganas de desenvolverla. Su cabello caía suelto sobre sus hombros. Parecía que iba a una cita.

Quería hacer pedazos a quien fuera que ella se había arreglado.

—Hola —dijo, dedicándome una sonrisa tentativa.

Asentí pero no dije nada. Si lo hacía, iba a ser algo estúpido.

—¿Cómo estás?

Me encogí de hombros. De nuevo, algo estúpido estaba en la punta de mi lengua. *Te amo. Perdóname. Haré cualquier cosa si me das otra oportunidad. No me dejes morir solo.* Ya sabes, estupideces.

Tomó una respiración profunda y mi mirada cayó en sus pechos. Presionaban contra su vestido y amenazaban con derramarse por el borde superior. Ella odiaba sus pechos, pero eran jodidamente perfectos. Ella era perfecta. Cada centímetro de ella.

—Yo, um, esperaba que pudiéramos hablar. A menos que estés ocupado. —Dijo la última parte como si fuera una pregunta, elevando la voz al final.

Negué con la cabeza pero seguí sin hablar.

—Está bien. No te culpo por no hacerme esto fácil. Creo que casarse con tu rival para salvar tu vida sería más fácil, pero ya no puedo ser Buttercup.

—¿Qué? —solté.

Sacudió la cabeza. —Nada. No importa. Prometimos que seríamos amigos, y esperaba poder pedirte eso porque realmente necesito un amigo.

Mi garganta ardía y mi corazón amenazaba con salirse de

mi pecho, pero asentí. Solo una vez. Le prometí que siempre seríamos amigos. No importaba que esperaba no tener que cumplir esa promesa.

—Es sobre un chico. Y sobre mí también. —Tomó otra respiración profunda—. Cuando mi madre empezó a beber, me avergonzaba. No se lo dije a nadie porque no quería que ella fuera la madre de la que todos se reían, pero lo odiaba. Luego ella paró. Conoció a un nuevo tipo y simplemente dejó de beber. Después rompieron y ella empezó a beber de nuevo. Una y otra vez, empezaba y paraba dependiendo del tipo con el que salía. Y una y otra vez, la vi tirando su vida por la borda debido a lo que otras personas pensaban de ella.

Aflojé mi agarre en la encimera y crucé los brazos sobre mi pecho.

—Siempre me preocupé por lo que otros pensaban por culpa de ella. No quería que me juzgaran por ella. Nunca me di cuenta de que estaba haciendo lo mismo que ella hacía. Dejé que lo que otros pensaban afectara cómo me sentía. Lo hice con mi arte. Lo hice con mis relaciones. Lo hice con el enamorarme.

Contuve la respiración. No creía poder escuchar lo que tenía que decir. Me volví hacia el refrigerador, agarré una cerveza nueva y bebí la mitad.

—Comencé a enamorarme el verano pasado. No quería admitirlo porque todavía estaba saliendo con William, pero este chico... era todo lo que William no era. Era divertido, sexy, inteligente y me hacía sentir cosas que nunca sentí con William. Supe que las cosas habían terminado entre nosotros porque unas pocas horas con este chico eran mejores que un año con William. Pero no me arriesgué con él porque me preocupaba lo que la gente diría. Me preocupaba lo que él diría. No quería que pensara que estaba tratando de atraparlo en algo que él no quería.

Me había dicho lo mismo antes. Que no quería atraparme.

—Él fue el primero en dar el paso. Me besó, y besarlo fue mejor que el sexo con cualquier otro hombre. Besarlo fue como saltar del bote en un día caluroso y hundirse bajo el agua fría. Fue refrescante y nuevo, pero fue mucho más porque fue con un hombre en quien confiaba y por quien me preocupaba. Más de lo que estaba lista para admitir.

Tragué saliva con dificultad, sin contar con lo que estaba diciendo hasta que lo dijera directamente.

—Pero luego comencé a hablar con este otro chico. También era divertido y dulce, y estaba enamorado de su amiga. Estaba tan celosa de ella porque él parecía genial. No podía imaginar cómo alguien no querría estar con él. No es que estuviera enamorada de él, pero un chico como él era demasiado bueno para que alguien lo descartara. ¿Por qué ella no podía ver eso?

Sonreí cuando ella se rió. Dios, era hermosa.

—Al final del día, sin embargo, yo era exactamente como esa chica. Yo era esa chica. Estaba demasiado preocupada por cómo me veía. Cómo me sentía engañada. Cómo no era suficiente para él. Cómo iba a terminar herida cuando él decidiera que todos mis miedos eran ciertos. Y le dije que no podíamos estar juntos.

Por primera vez desde que entró, dejé entrar un poco de esperanza.

—Mi mayor miedo era dejarlo entrar y perderlo. Me convencí, debido a mi madre, de que dejar entrar a alguien y perderlo era más doloroso que no dejarlos entrar en absoluto. Siempre bebía más justo después de una ruptura, y razoné que no tenía sentido siquiera involucrarme con alguien si solo iba a resultar en dolor. Así que terminé las cosas antes de que pudiera dejarme herir. Excepto que me herí de todos modos.

—Lo siento, Blake. Debería haberte contado sobre la aplicación. Nunca debí haberte mentido. No dejes que mi mala elección influya en el resto de tu vida. Te mereces amor, nena.

Sonrió y asintió. —No creía eso durante mucho tiempo. Que merecía amor. Pensaba que el amor era posible para todos los demás, pero no para mí. Quería algo seguro y fácil. Quería algo sin pasión y sin emociones. Significaba que no correría al bar cuando las cosas salieran mal. Que no arruinaría mi vida.

Quería gritarle, pero dijo que quería un amigo, y se suponía que un amigo debía apoyarla. Un amigo no le decía que estaba equivocada y que el amor se suponía que debía ser todas esas cosas, pero que si era correcto, valía la pena.

—Entonces me di cuenta, gracias a Fin y las demás, que no soy mi madre. Y no solo eso, sino que ya había vivido mi peor escenario y sobrevivido. Y lo peor de todo era que no tenía que pasar por ello. Si hubiera sacado la cabeza de mi trasero, podría haberme ahorrado el dolor de perder al hombre que amo. Podría habernos ahorrado ese dolor a ambos.

Encontré su mirada y contuve la respiración. Vi el dolor en sus ojos que sentí durante la última semana. Ella también lo sintió.

—Nunca debí alejarte, Ian.

Me encogí de hombros. —No era yo a quien querías. Es peor si no es lo correcto y lo arrastramos.

—Pero sí es correcto, Ian. Nosotros somos lo correcto. No quería creerlo porque estaba asustada. No eres el tipo de chico que quiere para siempre...

—Pero yo...

—Lo sé —dijo, levantando la mano—. Lo sé. Me lo dijiste. Y no estaba lista para escucharlo. No podía creerlo. Ian Jameson no podía amarme. No podía desearme. No podía elegirme. No cuando yo era yo. No era suficiente para ti.

—Lo eres —le aseguré.

Sonrió. —No va a ser algo que me resulte fácil de escuchar, pero gracias.

—No importa lo que otras personas piensen de ti o de nosotros, Blake. Todo lo que importa es lo que nosotros pensamos.

Sonrió y dio un paso hacia mí. —Bueno, creo que eres el único hombre que me ha hecho gritar su nombre. Y creo que eres el único hombre que me ha hecho querer tirar la precaución por la ventana. Y el único que me ha hecho sentir segura y peligrosa al mismo segundo. Y que me ha hecho pensar que podía hacer cualquier cosa. Que ha creído en mí más de lo que yo creo en mí misma. Que está ahí para mí y me apoya y me ama de maneras que nunca soñé que fueran posibles. Pero sé que eres el único hombre que he amado y el único hombre que amaré jamás.

—No puedes prometer eso —dije.

Sonrió. —Puedo porque tú eres todo para mí, Ian. Siempre me sentí atraída por ti, pero nunca te vi como una posibilidad. Eras inalcanzable. Pero cuando te vi en Hawái, no pude sacarme esa mirada en tus ojos de la cabeza. No me acosté con nadie más después de William porque cada vez que cerraba los ojos, te veía a ti. Soñaba con las cosas que me habrías hecho si no hubiera cerrado esa puerta entre nosotros.

—Joder, Blake —gemí—. Todo lo que quería hacer esa noche era tocarte. Estaba tan jodidamente duro. No dormí el resto del viaje por la forma en que me miraste.

—Nunca dijiste nada —dijo suavemente.

—Todavía estabas con Willie. No me cae bien, pero no iba a ponerte en esa posición.

—¿Por qué tardaste tanto en decirme cómo te sentías?

Sonreí. —No pensé que estuvieras interesada. Pero la Sra. Georgia... Me hizo prometer que haría un movimiento antes de su cumpleaños.

Resopló. —Nada como apurarlo hasta el final.

Me reí. —Estaba seguro de que me rechazarías.

Soltó una risa ahogada. —¿Por qué?

Me encogí de hombros y mi sonrisa se desvaneció. —En cierto modo tenía razón.

Dio otro paso hacia mí. —Lo siento, Ian. Quiero compensarte por eso.

—¿Ah, sí? ¿Y qué tenías en mente?

Sonrió. —Bueno, para empezar, no llevo ropa interior debajo de este vestido.

Gemí y mi polla palpitó.

—Pero más importante que eso, te amo, Ian. Te he amado durante mucho tiempo, y lamento haber tenido demasiado miedo para decírtelo, pero quiero decírtelo todos los días por el resto de mi vida.

La atraje a mis brazos y dejé que sintiera el efecto que sus palabras tenían en mí. Todas sus palabras me hacían doler. —Te amo, Blake.

—Bien —dijo contra mis labios—. Entonces quizás pueda pedir prestado tu sofá. Permanentemente.

—¿Eh?

—Mudémonos juntos, Ian. No quiero pasar otra noche sin ti, y tu futón destroza mi espalda.

—Te daré masajes en la espalda todas las noches. Y en los pies. Y cualquier otro tipo de masaje que quieras.

Se rió y me atrajo de nuevo. Por fin, por fin, era mía. Y no iba a dejarla ir.

DESPUÉS DE QUE Blake y yo celebráramos, dos veces, me dijo que tenía una cosa más para mí. Se puso una de mis viejas camisetas y salió del apartamento hacia el taller. Empecé a seguirla, pero regresó unos segundos después sosteniendo un lienzo detrás de su espalda.

—Estaba realmente inspirada cuando empezamos a estar juntos, y creé algunas pinturas nuevas. Las tengo en mi armario porque no quería que nadie las viera, pero quería una para ti. Pinté esta ayer. Es... bueno, puedes ver.

La sacó de detrás de su espalda y me la mostró. Los colores me impactaron primero. Azules y grises con salpicaduras de rosa. La pasión se derramaba del lienzo en el rosa. Sus labios, mis manos, mi lengua. Pude ver que éramos nosotros sin siquiera pensarlo. Ella montándome en la pintura, sus curvas sombreadas en gris, excepto donde mis manos se hundían y el rosa resaltaba donde nos tocábamos. Mi lengua en su pecho. Sus labios entreabiertos por el placer. Mis manos sosteniendo sus caderas.

La coloqué suavemente en la silla junto a mí y la agarré. La llevé a mi habitación y repetí la pintura para la tercera ronda.

CUANDO EMERGIMOS DE NUEVO, me dijo que teníamos que irnos.

—¿Por qué? Iba a mantenerte desnuda el resto del día. El resto de nuestras vidas si puedo lograrlo.

Sacudió la cabeza y alcanzó su vestido. —Fin, Rissa, Elise, Laura y Trinity van a ir a O'Kelley's. Me dijeron que me reuniera con ellas. Quieren saber si me perdonas.

La besé lenta y profundamente, vertiendo todo lo que sentía por ella en el beso. Deslicé mi lengua junto a la suya y la envolví en mis brazos. Incliné mi cabeza y me hundí más profundamente en su boca, lamiendo, provocando y saboreándola hasta que ella gimió y envolvió su mano alrededor de mi polla.

Di un paso atrás. —Pensé que teníamos que irnos —protesté.

—Eres malvado —dijo con un puchero—. Hemos estado separados por días, y me estás provocando.

Besé su nariz. —Sí, pero ¿sabes qué?

—¿Qué? —preguntó, todavía haciendo pucheros.

—Nunca vamos a estar separados de nuevo, nena.

Me miró con la sonrisa más hermosa. —¿Sí?

Asentí. —Sí. Porque eres mía, y no hay manera en el infierno de que te deje ir nunca más.

—¿Incluso cuando deje de confiar en nosotros?

Asentí.

—¿Y cuando me convenza de que deberías estar con alguien más delgada o más guapa?

—No existe tal cosa.

Puso los ojos en blanco, así que fruncí el ceño y asentí.

—¿Y cuando deje que mi madre me afecte?

—Siempre, nena. Eres mía, y yo soy tuyo, Blake. Para siempre.

—¿Para siempre?

—Si me aceptas, pero ese es mi plan. Te he amado durante años. Para siempre suena casi lo suficientemente largo.

Sonrió y asintió. Sus ojos estaban llorosos cuando los cerró y se levantó de puntillas para otro beso. No nos separamos de ese beso hasta mucho después de que la llevara a mi habitación.

EPÍLOGO

MELODY

Estaba sentada en la barra de O'Kelley's bebiendo mi vino. Era uno de esos días. Ramsey estaba en casa con Amber, y se suponía que me encontraría con Willow. Llegaba tarde, como de costumbre.

Se abrió la puerta, y miré hacia atrás para ver si era mi hermana. En su lugar, eran Blake e Ian, tomados de la mano y sonriendo como si acabaran de ganar la lotería.

Solté un suspiro. Parece que habían arreglado las cosas. Quería estar feliz por ellos, pero me resultaba difícil encontrar dentro de mí la capacidad de celebrar el amor de otra persona cuando el mío era tentativo en el mejor de los casos.

Sabía que era mi culpa. Ramsey no era el tipo de hombre que se quedaría sentado viendo cómo hago algo peligroso. Era sólido y me protegía. Pero no entendía. No podía deshacerme del deseo de tener más hijos. Y él no cedía.

—Hola —dijo Willow, finalmente uniéndose a mí—. Perdón por llegar tarde. —Asintió hacia Hudson y señaló mi vino—. ¿Por qué brindamos esta noche? ¿Por el fin de tu matrimonio?

Puse los ojos en blanco. Mi hermana era mi apoyo incondicional. Éramos mejores amigas, pero a mi hermana pequeña no le caía bien mi marido. Nunca le había caído bien, y no sabía por qué. —No —dije con firmeza—. Todavía no estoy lista para eso.

Willow negó con la cabeza y agarró mi copa de vino. La movió en círculos y luego dio un sorbo. —Siempre ha sido un idiota. No sé por qué no lo dejas de una vez.

—Porque tengo una hija en quien pensar —repliqué.

—Sabes que permanecer en un matrimonio infeliz por tu hija no le va a enseñar nada bueno —dijo Willow justo cuando Hudson se acercó.

Él se quedó quieto, pero fingió que no estaba escuchando nuestra conversación mientras le servía una copa de vino a Willow y rellenaba la mía. Dejó la botella en la barra frente a nosotras y apretó los labios en una sonrisa para mí.

—Todavía lo amo —admití—. No estoy lista para renunciar a la esperanza de que podamos solucionar esto.

—Ha pasado más de un año desde que perdiste a Steven, Mel. Él no ha cedido. ¿Por qué crees que va a cambiar de opinión?

Me encogí de hombros. No sabía si lo haría. Estaba bastante segura de que no lo haría, pero había estado enamorada de Ramsey desde que tenía dieciséis años. Salimos durante un año, luego rompimos cuando él se fue a la universidad, pero una vez que nos establecimos de nuevo en MacKellar Cove, volvimos a estar juntos y seguimos juntos. Durante casi veinte años, estuve enamorada de él. No era fácil alejarme de eso. No despertarme y verlo. No verlo besar a nuestra hija. No envejecer con él.

—Hay muchos otros tipos por ahí. Déjame ver tu teléfono.

—¿Para qué? —pregunté.

—Hay una aplicación de citas que deberías tener.

—No voy a descargar una aplicación de citas, Willow. No estoy soltera.

Willow se encogió de hombros como si no fuera gran cosa. —Deberías probarla. Creo que encontrarás a alguien más. Alguien mucho mejor que Ramsey.

—¿Cuál es tu problema con él? ¿Por qué lo odias tanto?

Willow puso los ojos en blanco. —Porque no es lo suficientemente bueno para ti. Nunca lo ha sido.

Respiré hondo y cerré los ojos. Habíamos tenido la misma conversación durante años. No sabía por qué Willow se sentía así, y siempre se negaba a explicarlo. Estaba convencida de que Ramsey no era quien yo pensaba que era, pero sabía que se equivocaba. Casi se interpuso entre nosotras, pero finalmente Willow aceptó que Ramsey no se iría a ninguna parte. Hasta ahora.

—Hay un chico guapo mirando hacia aquí. Voy a ir a saludarlo. Regreso enseguida.

Asentí y la vi alejarse. El chico de pelo oscuro frente al que se detuvo sonrió y la invitó a bailar. Deseaba poder tener la misma confianza con los hombres que mi hermana pequeña, pero nunca la tuve. Siempre fui consciente de mis senos grandes y mi vientre flácido. Ramsey me hacía sentir hermosa, pero no me había tocado en meses.

Me volví hacia mi vino y tomé un sorbo. Acababa de rellenar mi copa de nuevo cuando alguien se sentó en la silla de Willow.

—Hola —dijo Blake.

—Hola —respondí, sonriéndole—. Veo que las cosas con Ian están mejor.

Ella asintió, con esa sonrisa feliz volviendo a aparecer. —Lo están. Sé que no es perfecto, pero nos amamos.

Bufé. No pude evitarlo. Odiaba arruinar su buen humor, pero era cínica hasta en los mejores días. Y últimamente no había tenido muchos buenos días.

—¿Las cosas no están mejor con Ramsey? —preguntó, desvaneciéndose su sonrisa.

Negué con la cabeza. —No. Se niega a hablar sobre tener otro hijo. Simplemente me dice que no está a discusión.

—Lo siento, Melody. ¿Qué vas a hacer?

Me encogí de hombros. —Ojalá lo supiera. Mi hermana piensa que debería dejarlo.

Blake jadeó. —¿Estás considerando eso?

Me encogí de hombros otra vez. —Honestamente, no estoy segura de cuáles son mis otras opciones.

—Pero lo amas.

Asentí. —Sí. Y por mucho que me gustaría creerlo, el amor no lo conquista todo. El amor a veces es una mierda.

Blake apretó los labios, y me sentí como una completa idiota.

—Lo siento, Blake. Estás toda radiante y feliz, y yo estoy aquí haciendo que parezca que deberías alejarte ahora antes de que la vida te cague encima.

Ella soltó una risa pero no discutió.

—Realmente espero que tú e Ian tengan mejor suerte que Ramsey y yo. Si la mitad de los matrimonios terminan en divorcio, supongo que nosotros seremos los que reciban esa bala y ustedes podrían sobrevivir.

—No quiero que eso suceda, Melody.

Sonreí y asentí. —Yo tampoco, pero me está costando ver otra opción.

Blake abrió la boca y luego la cerró de golpe. Hudson se acercó para ver si necesitábamos algo. Blake pidió otra jarra de cerveza.

—¿Están celebrando? —pregunté.

Se encogió de hombros. —Eh, sí. Estamos como celebrando que Ian y yo volvimos a estar juntos. Y que por fin entré en razón. Casi lo dejé ir porque tenía miedo.

Asentí. Hudson colocó la jarra frente a Blake. Ella le dio las gracias y me sonrió.

—¿Quieres unirte a nosotros?

Me reí y negué con la cabeza. —Claramente no soy buena compañía en este momento. Creo que me voy a ir. Que tengas una buena noche, Blake.

Ella asintió. —Sí, eh, tú también. Tal vez podríamos reunirnos alguna vez. ¿Tomar algo? Los cuatro, o incluso solo tú y yo. ¿Si te interesa?

Sonreí. Estaba tratando de ser amable, pero no lo decía en serio. Asentí y le dije que estaría bien, luego me fui. Le envié un mensaje a mi hermana para avisarle que me iba a casa para que no se preocupara, luego caminé hasta mi casa.

La luz del televisor en la sala de estar parpadeaba a través de las cortinas. La luz del porche estaba encendida. La habitación de Amber tenía un suave resplandor de su luz nocturna. Desde el exterior, mi hogar parecía feliz. Flores brillantes a lo largo del camino de entrada. Una alegre puerta delantera amarilla. Revestimiento gris y dos vehículos estacionados uno al lado del otro. Solo una vez que entrabas te dabas cuenta de que no había nada perfecto o feliz en mi hogar.

Entré y cerré la puerta detrás de mí. Ramsey respiró bruscamente y se levantó de un salto del sofá, donde claramente había estado durmiendo frente al televisor. Los juguetes de Amber estaban por todas partes porque él nunca la hacía limpiar. Podía ver el fregadero lleno de platos desde donde estaba parada. Y él solo estaba durmiendo en el sofá.

—Llegas temprano —dijo, mirando su reloj.

Asentí. —No tenía ganas de ver a Ian y Blake besándose toda la noche. O a Willow coqueteando con la mitad de los hombres del bar. Estoy cansada.

Él asintió y se sentó de nuevo.

Cerré los ojos y tomé aire, luego comencé a recoger

juguetes. Podía sentir que me observaba, pero no lo miré. Una vez que todos los juguetes estaban recogidos, fui a la cocina y vacié el lavavajillas y lo llené con los platos sucios. Me di la vuelta y lo encontré apoyado en el marco de la puerta.

—Iba a hacer todo eso —dijo.

Asentí, sin querer pelear con él de nuevo.

—¿Ahora me estás ignorando? —preguntó.

Suspiré. Parece que no iba a salirme con la mía. Como de costumbre. —Estoy cansada, Ramsey. Solo quiero ir a la cama.

—Pero estás enojada conmigo. Como siempre.

Traté de contener mi enojo, pero no pude. Explotó y levanté las manos. —Sí, estoy enfadada contigo. Salí unas pocas horas, y regreso a casa y tengo que trabajar. Siempre estoy limpiando algo porque tú no lo haces, o estoy ocupándome de algo porque tú no lo haces. Estoy agotada. Todo es como tú quieres.

—¿De verdad piensas eso? Porque nada de lo nuestro es como yo lo quiero.

Crucé los brazos sobre el pecho y miré fijamente a mi marido. —¿Ah, sí? ¿Y cómo lo quieres tú?

Me miró y dijo las seis palabras que nunca pensé que escucharía de él.

—Creo que deberíamos divorciarnos.

¡MUCHAS GRACIAS por leer la historia de Blake e Ian y acompañarme en un viaje completamente nuevo! Quería volver a una serie de romances de chicas con curvas, y absolutamente adoro a estos personajes. Ahora, si tan solo pudiera descubrir cómo hacer que la aplicación de Karissa fuera real, todo sería perfecto. ¿Tengo razón?

La historia de Melody y Ramsey es la siguiente, ¡y estoy muy emocionada al respecto! Meses después de que Ramsey le pide el divorcio a Melody, todavía están tratando de averiguar cómo es la normalidad. Las cosas entre ellos no han terminado todavía, pero reconstruir un matrimonio que está fracasando no puede ser tan fácil como empezar de nuevo. ¡Comienza a leer **Su Esposa Curvilínea** hoy mismo!

¿BUSCAS MÁS de Blake e Ian? ¡Los suscriptores obtienen un epílogo adicional exclusivo y gratuito sobre el día de su boda! ¡Solo disponible para suscriptores! ¡Suscríbete ahora!

También puedes descubrir qué pasó en Hawái. Los suscriptores obtienen Su Secreto Curvilíneo ¡gratis!

ACERCA DEL AUTOR

USA TODAY La autora superventas Mary E Thompson pasó la mayor parte de su infancia deseando tener algunas curvas menos. Se escondía entre las páginas de los libros porque a sus personajes favoritos nunca les importaba qué talla de ropa usaba. Ahora, a Mary tampoco le importa, y escribe historias que celebran a mujeres como ella. Mujeres reales que tienen curvas, persiguen sueños y encuentran el amor, porque todas merecemos ser felices, sin importar nuestra talla.

Mary pasa su tiempo fuera de la escritura con su esposo y sus dos hijos, viendo demasiada televisión, animando a su equipo local de fútbol americano (¡Vamos Bills!) y escondiendo chocolate de su familia.

Suscríbete ahora al boletín de Mary. ¡Los suscriptores reciben libros electrónicos gratuitos y otras cosas divertidas, como contenido exclusivo solo para miembros y sorteos, además de ser los primeros en conocer los nuevos lanzamientos y ofertas!